ROYAL ROADER

로열로더 5

초판 1쇄 인쇄일 2015년 2월 13일 | **초판 1쇄 발행일** 2015년 2월 16일

지은이 이희호 | **펴낸이** 곽중열 | **담당편집 팀장** 이범수
편집부 신연제 이윤아 김호성 김은경

펴낸곳 (주) 조은세상 | 출판등록 제 2002-23호
주소 경기도 연천군 미산면 청정로 1355
TEL 편집부 02)587-2966 | FAX 02)587-2922
e-mail bukdu@comics21c.co.kr

ISBN 979-11-5512-961-6 | ISBN 979-11-5512-809-1(set) | 값 8,000원

ROYAL ROADER

로열로더

이희호

퓨전판타지 장편소설

NEO FUSION FANTASY STORY

5

북두
(주)조은세상

NEO FUSION FANTASY STORY

CONTENTS

Chapter 49.

ROYAL ROADER

Chapter 49.

I

[이들을 부하로 받아들이겠습니까?]

눈앞에 떠오른 메시지를 바라보며 미소 짓던 제닌은 망설임 없이 고개를 끄덕였다.

“당연하지!”

화아아악!

대답과 동시에 환한 빛줄기가 솟아올라 부하들의 몸을 감싸 안았다.

“엇! 이, 이게 무슨! 흐어어어!”

“대, 대장? 이게 어떻게 된 일입니까? 으헤에엑!”

깜짝 놀라던 부하들의 목소리는 도중에 녹아내렸다. 몸속을 가로지르는 극도의 쾌감은 그들을 아무 말도 못 하는 상태로 만들었다.

그와 더불어 온몸에 샘솟는 힘을 느낀 부하들의 얼굴에는 강한 자신감이 피어올랐다.

"이, 이런 거였습니까? 벡스가 이래서……."

부하들의 눈빛에는 자신감이 넘쳤다. 그와 동시에 하나같이 먼 곳을 바라보는 시선이었는데, 지금 이 자리에 없는 누군가를 떠올리는 듯했다.

'벡스 녀석, 고생깨나 하겠군.'

제닌은 부하들이 머릿속으로 떠올리는 인물을 짐작할 수 있었다.

매일 같이 막내라고 놀림 받던 벡스가 갑자기 힘을 얻었으니, 행세깨나 했을 것으로 보였다. 물론 대놓고 대들지는 못했겠지만, 나무를 부러뜨리거나 바위를 부수거나 하는 위력을 보임으로서 고참들이 자신을 함부로 하지 못하는 분위기를 만들었을 터였다.

'물론 단순한 벡스가 그것까지 노리지는 않았겠지만, 단순히 힘을 보인 것만으로도 알아서 조심들 했겠지.'

하지만 이제는 다른 부하들 역시 힘을 얻었다. 더는 벡스의 눈치를 살피며 조심할 필요가 없다는 것이다.

'쯧쯧! 적당히 눈치도 좀 보고 그러지 그랬어?'

제닌 역시 벡스의 얼굴을 떠올리며 피식 웃었다. 어차피 부하들의 일은 부하들끼리 해결할 일, 자신이 나서봤자 되려 분위기가 흐트러질 공산이 컸다.

'그나저나 다들 레벨이 높은데?'

제닌은 시야 왼쪽 위에 떠오른 부하들의 얼굴과 레벨을 살펴보았다. 대부분 7레벨이었고, 마틴은 9, 로이드는 8레벨을 나타내고 있었다.

'하긴, 같이 잡았으니 경험치를 분배받았겠지. 초반에는 레벨 업에 필요한 경험치가 적기도 하고, 몰려온 몬스터의 숫자도 많았으니까.'

생각하는 사이 다시금 숫자가 한자릿수로 떨어졌다.

"자, 다음 준비하자고! 다시 말하지만, 힘 조금 생겼다고 나대다가 조금이라도 다치면 아주 죽을 줄 알아!"

"예! 대장!"

부하들의 대답은 우렁찼다.

Ⅱ

던전 [통곡의 갈림길]의 공략은 수월하게 진행되었다.

몰려오는 몬스터들의 숫자는 많았고 그 덕분에 부하들의 레벨은 쭉쭉 올라갔다. 고작 두 번째 몬스터 웨이브에 이미 몰려오는 몬스터의 레벨을 추월한 부하들이었다.

게다가 좁은 통로를 방패로 틀어막은 다음 틈을 노려 공격해 나가자 몬스터들은 그리 힘을 써보지도 못한 채 빛

가루로 변해 사라졌다.

또한, 뒤늦게 들어온 벡스의 합류는 부하들의 진형을 더욱 튼튼하게 만들었고, 함께 들어온 마리의 합류는 가뜩이나 쉬워진 던전의 난이도를 누워서 떡 먹기 수준까지 낮춰 버렸다.

"다들 힘내!"

그저 한마디 했을 뿐인데 갑자기 몸에 힘이 샘솟았다.

제닌은 그것이 공격력과 방어력의 상승이라는 것을 알았지만, 나머지는 영문 모를 현상에 어안이 벙벙한 표정이었다. 한발 늦게 뒤에 서 있는 마리의 응원 때문이라는 것을 깨닫고 경외감이 담긴 눈으로 마리를 바라보았다.

마리의 활약은 이뿐만이 아니었다.

"잡아! 저것도 잡아!"

가끔 육중한 크기를 가진 몬스터가 돌진해 올 때면 어김없이 나무뿌리가 솟아나 몬스터의 발을 옭아맸다. 잔뜩 긴장하고 있던 부하들은 달려오는 속도를 이기지 못하고 고꾸라진 놈의 몸에 칼을 박아 넣어 안식을 주면 끝이었다.

"대단해!"

가끔 뒤를 힐끔거리는 부하들의 눈에 마리는 그들을 도와주는 천사와 다름없는 존재였다.

"콜록! 콜록!"

등 뒤에서 들려온 기침 소리에 마리가 뒤를 돌아보았다.

"어? 할머니?"

창백한 안색의 아리안이 손으로 입을 가린 채 거친 기침을 토해내고 있었다. 평상시 입던 옷이라면 손수건을 꺼냈을 텐데, 제닌이 입힌 갑옷 때문에 그럴 수 없었다.

"콜록! 콜록! 우욱!"

아리안의 기침은 점차 심해졌다. 허리까지 굽어질 정도로 격렬한 기침이었다.

"여보! 괜찮소?"

"어머니. 괜찮으세요?"

페트로와 카일이 황급히 아리안의 몸을 부축했다. 걱정과 우려가 두 사람의 얼굴 가득 떠올랐다.

원래부터 몸이 약했던 데다, 펜던트의 저주까지 겹쳐 일 년 열두 달 병이 끊이지 않던 아리안이었다.

두어 달 정도 전부터 에이린과 카일은 더는 병에 걸리지 않아 건강을 되찾았으나, 아리안만큼은 그러지 못했다. 저주는 사라졌지만, 워낙 오래도록 병을 앓아온 탓에 폐와 심장이 이미 잔뜩 손상되었기 때문이다.

"큰일이군. 이젠 약도 다 떨어졌으니……."

페트로는 걱정스러운 얼굴로 가죽 주머니를 뒤졌다. 혹시라도 남은 약이 있을까 찾아보는 행동이었다.

"콜록! 콜록! 콜록!"

기침은 계속 심해졌고 그 사이 아리안 앞으로 다가온 마리가 아리안을 올려다보며 물었다.

"할머니. 많이 아파?"

"콜록! 하아……. 괜찮단다. 할미는… 콜록!"

여전히 기침하면서도 아리안은 애써 온화한 미소를 지으려 노력했다.

그런 아리안을 향해 마리가 양팔을 뻗었다.

"할머니. 안아줘요."

"마리야. 할머니는 지금 아파서 마리를……."

페트로가 설명하려 했으나 아리안이 손을 내밀어 막았다. 그 후로도 한참 동안 기침하던 아리안은 어느 정도 기침이 잦아들자 입을 열었다.

"그래. 할미가 안아주마."

애써 온화한 미소를 짓는 아리안이 마리를 안아 들었다. 그러자 품에 안긴 마리가 돌연 검지를 들더니 아리안의 가슴 가운데를 집었다.

"할머니. 여기 아프지?"

"우리 마리가 그걸 어떻게 알았을까? 그런데 이제는 괜찮단다."

귀여운 손녀를 안심시키려는 말이었으나, 아리안의 안색은 핏기가 하나도 보이지 않을 정도로 창백했다.

"아니야. 아파. 마리가 호 해줄게."

고개를 내저은 마리가 아리안의 가슴을 향해 입김을 불었다. 그러자 입을 통해 가늘게 뿜어진 녹색 기류가 아리안의 가슴에 스며들었다.

"이, 이게……."

아리안은 깜짝 놀랐다.

마리의 입에서 뿜어진 녹색 기류도 놀라웠지만, 찢어질 듯한 폐와 뻐근했던 심장의 통증이 점차 가라앉았기 때문이다. 그뿐만 아니라 어쩐지 시원하고 상쾌한 기분이 들었다.

하얗다 못해 창백했던 안색에 점차 핏기가 돌았고, 고통을 참아내던 얼굴에서도 점차 고통스러움이 사그라졌다.

"여보! 괜찮소?"

"어머니. 괜찮으세요?"

놀란 눈으로 바라보는 페트로와 카일의 물음에 아리안은 곧바로 대답하지 않고 마리를 내려다보았다.

"마리야. 이게 어떻게 된 거니? 정말 마리가 할미를 고쳐준 거야?"

"응! 할머니 아파서. 마리가 호 해줬어!"

활짝 웃는 마리의 얼굴에 아리안의 얼굴에도 어느덧 미소가 감돌았다.

"그러고 보니, 우리 마리가 복덩이네? 제닌, 이 녀석은 어디서 이런 예쁜 아이를 데려왔을까?"

"히힛! 복덩이? 마리 복덩이야?"

"그러엄! 마리는 복덩이지!"

"할머니. 마리 내려줘!"

아리안이 바닥에 내려놓자 마리는 신이 난다는 듯 주변을 돌아다니며 사방으로 입김을 뿜어댔다.

"호오! 호오! 호오!"

마리의 입에서 뿜어진 녹색의 기류는 사방으로 뻗어지더니 사람들의 몸에 스며들었다. 그리고 피곤했던 몸은 물론 몸에 남아 있던 약간의 상처마저 깨끗하게 회복시켰다.

비전투원 주변을 한 바퀴 빙 돌아온 마리가 다시 아리안 앞에 섰다.

"할머니. 마리가 사람들 다 호 해줬어!"

"착하구나. 우리 마리는."

아리안은 손을 들어 마리의 머리를 천천히 쓰다듬었다.

"마리! 착해!"

마리의 환한 미소는 정말 천사의 그것만큼이나 찬란하게 빛났다.

Ⅲ

'C급이라고 해서 긴장했는데 이건 뭐, 그냥 날로 먹는

수준인데?'

아홉 번의 몬스터 웨이브를 손쉽게 막아냈고, 열 번째 역시 거의 정리해 가는 상황이었다.

'그나저나 이것들 레벨은 왜 이렇게 잘 오르는 거야?'

마리와 벡스는 20을 넘어섰고, 나머지 부하들 역시 18에서 19레벨에 도달했다.

물론 부하들이 강해지는 것은 좋아해야 했으나, 왠지 모르게 억울한 면도 있었다. 자신은 몇 번이나 죽을 위기를 넘기면서 성장한 것에 반해, 부하들은 너무 쉽게 성장한다는 느낌이 들었기 때문이다.

"힘내라! 마지막이다!"

"긴장 풀지 말고!"

옆에서 들려오는 부하들의 목소리에 제닌의 얼굴에 미미한 미소가 떠올랐다.

'이제 마무리하고 돌아가면 되는 건가?'

던전 밖에 레드 맨티스가 진을 치고 기다리고 있겠지만, 이제는 걱정할 필요가 없었다. 굳이 제닌이 손을 쓸 필요도 없이 부하들만으로도 정리가 가능한 상태였다.

이미 정리가 끝난 중앙 통로에서 몸을 돌릴 때, 콜록거리는 기침 소리가 들려왔다. 어렸을 적부터 익히 들어온 익숙한 소리였다.

'어머니?'

깜짝 놀란 제닌이 황급히 달려가려 할 때, 마리가 먼저 다가가는 모습이 보였다. 그리고 '호!' 하는 소리와 함께 녹색 기류가 아리안의 가슴에 스며드는 모습이 눈에 들어왔다.

"후훗."

제닌의 입가에 자조 섞인 미소가 떠올랐다.

'마리가 나보다 낫네. 훨씬 나아.'

씁쓸했던 제닌의 미소는 아리안의 치료에 그치지 않고 이리저리 돌아다니며 치유를 남발하는 마리의 모습에 점차 흐뭇한 표정으로 변해갔다.

'저 녀석, 누굴 닮아 저렇게 착한 건지…….'

적어도 자신은 아닐 거라는 것은 제닌 자신도 잘 알았다.

물론 착하다는 게 항상 좋지만은 않다는 것을 알고 있었지만, 적어도 마리가 인간 세상에 완전히 적응하고 성장을 마치기 전까지는 착하게 남아 주었으면 하는 바람이었다.

"대장! 끝났습니다!"

"부상자 하나 없이 다 막아냈습니다!"

자신감이 듬뿍 담긴 마틴과 로이드의 외침에 제닌은 피식 웃었다.

"그래. 모두, 고생 많았……. 응?"

부하들을 치하하던 제닌이 눈을 둥그렇게 떴다.

쿠르르르!

미약한 진동이 시작되었다. 그와 동시에 제닌의 눈앞에 메시지가 떠올랐다.

[보스 몬스터 오르페가 소환됩니다.]

미니맵 한쪽에 붉은 점이 떠올랐다. 정확히 말하자면 제닌과 비전투원들의 사이, 공터의 중앙이었다.

"이런 젠장!"

제닌의 입술을 뚫고 욕설이 튀어나왔다. 깜짝 놀란 얼굴로 그를 바라보는 이들을 향해 제닌이 다시 소리쳤다.

"모두 물러서! 벽으로 바짝 붙어!"

제닌의 목소리는 다급함으로 물들어 있었고, 사람들은 불안한 표정을 지으며 주춤주춤 벽으로 붙었다.

쿠르르르!

땅의 진동이 점차 커짐과 동시에 공터의 중앙이 검게 물들었다.

"니들은 뭐 하고 있어? 당장 달려가서 앞을 막아! 무조건 지킨다! 무조건!"

부하들은 황급히 달려갔고, 제닌은 대검을 움켜쥔 채 공터 중앙을 노려보았다.

휘릭! 휘리릭!

검게 물든 중앙에서 가느다란 촉수가 솟아오르더니 사방으로 뻗어 나갔다. 이어 거대한 본체가 뒤따라 솟아올랐다.

본체의 모양은 인간의 머리를 연상시켰는데, 정수리 부근에 뻥 뚫린 입이 자리했다.

날카로운 이빨이 촘촘히 박힌 입은 그곳에 던져진 모든 것을 분쇄하기에 충분해 보였다.

[Lv. 25 오르페]

이름표의 색깔은 불길한 기운이 감도는 붉은색이었다.

"썩을! 어쩐지 쉽게 간다 싶었더니, 보스란 놈이 왜 하필 여기서 튀어나오는 건데?"

제닌은 얼굴을 구기며 달려들었다.

오르페가 나타난 곳은 공터 중앙, 그리고 촉수는 벽에 붙은 사람들에게 충분히 닿을 정도로 길었다. 제닌은 어떻게든 오르페의 시선을 자신에게 잡아둘 필요가 있었다.

슈슉! 슉!

다가선 제닌을 인식했는지, 한 다발의 촉수가 날아들었다. 제닌은 아우라를 가득 머금은 검을 휘둘러 그것을 잘라냈다.

– 쿠르르르르르!

기괴한 울림이 퍼져 나갔다. 뜻을 알아들을 수는 없었지만, 그 안에 담긴 분노는 충분히 전해졌다.

"그래. 나만 보란 말이야!"

제닌은 그대로 몸을 날려 공터 중앙으로 파고들었다. 시간을 끌면 끄는 만큼 누군가가 피해를 볼 확률이 높아졌다. 최대한 빨리 놈을 처치하는 것이 관건이었다.

휘리릭! 휙!

공터 중앙에 가까워질수록 제닌을 향해 날아드는 촉수들은 많아졌다. 그러나 다가오기도 전에 대검 끝에 피어오른 아우라에 잘려나갈 따름이었다.

– 쿠르르르르르!

다시금 분노가 담긴 기괴한 소리가 울려 퍼졌다. 그와 함께 오르페의 공격 패턴이 변화했다. 제닌이 아닌 벽에 붙어 있는 사람들을 향해 촉수를 뻗은 것이다.

'이런 썩을!'

속으로 욕설을 내뱉으며 달려가려던 제닌은 멈칫하며 동작을 멈췄다.

"앞줄은 방패 박아! 뒷줄은 칼 들고 그 사이로 들어오는 것들만 쳐낸다!"

로이드는 고래고래 소리치며 진형을 짜고 있었고, 마틴은 마리와 무언가 이야기를 나누고 있었다.

"응! 알았어!"

밝게 웃으며 대답한 마리가 땅을 향해 양팔을 뻗었다.

투두둑. 투두두둑!

바닥이 갈라지며 나무뿌리가 솟아올랐다. 그리고 그것은 앞줄이 들고 있던 방패와 엮이며 장애물을 형성했다.

“앞줄! 방패 놓고 뒤로 빠져! 다시 말하지만 넘어오는 것만 쳐낸다. 놓치면 몸으로라도 막아! 하나라도 뒤로 넘어가면 가족들이 다친다. 알지?”

“예!”

마틴의 목소리에 모두는 우렁차게 대답하며 방패와 나무뿌리가 엮인 장애물 뒤를 막아섰다.

‘지휘력의 마틴과 전술의 로이드라……. 제법인데?’

제닌의 입가에 미소가 맺혔다.

굳이 지시를 내리지 않아도 알아서 움직여 주는 부하들의 모습이 퍽 마음에 들었다.

‘그렇다면 남은 것은.’

제닌은 이글거리는 아우라를 머금은 대검을 움켜쥐며 오르페의 거대한 동체를 노려보았다.

‘최대한 빨리 이놈을 끝내는 것뿐.’

제닌은 혀로 슬쩍 입술을 훑으며 몸을 날렸다.

Ⅳ

– 빠밤! 빠바바밤!

[C급 던전 통곡의 갈림길을 클리어하셨습니다.]

[소요시간 : 1 : 32 : 38]

[진행률 : 72%]

[클리어 랭크 : B-]

[보상 : 오르페의 상자]

[랭크 추가보상 : 경험치 3300]

[업적 : 최초 던전 디펜스를 달성하였습니다.]

"후우……."

제닌은 연이어 떠오르는 메시지를 한 손으로 쫓으며 긴 한숨을 내쉬었다.

오르페는 보스 몬스터답게 애를 먹였다. 특히 무한한 재생력이 문제였다. 잘라내고 또 잘라내도 촉수는 계속 재생되어 그를 노렸고, 본체 또한 상처가 나자마자 아물어 버려 제대로 된 타격을 입힐 수 없었다.

거기에 더해 촉수가 잘릴 때마다 내뿜는 체액 또한 문제였다. 끈끈한 아교처럼 몸에 들러붙어 움직임을 제한했기 때문이다.

'이제는 나도 이런 게 가능하단 말이지?'

제닌은 공중을 바라보았다.

불꽃처럼 이글거리는 아우라가 길쭉한 검의 형상을 한 채 둥실둥실 떠있었다.

[카렌달 검술]과 [아우라 컨트롤] 스킬이 6레벨에 오르면서 가능하게 된 기술이었다. 딱히 스킬은 아니었으나 마음만 먹으면 길게 뽑아낸 아우라를 떼어내 자유자재로 움직일 수 있었다.

순찰하듯 공터 주변을 도는 아우라의 검을 바라보며 제닌은 문득 한 사람을 떠올렸다.

'에르네스 드 프라덴이라고 했던가?'

숨어 있는 진짜 프라덴 후작. 그리고 검의 지배자.

'그 년은 한꺼번에 이걸 수십 개씩 띄웠단 말이지.'

오러로 이루어진 수십 개의 검이 공중에서 자신을 포위한 모습을 떠올리니 등줄기에 한기가 느껴졌다.

'중요한 건 나도 이제 비슷한 걸 할 수 있다는 거야. 이대로 카렌달 검술과 아우라 컨트롤의 레벨을 올리면 같은 걸 못하리라는 법은 없어. 아니, 오히려 그보다 한 단계 더 나아갈 수도 있어.'

비록 지금은 스스로 생각해도 부족하지만, 나중에도 그러리라는 보장은 없었다.

'수련도 해야 하고, 전쟁도 끝내야 하고, 내 땅도 제대로 마련해야 하고……. 할 것이 참 많네. 참 많아!'

돌연 웃음이 흘러나왔다.

'그래, 할 일이 없어서 빈둥거리는 것보다는 낫지.'

바닥에 앉아 피식거릴 때, 작은 발소리가 들려왔다.

"아빠아!"

도도도도 달려온 마리가 제닌을 향해 냅다 뛰어들었다.

"어? 아직 안……."

안기는 거야 상관없었지만, 몸에 묻은 오르페의 체액이

문제였다. 끈적끈적한데다가 악취까지 나는 체액을 굳이 마리에게까지 옮기기 싫었던 것이다.

제닌은 손을 내밀어 말리려 했으나 이미 마리는 품 안에 안착한 상태였다.

"……되는 데."

중얼거리던 제닌은 이내 포기한 표정으로 마리를 깊숙이 끌어안고 등을 토닥였다.

"에이, 뭐 어때? 씻으면 되지."

끈적이는 체액에도 아랑곳없이 얼굴을 비벼대던 마리가 문득 고개를 들고 제닌을 바라보았다. 군데군데 체액이 묻었음에도 눈동자만큼은 초롱초롱 빛났다.

무언가를 바라는 듯한 눈빛이었다. 제닌은 그 눈빛 속에 담겨 있는 말을 읽어낼 수 있었다.

"마리, 오늘 정말 잘했어!"

"정말? 마리. 잘했어?"

배시시 웃으며 되묻는 마리. 원하는 대답을 들려줘야 할 때였다.

"그러엄! 마리가 뒤에 있는 사람들을 다 지킨 거야. 아마, 마리가 없었으면 할머니도, 할아버지도, 삼촌도 많이 다쳤을 걸?"

"정말? 정말? 정말?"

"당연하지!"

"정말? 정말? 정말?"

제닌의 수긍에도 마리는 계속해서 '정말'을 반복했다. 무언가 바라는 게 있다는 의미다.

'애가 대체 뭘 원하는 거야?'

슬쩍 마리를 내려다보았다. 그리고 마리의 눈동자가 유독 한 곳을 바라보는 것을 알아냈다.

'내 입술? 거참…….'

뽀뽀를 해주는 건 어렵지 않았지만, 군데군데 오르페의 체액이 묻은 얼굴에 하기는 아주 많이 찝찝했다. 그나마 덜 묻은 곳을 찾아낸 제닌이 그곳에 입술을 가져갔다. 이마였다.

쪽!

"와아!"

마침내 원하는 것을 얻었는지, 마리는 활짝 웃으며 제닌의 품에서 벗어났다. 그리고 방방 뛰며 공터 주변을 뛰어다니기 시작했다.

그 자리로 부하들과 가족들이 다가왔다.

"고생 많았다. 어머니, 몸은 좀 괜찮으세요?"

"이분들 덕분에 괜찮았단다. 오랫동안 누워 있어서 지병이 생겼었는데, 그것도 마리 덕분에 다 나았고. 여러모로 도움을 많이 받는구나."

혈색이 돌아온 탓인지 아리안의 온화한 미소는 한층 더

화사해 보였다.

"막내도 괜찮고?"

"난 뭐, 구석에 숨어만 있었는데 안 괜찮을 일이 있나?"

카일은 살짝 입술이 튀어나와 있었다. 아무래도 오늘 활약을 못한 것이 아쉬운 모양이었다.

남자 나이 열여섯, 한창 피가 끓어 오를 나이였다.

'녀석, 조금만 기다려 봐라. 조만간 형이 어디 가서 안 맞고 다닐 만큼은 키워 줄 테니까.'

"크흠! 큼! 이 애비는 보이지도 않는 게냐?"

'아! 아버지.'

"헤헤……. 아버지도 괜찮으세요?"

제닌은 헤실헤실 웃으며 아버지에게도 안부를 물었다.

"크흠! 무슨 엎드려 절 받는 것도 아니고."

슬쩍 고개를 돌려 버리는 모습에서 제닌은 난감함을 느꼈다.

'에휴……. 그런데 왜 이렇게 변하신 거지?'

예전에는 이렇지 않았다.

어떤 어려움에도 굴하지 않고 의연한 모습을 보이던 아버지는 강한 가장이며 또한, 든든한 후원자였다.

'어쨌든 일단 기분은 풀어드려야겠지?'

제닌은 무엇보다 강력한 특효약을 가지고 있었다. 마음속으로 슬쩍 귓속말을 보내자 이내 대답이 들려왔다.

"할아버지이이!"

큰 소리로 부르며 달려온 마리가 페트로의 다리에 매달려 애교를 부렸다. 이는 굳어졌던 페트로의 표정을 풀기에는 넘칠 만큼 효과적이었다.

"어이쿠! 우리 마리 왔어요? 그래, 고얀 애비는 내버려두고 할애비랑 재미있게 놀자꾸나!"

페트로는 마리를 앉은 채 멀찌감치 걸어갔고, 아리안의 목소리가 들려왔다.

"제닌, 네가 이해하렴. 네 아버지가 조금 힘든 일을 겪은 다음부터 저리되셨단다."

'힘든… 일?'

제닌은 온화한 미소를 띤 아리안의 얼굴에 순간적으로 한줄기 그늘이 스치는 것을 발견했다.

"그게 무슨 일인데요?"

되묻는 제닌의 얼굴도 어느새 딱딱하게 굳어 있었다.

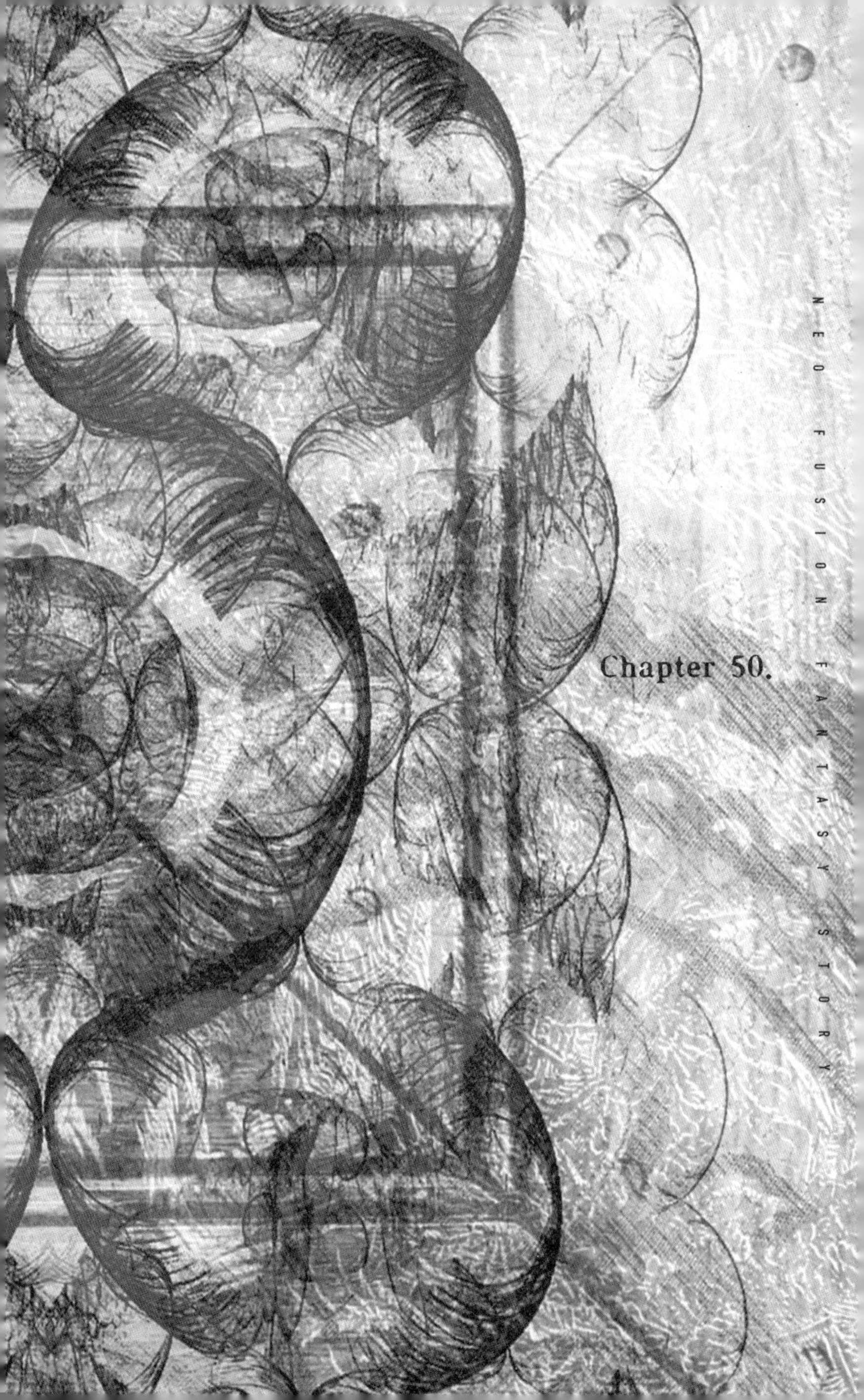

Chapter 50.

Chapter 50.

ROYAL ROADER

I

'대체 누가 그런 거지?'

터벅터벅 걷는 말 위에서 카락스는 오만상을 찌푸리는 중이었다. 아무리 생각해봐도 딱히 이거다 싶은 생각이 떠오르지 않았기 때문이다.

고민의 원인은 최근 빈번하게 일어나는 도난사건이었다. 부대의 보급품이 눈 깜짝할 사이에 털려 나갔다.

그야말로 눈 깜짝할 사이였다. 더욱 놀라운 점은 범인을 본 사람도 없었고, 희생자 또한 없었다는 사실이었다.

병사들이 보급품을 보관하는 창고의 안팎을 철통처럼 지키고 있음에도 그랬다. 지키는 이들이 기절한 것도, 깜빡 잠든 것도 아니었다. 눈을 부릅뜨고 지켜보고 눈앞에서 보급품이 사라져 버리는 것은 황당함을 넘어서 허탈할 지경이었다.

'제국인가? 라테스 남작에게 당한 것을 복수하는 건가?'

처음으로 꼽은 흉수는 제국이었다.

그러나 도난사건이 계속될수록 혐의는 제국에서 벗어났다. 왜냐하면, 도난사건은 오로지 귀족회의 측 보급창고에서만 일어났기 때문이다.

귀족회의와 제국이 내통하고 있다는 것은 알만한 사람은 다 아는 사실이었기에 제국은 아니라는 결론이 나왔다.

'떠도는 소문처럼 정말 라테스 남작이 한 짓인가? 그런데 그가 왜?'

라테스 남작이 국왕 쪽 사람이고 귀족회의와 사이가 좋지 않다는 것은 널리 알려진 사실이었다. 그러나 아무리 사이가 나쁘다고 해도 전쟁 중에 아군의 보급품을 터는 것은 카락스의 상식에서는 결코 용납될 수 없는 행동이었다.

'솔직히 놈들이 당한 게 고소하기는 했어. 하지만 그것하고 이건 전혀 다른 문제지. 그건 반역이나 마찬가지잖아? 있을 수 없는 일이야.'

카락스는 머리를 절레절레 흔들었다. 그러나 한 가지 의문을 털어내고 나니 또 다른 의문이 생겼다.

'그런데 왜 나지?'

카락스는 지금 아스트 백작의 명령에 따라 가장 최근 도난사건이 일어난 부대로 향하는 중이었다. 사건 현장을 조사하고 범인을 파악하라는 명령이었다.

어쩌면 당연할 수도 있는 일이었다. 3군을 이끄는 사령관으로서 휘하 부대에서 일어난 사건에 관심을 두는 것은 당연한 일이었다.

문제는 그 임무가 카락스 자신에게, 그것도 달랑 한 명에게 주어진 임무라는 점이었다.

'내가 가봐서 뭐해? 보면 아나?'

카락스는 자신이 머리를 쓰는 일에 약하다는 것을 잘 알았다. 가끔 아스트 백작과 다른 사람이 나누는 대화를 들어도 이해하지 못하는 일이 빈번했기 때문이다.

그런 그가 사건 현장에 가봐서 무엇을 하겠는가? 게다가 이미 사건이 일어난 부대에서 모든 조사를 마쳤음에도 범인이 누구인지 갈피를 못 잡는 상황이었다.

'어후! 도저히 모르겠다!'

결국, 카락스는 애꿎은 머리를 쥐어뜯는 것으로 끝나지 않을 고민을 정리했다.

'일단, 가 보면 알겠지. 사령관님께서 왜 날 보내셨는지, 혹시 알아? 이미 모든 것을 다 준비해 두셨을지.'

자신에 대한 믿음은 없었지만, 아스트 백작에 대한 믿음만큼은 확실했다.

'어서 가자!'

카라스가 막 고삐를 내려칠 찰나였다.

갑자기 길 가운데가 들썩이더니 둥근 물체가 솟아올랐다. 흙이 덕지덕지 묻어 있는 시커먼 털 같은 것으로 덮인 물체였다.

끼히히히힝!

갑작스러운 일에 놀란 말이 앞발을 치켜들었다.

카라스 역시 깜짝 놀랐으나 놀랄 틈이 없었다. 말 등에 몸을 바짝 붙인 채 발광하는 말을 진정시켜야 했기 때문이다.

"우앗! 뭐, 뭐야?"

괴상한 물체에서 목소리가 터져 나왔다. 그런데 어쩐지 상당히 귀에 익숙한 듯한 목소리였다.

"뭐, 뭐지?"

가까스로 말을 진정시킨 카라스가 시커멓고 둥근 물체를 바라보았다. 그와 동시에 물체가 한 바퀴 돌았다.

눈, 코, 입이 보였다. 사람이다.

"어?"

"엇!"

얼굴을 마주친 두 사람이 동시에 놀랐다.

"벡스, 뭘 그리 놀래? 무슨 일인데?"

땅 아래에서 들려오는 목소리 또한 카락스에게는 무척이나 낯익었다.

Ⅱ

"여어! 카락스. 마중 나온 건가?"

땅속에서 튀어나온 제닌이 카락스를 향해 손을 흔들었다. 얼굴은 제닌이 맞았지만, 얼굴을 제외한 나머지는 거의 유령을 보는 듯했다.

두꺼운 방수포를 머리가 들어갈 구멍만 뚫은 채로 뒤집어썼기 때문이다.

"충! 아닙니다. 아스트 백작님의 명령으로 임무를 수행하는 중입니다."

"무슨 임무인데?"

제닌의 은근한 물음에 카락스가 고개를 흔들었다.

"기밀 사항이라 말씀드릴 수 없습니다."

"기밀은 무슨. 나, 지금 사령부로 가는 길이거든? 가서 물어봐서 별것 아니면 어떻게 할래?"

을러대는 제닌의 협박에 고민하던 카락스는 결국 털어놓을 수밖에 없었다. 어차피 도난사건 자체가 이미 소문난 일이었고, 누군가 조사하러 가는 것은 당연한 일이었기 때문이다.

솔직히 말해 제닌이 무서웠기 때문에 카락스는 그런 이유로 자신을 설득했다.

카락스의 설명을 전해들은 제닌이 빙긋 웃었다.

"마중 나온 것 맞네. 그 범인, 나거든?"

카락스는 치뜬 눈을 껌뻑인 채, 그저 제닌을 바라볼 수밖에 없었다. 하지만 얼마 지나지 않아 정신이 돌아온 그가 검을 빼들었다.

"제닌 드 라테스 남작님! 보급창고 도난사건의 범인으로 체포하겠습니다!"

범인을 대하는 말투치고는 너무 예의가 발랐다. 그러나 제닌이 무서운 카락스는 그럴 수밖에 없었다.

Ⅲ

[Lv.4 그레이트 웜]

오르페의 상자에서 얻은 소환수였다.

'웜' 이라는 이름처럼 지렁이나 나방의 유충 같은 모양새였는데 크기가 어마어마했다. 직경은 벡스가 양팔을 뻗은 정도였고, 길이는 그 열 배에 달했다.

이 무시무시한 소환수의 능력은 땅굴파기였다. 그것도 성인 남자의 속보 수준으로 빨랐다.

방법은 파쇄기처럼 생긴 입으로 흙을 삼키면서 앞으로

나아가는 형태였는데, 뒤에서는 사람 몸통크기의 반질반질한 돌을 배출했다.

배출한 돌을 막대기로 두드려보니 쇳소리가 날 정도로 단단했다. 생성 원인을 생각하면 꺼림칙했으나 어딘가 이용할 수 있을 것 같다는 생각에 인벤토리에 몇 개 챙겨 두었다.

'이거 재미있겠는데?'

그레이트 웜을 처음 얻었을 때 들었던 생각이었다. 그리고 이왕 얻은 김에 슬쩍 한 번 시험해 봤다. 생각보다 결과가 좋은 것을 확인하자 시험을 계속 이어나갔다. 귀족회의 진영에서 일어난 보급창고 도난사건의 전말이었다.

그레이트 웜의 테스트 결과는 제닌을 미소 짓게 했다. 무엇보다 은밀하게 침투하는 용도로 안성맞춤이라는 생각이 들었다.

지하 10미터 깊이에서 땅굴을 파고 이동하는 것을 그 누가 발견하겠는가!

'게다가 길을 만들 수도 있겠지. 누구도 발견할 수 없고 안전한 길을!'

지하에 만들어진 도로.

상단의 상행을 원활하게 할 수 있었으며, 병력을 몰래 이동시킬 수도 있었다.

'보안이 생명이야.'

많은 사람이 이용할수록 가치가 커질 테지만 섣불리 외부에 공개할 생각은 없었다. 다른 것을 떠나 군사적인 이용가치만 따져도 웬만한 전략무기 급이었기 때문이다.

'일단 요새에서 라테스 성까지 땅굴을 뚫는다. 그리고 내 영지 전체에 거미줄처럼 땅굴 망을 만들어 두면 웬만한 침공쯤은 가볍게 막아낼 수 있겠지.'

땅속에서 솟아나 기습할 수도 있고, 적의 배후를 공략할 수도 있었다. 게다가 넓게 파고들어 가면 지하에 거점을 마련할 수도 있을 듯싶었다.

'이거, 생각할수록 좋은데?'

단편적으로 떠오른 것들만 해도 그 정도인데, 요새로 돌아가 회의를 해보면 더 좋은 방안이 떠오를 수도 있었다.

'그레이트 웜에 대한 것은 여기까지. 그보다 중요한 것은…….'

제닌의 눈에 커다란 요새의 모습이 눈에 들어왔다. 아스트 백작이 지휘하는 3군 사령부의 모습이었다.

'노회한 너구리를 구워삶는 거겠지.'

Ⅳ

"어서 오게 라테스 남작. 이 나라에서 가장 바쁜 왕국의 영웅께서 이런 외진 곳에는 어쩐 일인가?"

얼굴은 환한 웃음을 머금었지만, 말에는 뼈가 있었다.

'이 양반, 자기한테 신경 안 써줬다고 시위하는 거야?'

제닌은 웃음이 나오려는 것을 누르며 대답했다.

"그야, 인사가 늦은 만큼 제대로 된 선물을 마련하기 위함이 아니겠습니까? 아무것도 아닌 저에게 신경 많이 써주신 아스트 백작님의 은혜는 항상 마음 깊이 새기고 있습니다."

대답과 함께 철컹거리는 소리가 연달아 일어났다.

크라티아를 들썩이게 했던 수습 병사의 장비 세트가 차곡차곡 바닥에 쌓여갔다.

"총 스무 세트입니다. 어떠십니까?"

제닌은 환한 웃음을 머금고 아스트 백작을 바라보았다. 그런데 아스트 백작의 얼굴은 그의 예상만큼 좋지 못했다.

"원하는 게 뭔가?"

미간에 살짝 잡힌 주름이 그의 심기가 불편함을 그대로 드러냈다.

'쩝! 쉽게 가긴 어려운 건가?'

제닌이 원하는 것은 쉐도우리스가 사용하는 장비였다. 앞으로 자신이 벌일 일을 쉐도우리스가 한 것처럼 꾸미기 위함이었다.

아스트 백작이 좋아했다면 소소한 답례를 핑계 삼아 은근슬쩍 넘어갈 생각이었으나, 표정으로 보아 자신의 의도를 눈치 챈 것 같았다.

'어쩔 수 없지. 정공으로 나가는 수밖에.'

제닌은 웃음기를 지으며 입을 열었다.

"갑옷 몇 개만 주십시오. 쉐도우리스 것으로."

"그러니까 이것과 교환하자는 건가?"

"그렇습니다. 물론, 백작님께 훨씬 이득이라는 것은 잘 아시겠죠?"

아스트 백작의 생각을 흐리기 위해 슬쩍 운을 띄워 보았다. 그러나 돌아온 것은 반박이었다.

"오히려 내가 손해인 것 같은데?"

"이게 한 세트에 얼마짜리인 줄 아시지 않습니까? 세트당 삼만 골드입니다. 삼만 골드!"

제닌은 흥분한 듯 살짝 언성을 높였지만, 아스트 백작의 표정은 굳건했다.

"아무리 비싸도 내 목숨 값만 하겠나?"

빙그레 웃으며 되묻는 아스트 백작의 말에 제닌은 살짝 얼굴을 찡그릴 수밖에 없었다.

이 정도면 아스트 백작이 그의 생각을 거의 꿰뚫고 있다고 봐도 무방했다.

'음흉한 늙은이 같으니라고.'

굳이 부연설명 하지 않아도 이야기가 통하는 것은 좋았지만, 상황이 자신이 원하는 대로 흘러가지 않는 것은 불만이었다.

"명예와 명성을 드리지요."

제닌은 솔직하게 털어놓았다. 아스트 백작의 이름을 빌려 전공을 세우겠다는 의미였다.

"그만큼 적도 많아지겠지."

"왕국의 검이 적을 두려워해서야 되겠습니까?"

"그러는 자네는 무엇이 두려워 그러는가?"

돌아온 답변은 제닌의 말문을 막히게 했다.

'끄응…….'

아무래도 어쭙잖은 핑계는 통하지 않을 듯했다. 아스트 백작은 제닌의 예상보다 훨씬 더 노련한 인물이었다.

"후우…… 시간을 벌고자 함입니다."

한숨을 내쉬며 이어진 말에도 아스트 백작은 멀뚱히 제닌을 바라볼 따름이었다. 계속 이야기해 보라는 의미였다.

"아직 지지기반도 부족하고, 세력이라 할 것도 딱히 없습니다. 그런데 이미 적에게 너무 많이 알려졌지요. 크라티아에 그런 소문을 낸 것은 실수였습니다. 확실한 지지기반을 다질 때까지는 참고 기다렸어야 하는 건데."

"그래서 내 그늘에 숨겠다는 말이로군. 그런데 말이야."

아스트 백작은 슬쩍 말을 끊었다. 그리고 그는 은은한 미소를 머금은 얼굴로 말을 이었다.

"죽을 날을 받아 놓다 보니 문득 이런 생각이 들더군. 젊은 날 그토록 중시했던 명예나 명성 따위가 한낱 입김에도 스러져 버릴 정도로 허무하다는 사실을 말이야."

'실질적인 보상을 요구하는 건가?'

아스트 백작이 쉽사리 본론을 꺼내지 않자 제닌은 왠지 모르게 가슴이 답답해졌다.

그런 제닌의 표정을 눈치챘는지, 아스트 백작이 웃으며 다시 입을 열었다.

"허허허! 늙은이의 한탄에 고민이 많은 표정이로군. 그럴 필요 없네. 자네가 솔직히 털어놓은 만큼 나 역시 그럴 셈이니까."

'그래서 원하는 게 뭐냐니까?'

마음속의 생각이 막 입으로 나오려 할 때, 아스트 백작이 갑자기 얼굴을 굳혔다.

"자네와의 군사적 동맹일세."

'응? 이건 또 무슨 소리야?'

제닌의 눈동자가 작게 흔들렸다.

'군사 동맹이라니, 게다가 아스트 백작은 '자네' 라는 말을 사용했어. 그 말은 나를 하나의 세력으로 보고 있다는 말인가? 그런데 왜 동맹이야? 이미 아군인데 굳이 그 말을 쓸 필요가 있을까? 나를 떠보는 셈인가? 아니면 반역이라도 꿈꾸고 있는 건가? 이 양반, 대체 무슨 수작이야?'

갖가지 생각이 두서없이 제닌의 머릿속을 채웠다. 흔들리는 눈동자를 채 감추지 못할 만큼 그는 혼란스러웠다.

"허어……. 눈빛을 보아하니 아직 소식을 듣지 못한 모양이로군."

"무슨 소식… 말입니까?"

"폐하께서 결단을 내리셨네. 아주 큰 결단을 말이야."

"그러니까 그 결단이 뭐냔 말입니다!"

콰앙!

제닌은 저도 모르게 탁자를 내리쳤다. 단단한 나무로 만든 탁자가 쩌억 갈라져 버렸다.

'빌어먹을!'

제닌은 이를 악물었다.

홧김에 손을 쓰긴 했지만, 그 순간 아차 싶은 생각이 들었다. 노회한 상대에게 감정을 드러내는 것은 즉, 약점을 드러낸 것과 마찬가지였다.

제닌은 슬쩍 아스트 백작의 얼굴을 살폈다. 그의 얼굴에는 일말의 동요도 엿보이지 않았다.

'당했군.'

만만치 않은 상대라 생각하고 어느 정도 준비를 했음에도 상대의 페이스에 말려 버린 셈이었다.

"후우……. 죄송합니다. 아직 어려서 그런지, 미숙한 모습을 보였습니다."

제닌은 곧바로 자리에서 일어나 살짝 고개를 숙였다.

"하하하! 자네가 어디를 봐서 미숙하단 말인가? 젊은 혈기로 일어난 실수를 이렇게 곧바로 깨닫고 사과하는 사람은 몇 없을 걸세. 특히, 젊은 나이에 강자가 된 이들일수록 더더욱 고개를 숙이기 어려운 법이니까."

"이해해 주셔서 감사합니다."

"더 시간을 끌면 자네가 언제 다시 폭발할지 모르니 우선 자네의 궁금증부터 풀어주도록 하지. 라테스를 기점으로 그 북쪽은 이제 자네 것이네."

"예? 그게 무슨……."

제닌은 다시 한 번 눈을 둥그렇게 뜰 수밖에 없었다.

"폐하의 병사들은 현재 위치에서 더는 움직이지 않을 걸세."

국왕의 병사는 전선 유지만 할 테니, 나머지는 제닌이 알아서 처리하라는 이야기였다.

"그리고 이 사실을 아는 사람은 자네를 포함해서 다섯이 채 되지 않네. 즉, 귀족회의 쪽은 전혀 모른다는 의미지."

아스트 백작은 은근슬쩍 귀족회의 쪽 병력까지 정리해 달라고 요구했다.

"그게 무슨……."

말의 내용 자체를 이해하지 못한 것은 아니었다. 그럼에도 다시 물은 것은 그런 파격적인 선택을 한 국왕의 의중을 파악할 수 없었기 때문이다.

“자네가 원한다면 독립도 시켜 주시겠다더군. 비록 왕국의 영토는 줄어들겠지만, 자네라는 든든한 우군은 물론 제국과의 완충지를 얻을 수 있으니 말일세.”

제닌은 한동안 말을 할 수 없었다. 그저 심하게 흔들리는 눈동자로 멍하게 어딘가를 바라볼 따름이었다.

전쟁이야 어차피 자신의 주도로 끝낼 생각이었다. 물론 귀족회의 쪽도 손봐줄 생각이었다. 크라티아에서 판을 벌여 그들의 자금력을 말린 것도 이를 위함이었다.

여기까지는 어려울 것이 없었다. 이미 이를 위한 충분한 계획을 세웠고, 진행해 나가는 중이었기 때문이다.

문제는 전쟁이 끝난 다음이었다.

제닌은 갑자기 나타나 커다란 공을 세웠다. 귀족도 아니었고, 고작 평민 출신의 십인장에 불과했었다.

그런 만큼 기득권을 가진 세력이 그를 시기하고 견제할 게 빤했고, 제닌은 이 문제를 어떻게 처리할까를 놓고 계속 고민하던 중이었다. 여차하면 반란까지 생각하고 있었는데, 갑자기 그런 고민을 할 필요가 없어졌다.

물론 결과만 놓고 보면 좋았다. 그것도 ‘파격’이라는 말이 어울릴 정도로 엄청난 혜택이었다.

문제는 ‘왜?’였다.

"혼란스러운가? 하긴, 그럴 수밖에. 본인 역시 처음 국왕 폐하의 칙서를 받았을 때에는 자네와 비슷한 심정이었으니……. 하지만 곰곰이 생각한 끝에 한 가지 생각에 도달할 수 있었네."

"그게… 무엇입니까?"

"지쳤다네."

기대에 비해 너무 허탈한 이유였다. 그런데 역설적으로 공감할 수 있는 이유이기도 했다.

제국과의 전쟁이 발발한 지 거의 사 년째였다.

외부의 적은 강력했고, 내부의 적까지 호시탐탐 빈틈을 노리고 있었다. 사실 진즉 망해도 이상하지 않을 정도로 개판인 상황에서, 지금까지 왕국을 이끌었다는 것 자체만으로도 대단한 일이었다.

이를 위해 들인 심력과 노력이 얼마나 소모되었을지는 짐작만으로도 머리가 지끈거릴 지경이었다.

"폐하께서는 어떠한 바람에도 흔들리지 않는 단단한 나라를 원하시네. 이를 위해 쥐새끼들이 갉아 먹어 흔들리는 기둥은 과감히 뽑아내고 기초부터 다시 다질 계획이시네. 또한……."

슬쩍 말꼬리를 흐리는 아스트 백작의 모습에 제닌의 눈빛이 변했다.

불현듯 지금까지 그가 한 말보다 앞으로 할 말이 더 중요하다는 직감이 들었기 때문이다. 이런 느낌이 들었을 때는 생각한 바가 거의 무조건 들어맞았다.

"진짜 이유는 따로 있었군요."

제닌의 말에 아스트 백작은 뜨끔한 표정을 지었다가 이내 말을 이었다.

"몬스터가 나타났네. 그것도 웬만한 기사로는 상대할 수 없는 강력한 놈들일세."

'레드 맨티스!'

제닌의 머릿속에 붉고 거대한 사마귀들의 모습이 떠올랐다.

기본적으로 20레벨이었고 간혹 25레벨에 해당하는 정예가 섞여 있었다.

인간처럼 제대로 된 전술을 사용할 수는 없다지만 놈들은 지닌 전투력 자체만으로도 강력했다.

놈들을 제대로 상대하려면 최소한 고위기사 다수나 하이어 급의 실력을 갖춘 자들이 있어야 했다. 그런 전력으로도 어느 정도의 희생을 감수해야 할 정도였다.

'더 큰 문제는 한 번이 아니라는 점이지.'

벡스는 놈들이 시커먼 동굴 같은 곳에서 몰려나왔다는 말을 했었다. 그래서 던전을 나온 후 확인 차 그곳에 들러 보았는데, 갑자기 허공에 시커먼 동굴이 생기고 그곳에서 레드 맨티스들이 몰려나오는 광경을 확인할 수 있었다.

혹시나 하는 생각에 그것들을 모두 처치하고 난 후, 근처에서 기다리자 몇 시간 후에 다시 동굴이 생기며 몬스터가 쏟아져 나왔다.

'만약 그 시커먼 동굴이 생기는 지역이 여러 곳이라면? 그리고 그것이 전 대륙적으로 나타난다면?'

최소한 고위 기사급 이상이어야 상대할 수 있는 몬스터가 무한대로 쏟아져 나오는 사태. 이는 재앙이나 다름없는 일이었다. 그것도 대륙의 인류 전체를 혼란으로 몰아넣을 커다란 재앙이었다.

'후우. 전쟁은 거의 끝났다고 봐도 되겠군.'

작게 한숨을 내쉰 제닌이 아스트 백작에게 물었다.

"어떤 놈들이었습니까?"

"일반적인 몬스터지만 색깔이 다른 놈들도 있고, 전에 없던 괴상한 놈들도 있다고 하네. 그뿐 아니라 언데드, 그 저주받은 존재까지 나왔다고 하네."

"수준은 어떻습니까?"

"그게, 천차만별이라고 하네. 일반 병사들이 상대할 수 있는 놈들에서부터 고위 기사도 쩔쩔매는 강력한 놈들까지 있다더군."

'당분간 뒤통수 걱정할 필요는 없겠군.'

지난 4년간의 전쟁으로 왕국의 병력은 적잖이 소모된 상태였다. 남은 전력으로는 곳곳에서 나타난 몬스터를 막기에만도 급급할 터였다.

'어쩌면 밀릴지도 모르지. 어쨌든 시간은 벌었으니 그 동안 나는 최대한 많은 거점을 확보하고 안정시키기만 하면 된다.'

앞으로 가야 할 길이 확실하게 드러났다.

천천히 고개를 끄덕이던 제닌은 인벤토리를 열었다.

'최소한 인간의 몰살은 막아야겠지.'

철커덩거리는 소리가 연이어 울려 퍼지기 시작했다.

"자네, 갑자기 그것들은 왜 꺼내는가?"

살짝 놀란 듯한 백작의 모습에 제닌은 미소 띤 얼굴로 대답했다.

"땅값은 드려야죠."

"땅값이라……."

"빚지고는 못 사는 성격이라."

제닌은 빙긋 웃으며 대답했다.

사실상 제닌이 꺼내 놓은 장비는 땅에 대한 보상이라기보다는 뒤에 이어질 귀찮은 사태를 막기 위한 예방책에 가까웠다. 왕국에서 감당 못할 강력한 몬스터를 처치해 달라고 보채면 앞으로의 행보에 걸림돌이 되기 때문이다.

"그렇게 하세.

아스트 백작은 씁쓸한 미소를 머금으면서도 고개를 끄

덕였다. 사실 그의 마음은 제닌에게 직접적인 도움을 요청하고 싶은 쪽이었으나 국왕의 지시가 없기에 그럴 수 없었다.

이미 국왕이 인정한 이상, 제닌은 이제 아스트 백작이 공대해야 할 위치였다. 왕국의 삼 분의 일에 달하는 영토를 지닌 거대 영주, 혹은 소국의 왕에 해당하는 지위에 올랐기 때문이다.

물론 지금 당장은 아니었지만, 아스트 백작은 제닌이 그 위치에 오를 능력이 충분하다고 생각했다.

'부디 적으로 만나지는 마세나.'

Chapter 49.

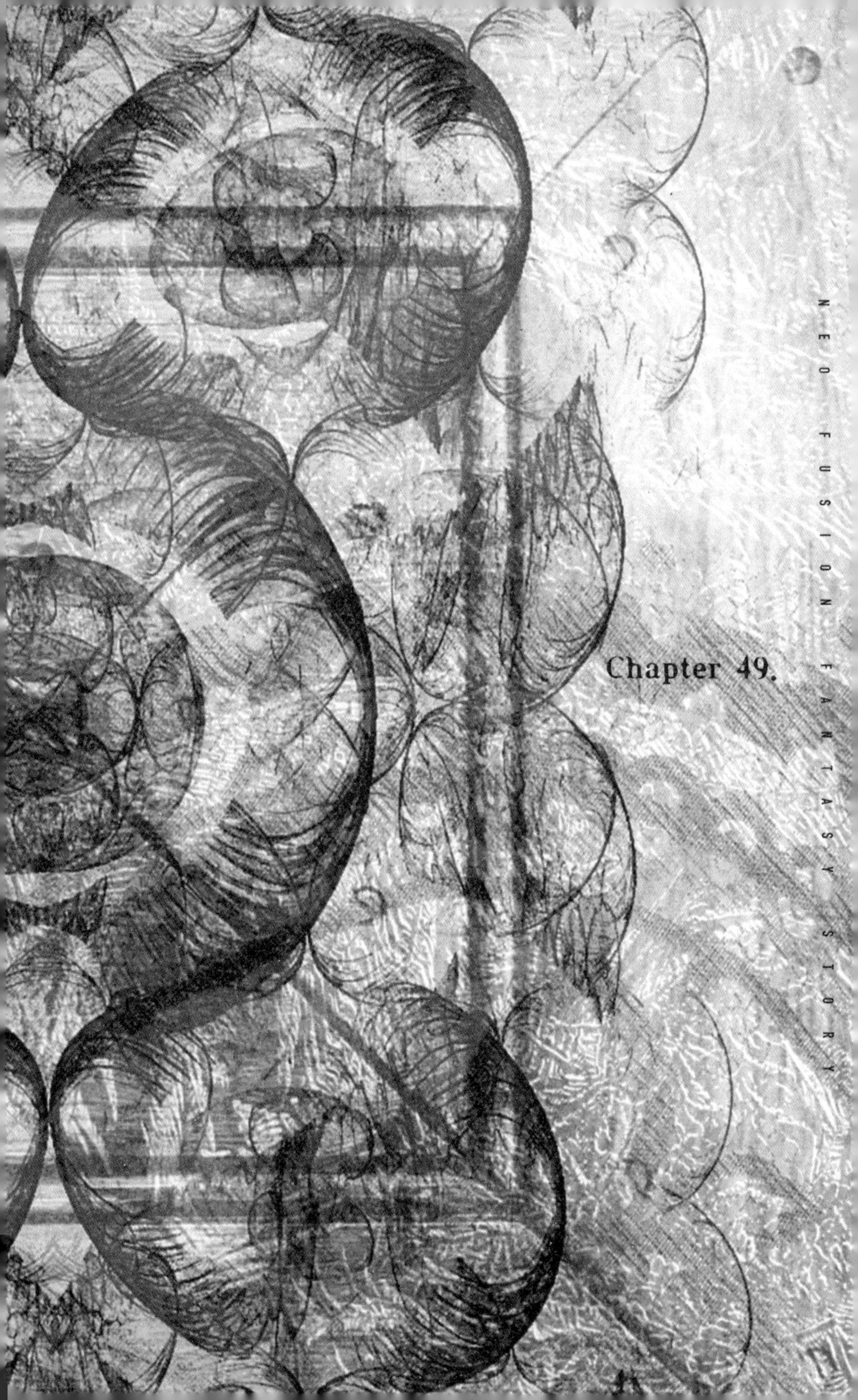

Chapter 49.

ROYAL ROADER

I

‘분명 잘 된 일이기는 한데…….’

제닌은 고개를 내저으며 작은 한숨을 내쉬었다.

‘느낌이 참 묘하게 더럽단 말이지.’

아스트 백작과의 대화에서 알아낸 내용은 분명 좋은 일이었다. 본래 목적을 이룬 것에 더해, 아주 파격적인 혜택까지 주어졌다. 또한, 가장 신경 쓰였던 뒤통수에 대한 걱정까지도 한꺼번에 해결되었다.

좋아서 날뛰어도 이상하지 않건만, 그럴 수가 없었다.

‘왜 그럴까? 너무 갑작스러워서?’

그러기도 했다.

강력한 몬스터가 언제부터 나타났는지는 모르겠지만,

제닌이 크라티아를 떠나 이곳 3군 사령부에 오기까지 걸린 시간은 열흘 남짓에 불과했다.

'그 시간 동안 국왕이 그런 결정을 내리고 그것을 아스트 백작에게까지 전했다?'

일 처리가 너무 빨랐다.

대개 국가 규모의 정책 결정은 전쟁과 같은 급한 상황이 아니라면 최소한 몇 달이 걸리는 게 보통이었다.

'몬스터의 위협이 그렇게 큰일이었던가? 전쟁과 같이 생각할 정도로?'

여기까지는 그럴 수도 있겠다는 생각이 들었다. 몬스터를 막으려면 그야말로 왕국에 존재하는 고위급 기사들을 탈탈 털어야 했기 때문이다.

'그런데 왜 하필 아스트 백작일까?'

물론 아스트 백작은 국왕의 측근 중 측근이었다. 그리고 아마 라테스 쪽을 거쳐 요새에도 국왕의 결정이 담긴 서신이 전해졌을 터였다.

'아무래도 내가 이곳으로 올 것을 예상한 것 같은 기분이 드는데……. 이게 그저 단순한 우연인가? 너무 갑작스러운 일이라 내가 너무 앞서 생각한 건가?'

몇 번을 다시 생각해 봤으나 딱히 시원한 대답은 떠오르지 않았다.

'아! 주도권!'

한참의 고민 끝에 제닌은 이상하게 기분이 나빴던 이유를 찾아낼 수 있었다. 바로 자신이 원하는 대로 주도한 상황이 아닌, 누군가의 생각에 끌려다녔다는 점이었다.

'역시 그 노신이겠지?'

제닌은 처음 왕성에 도착했을 때 대면했고, 그 뒤로도 항상 국왕의 옆에 붙어 다니면서 이런저런 조언을 하던 인물이 떠올랐다.

'그래. 그거였어. 이대로 두면 어차피 그렇게 흘러갈 수밖에 없는 일. 미리 생색이라도 내둘 속셈이겠지. 그래야 나중에 아쉬운 소리 하기도 편할 테니까.'

이유를 알아내자 답답했던 가슴이 조금이나마 뚫리는 기분이었다.

제닌은 영문도 모른 채 누군가에게 휘둘리는 상황이 치가 떨리도록 싫었다. 힘을 얻기 전 그는 적에게 재물을 바치기 위한 미끼로 던져졌었다. 그리고 그것을 깨달았을 때의 더러운 기분은 아직도 가슴 한편에 확실하게 남아 있었다.

'한 방 맞기는 했지만, 좋은 것을 받았으니.'

제닌은 히죽 웃었다.

이유를 알아낸 이상 휘둘리지 않을 자신이 있었다. 힘과 능력이 있는 이상 주도권은 이미 그에게로 넘어왔다고 보아야 했다.

"대장? 무슨 기분 좋은 일이라도 있으십니까?"

옆에서 말을 몰던 벡스가 조심스럽게 물어왔다.

조금 전부터 심각해진 제닌의 표정 때문에 숨소리조차 조심하고 있는 터였다.

슬쩍 벡스를 바라보던 제닌은 그의 얼굴에 서린 조심스러움을 읽고는 피식 웃었다.

"어이구! 우리 벡스, 많이 컸네. 이젠 눈치도 살필 줄 알고 말이야."

'제가 원래 키는 더 컸단 말입니다!'

하고 싶은 말이 목구멍까지 치솟아 올랐으나, 이제는 벡스도 알았다. 괜히 말을 꺼내 분위기를 흐리는 것보다 때로는 가만히 있는 게 낫다는 사실을.

Ⅱ

파아아앗!

환한 빛무리가 사방으로 뻗어 갔다. 공간을 가득 채웠던 빛은 얼마 지나지 않아 사그라지며 대신 두 사람을 그 자리에 남겨 놓았다.

"어?"

빛으로 물들었던 시야가 돌아옴과 동시에 제닌은 깜짝 놀란 표정을 지었다.

"왜 이곳에……."

초조한 기색으로 의자에 앉아 있는 가족들의 모습이 보였다. 그가 어리둥절한 표정을 지은 것은 이 장소가 그들이 있을 곳이 아니었기 때문이다.

[세이프티 룸]

지휘소의 레벨이 올리면서 생겨난 방으로, 이름답게 요인의 보호를 위해 만들어진 곳이었다. 설령 요새가 파괴되더라도 방 안에 있는 사람들의 안전을 보장하는 곳, 그 때문에 제닌은 귀환 스크롤의 목적지로 이곳을 지정해 두었다.

이런 세이프티 룸에 가족이 모여 있다. 이것은 이럴 만한 일이 생겼다는 의미였다.

'설마, 제국 놈들이 공격해 왔나? 아니면 몬스터의 습격?'

제닌의 얼굴은 순식간에 딱딱하게 굳어졌다.

"앗! 오라버니다! 오라버니이이이!"

에이린은 제닌을 발견하자마자 오라버니를 외치며 달려들었고, 아리안과 페트로 역시 제닌을 바라보며 다가왔다.

"무슨 일이……."

품에 안긴 에이린의 등을 토닥여 주며 제닌이 부모님을 향해 물음을 던지는 도중 경쾌한 알림음이 들려왔다.

– 띠링!

[거점이 공격받고 있습니다.]

이미 알고 있는 사실이었기에 당황하지는 않았다. 다만 궁금한 점은 지금 요새를 공격하고 있는 적이 인간인가 몬스터인가 하는 점이었다.

'아! 거점 시야!'

궁금하면 알아보면 될 일이었다.

순식간에 시야가 멀어지며 요새의 전경이 제닌의 시야에 들어오기 시작했다.

요새를 둘러싼 성벽은 전투가 한창이었다. 수백 마리의 몬스터가 성벽에 달라붙어 기어오르고 있었는데, 성벽 위에서 쉴 새 없이 쏟아지는 석궁에도 아랑곳하지 않는 모습이었다.

"오라버니. 괴물이! 이-만-큼! 커다란 괴물들이!"

에이린이 품 안에서 뭔가를 설명하려 했지만 제닌도 이미 알고 있는 사실이었다.

"리니. 오빠도 알고 있으니까, 잠시만 조용히 해 줄래?"

"히잉……. 네."

시무룩해진 에이린의 대답이 들려왔으나, 지금은 그것에 신경을 써줄 만한 여력이 없었다.

제닌은 놈들을 조금 더 자세히 살펴보기 위해 시야를 확대했다.

'차라리 벡스가 잘생겨 보일 정도군.'

신장은 어림잡아 인간의 두 배. 강철 같은 근육으로 온몸을 감싼 놈들은 꿈에 나올까 무서울 정도로 흉측한 얼굴을 하고 있었다.

전체적인 생김새는 몸통이 두껍고 팔이 긴 고릴라를 닮았다. 하지만 팔은 네 개, 다리까지 합하면 전투에 사용할 수 있는 도구가 여섯 개였다.

눈은 이마에 박힌 것까지 세 개였다. 가끔 이마의 눈이 반짝임과 동시에 방어탑에서 날아오던 불덩이가 터져 나가는 것으로 보면 세 번째 눈에 뭔가 특수한 능력이 담겨 있음을 짐작할 수 있었다.

간혹 방어탑의 불덩이에 맞아 성벽에서 떨어지는 놈들도 있었으나, 절반 이상은 꾸역꾸역 성벽 위까지 기어오르는 데 성공했다.

'레벨은… 여기서는 안 보이는군.'

10레벨에 오른 석궁병의 공격이 그리 타격을 주지 못하는 것으로 보아 적어도 15레벨 이상, 어쩌면 20레벨이 넘을지도 몰랐다.

'그래도 제법 잘 막고 있군.'

제대로 타격을 줄 수 없는 병사들은 주로 견제의 역할을 맡았고, 그 사이에 섞인 부하들이 활약하고 있었다.

'녀석들……. 레벨 업 시켜준 보람은 있구나.'

성벽 위를 종횡무진 누비며 성벽 위로 올라오는 몬스터를 베거나 성벽 아래로 밀쳐내는 부하들의 모습에 제닌은 뿌듯함을 느꼈다.

하지만 그들보다 더 눈에 띄는 인물이 있었다.

바로 작은 몸으로 성벽을 누비며 병사들을 응원하고 부상자를 치료하는 마리의 모습이었다. 간혹 속박을 사용해 위험에 처한 병사를 구해내는 모습은 지켜보는 제닌의 입가에 흐뭇한 미소를 짓게 했다.

'역시 우리 마리가 최고구나.'

제닌은 마리의 활약이 대견한 한편 안타까운 마음도 들었다. 어느 정도 성장할 때까지는 되도록 좋은 것만 보여주고 싶었기 때문이다.

'하긴, 차라리 강해지는 게 낫겠지. 언제까지 내가 감싸고 들 수만도 없는 일이니까.'

마리의 모습에서 시선을 뗀 제닌이 시야를 축소해 요새의 전경을 살펴보았다.

'위태로워 보이는 곳은…….'

대체로 잘 막아가고 있었으나, 한 곳만큼은 성벽 위로 올라온 몬스터가 점차 늘어나고 있었다.

'테일스. 나 없는 동안 놀고 있었던 건가?'

제닌은 살짝 굳어진 얼굴로 거점 시야에서 벗어났다.

"다녀오겠습니다."

"오, 오라버니……. 다치지 마세요……."

인사는 부모님께 드렸는데, 대답은 품 안에서 들려왔다.

"고작 저런 놈들한테 다치기에는 이 오라버니가 너무 세거든?"

제닌은 웃음 띤 얼굴로 에이린의 머리를 쓰다듬은 뒤, 곧장 세이프티 룸을 나섰다.

"헤에……."

에이린은 행복한 미소를 지으며 양손으로 머리를 감쌌다. 머리에 남아 있는 제닌의 온기를 조금이라도 오래 간직하고 싶은 마음이었다.

그러던 에이린의 얼굴이 어느 순간 확 일그러졌다. 가늘게 좁혀진 그녀의 시선은 어리둥절한 표정으로 서 있는 벡스를 향해 꽂혀 들었다.

"벡스 아저씨는 뭐 해요!"

제닌이 있을 때와는 전혀 다른 날카로운 목소리에 벡스가 화들짝 놀랐다.

"나, 아저씨 아닌데. 난 너랑……."

"뭐라고요? 빨리 안 나가요? 나가서 오라버니를 도와줘야 할 것 아니에요!"

에이린의 날카로운 목소리는 비수가 되어 벡스의 가슴을 헤집었다.

'진짜… 아저씨 아닌데…….'

벡스는 정말 억울했다. 잘못된 말을 바로 잡아 주고 싶은 욕구가 목구멍까지 치솟았으나, 그는 애써 내리눌렀다. 지난 경험을 통해 그래 봤자 더 독한 소리를 듣는다는 것을 잘 알았다.

'동갑인데…….'

세이프티 룸 밖으로 나서는 벡스의 어깨는 왠지 축 처져 보였다.

Ⅲ

팟!

세이프티 룸을 벗어남과 동시에 인터페이스 창이 떠올라 시야의 변두리를 장식했다.

제닌의 눈동자가 주변을 한 번 훑었다.

오른쪽 위의 미니맵은 요새를 가운데 두고 그곳을 둘러싼 붉은 점들을 보여 주었고, 왼쪽 아래에는 부하들의 얼굴이 나타났다. 그 중 네 명의 얼굴이 크게 도드라졌는데 그 뒤에 각각 숫자가 붙어 있었다.

[1875/1877] [2103/2104] [2012/2015] [2076/2086]

'이건 뭐지?'

생명력이나 마력은 아니었다. 그것은 얼굴 바로 아래에 적혀 있었기 때문이다.

– 띠링!

[현재 임시로 부대가 지정되어 있습니다. 다시 지정하시겠습니까?]

마치 놀리듯 떠오른 메시지에 제닌은 입술을 삐죽였다.

'진즉 좀 알려주면 좀 좋아?'

숫자의 의미는 병력이었다. 그리고 제닌은 크게 나타난 부하의 얼굴이 동서남북 네 방향으로 나뉜 병력을 지휘하는 인물을 뜻한다는 것을 알 수 있었다.

'피해가 거의 없어 다행이네.'

스무 명 정도의 희생이 있었지만, 만 명에 달하는 병력에 비하면 미미한 수준이었다.

문득 입안에 씁쓸함이 감돌았다.

'사람 목숨이 무슨 장난도 아니고.'

줄어든 숫자는 누군가의 죽음을 의미했다. 그 죽음을 단순한 숫자로 나타내니 사람 목숨이 너무 가볍게 느껴졌다.

'불과 3년 전, 아니 석 달 전만 해도 나 또한 숫자에 불과했건만.'

이런 것이 귀족들이 평민을 바라보던 시선이던가?

어쩐지 자신이 극도로 싫어했던, 혐오했던 이들과 생각이 비슷해진 것 같은 느낌에 제닌은 얼굴이 화끈거릴 지경이었다. 하지만 곧 머리를 휘휘 내저으며 생각을 털어냈다.

'숫자든 뭐든, 일단 중요한 것은 저 숫자가 더 줄어들지 않는 하는 것뿐!'

마음을 다잡으며 창문을 열어젖혔다.

덜컥. 휘이이잉.

매서운 겨울바람이 안으로 몰아쳤다. 누군가에게는 피부를 에일듯한 칼바람이겠지만, 제닌에게는 뜨끈한 얼굴을 식혀줄 시원한 바람에 불과했다.

창틀을 밟고 올라서서 아래로 몸을 던졌다.

"엇! 대, 대장! 자살은 안 됩니다!"

등 뒤에서 들려온 벡스의 목소리에 피식 웃음이 나왔다.

누군가에게는 생명을 위협할 높이겠지만, 자신에게는 십 미터가 훌쩍 넘는 지휘소 최상층이나 낮은 울타리 위나 마찬가지였다. 설령 뒤집혀 떨어진다 해도 다치지 않을 만큼 튼튼한 몸 때문이었다.

제닌은 바닥이 가까워질 즈음 벽을 박차고 다시 도약해 다른 건물의 지붕 위에 안착했다. 숨 쉬듯 자연스러운 동작이었다.

– 벡스. 넌 그냥 계단으로 내려와라.

"예?"

– 그 높이에서 네가 뛰면 땅이 아플까 봐 그런다.

"그게 무슨……."

어리둥절한 중얼거림을 들으며 제닌은 계속해서 지붕을

밟아가며 북쪽 성벽으로 향했다.

성벽에 오른 몬스터 무리와 대치 중인 병력이 눈에 들어왔다.

"하앗!"

기합을 내지르며 높이 도약한 제닌이 성벽 위에 올라섰다.

손에는 대검이 들려 있었고, 커다란 칼날에는 푸른 아우라가 넘실거렸다.

[Lv.24 크루얼 에이프]

성벽을 올라온 놈들의 머리 위에 붙은 이름표가 보였다.

[Lv.29 크루얼 에이프]

노란색 이름표도 보였다. 다른 놈보다 머리 하나 정도 더 큰 놈이었다.

'마력 강체술. 간파.'

가뜩이나 인간을 뛰어넘은 신체는 [마력 강체술]로 더욱 굳건해졌으며, 눈에 작용한 [간파]의 영향으로 몬스터의 약점이 선명하게 보이기 시작했다.

선명하게 도드라진 부위는 목과 가슴의 중앙.

'약점이랄 것도 없나?'

목을 베거나 심장을 찔리고도 살 수 있는 인간은 없었다. 아니, 생명체는 없었다. 재생력으로 이름 높은 트롤조차 머리가 떨어져 나가거나 심장이 파괴되면 죽는다.

'수확!'

푸른 원반이 나타나 성벽 위를 휩쓸었다.

[수확(Lv.5) 숙련도 46/700 생명력 60 마력 110]

– 무기를 크게 휘둘러 반경 7.5미터 안의 모든 적에게 공격력의 110%에 해당하는 피해를 줍니다.

아우라 컨트롤로 아우라를 길게 뽑아 주변을 휩쓰는 방법도 있었다. 하지만 굳이 스킬을 사용한 것은 나름의 장점이 있었기 때문이다.

효율성과 범용성.

일단 스킬은 아우라를 직접 사용하는 것보다 같은 공격을 하는 데 소모되는 마력의 양이 적었다. 그보다 더 중요한 것은 스킬의 효과가 지정한 범위 내에 있는 모든 적에게 적용된다는 점이었다.

이 말인즉슨.

깡!

오러를 머금은 팔이 제닌의 대검을 가로막았다.

29레벨의 노란색 이름표를 달고 있는 정예 크루얼 에이프였다. 하지만 비록 막혔음에도 놈의 머리 위에 떠오른 생명력 막대는 확실히 깎여 나갔다.

그뿐만이 아니었다.

"쿠에에엑!"

"쿠워어억!"

대검의 경로 안에 있던 일반 크루얼 에이프들이 크게 울부짖었다. 놈들의 머리 위 생명력 막대가 거의 절반 가까이 줄어 있었다. 대검이 몸에 닿지 않았음에도 데미지가 들어갔음을 증명하는 현상이었다.

'레드 맨티스는 아무 소리도 안 내던데, 이놈들은 실제로 고통이 느껴지는 건가?'

제닌이 이런 현상을 발견한 것은 레드 맨티스와의 전투에서였다.

모여 있는 놈들을 한꺼번에 정리하고자 수확 스킬을 사용했고 그것은 정예 레드 맨티스의 앞발에 막혔다.

그런데 그때, 옆에 있던 레드 맨티스 한 마리가 갑자기 쓰러졌다. 바닥난 생명력 막대가 보였다. 놈은 이전의 공격으로 이미 앞발 하나가 잘려 있던 놈이었다.

이상한 마음에 주변을 확인해 보니, 수확 스킬의 범위 안에 있던 모든 레드 맨티스의 생명력이 줄어들어 있었다. 비록 일정하지 않고 들쑥날쑥했지만, 스킬의 공격이 도중에 막혀도 피해를 준다는 사실만큼은 확실했다.

막혀도 피해를 준다?

물론 상식적으로 이해는 할 수 없었다.

그런데 이해할 수 없는 일이 어디 한둘이던가?

제닌은 이미 그런 일을 너무 많이 겪었기에 이제는 그냥 그러려니 하고 넘어가는 수준이었다.

또한, 이와 같은 상식을 벗어나는 현상은 제닌에게 더 좋은 일이기도 했다.

인간은 자신의 상식을 벗어난 일에 당황하기 마련이기 때문이다. 그리고 이런 당황은 적을 상대함에 있어 크나큰 이점으로 돌아올 수 있었다.

어찌 되었든 이러한 스킬의 새로운 발견은 카렌달 검술에 밀려 한동안 등한시했던 다른 스킬들을 다시 신경 쓰게 된 계기가 되었다.

그중 범위 공격을 하는 수확은 지금처럼 좁은 공간에 적 다수가 몰려 있을 때, 최고의 효율을 발휘했다.

“영주님! 영주님이시다!”

몬스터에 밀려 살짝 가라앉았던 북쪽 성벽의 사기가 일순 끓어 올랐다.

제닌은 일제히 함성을 내지르는 병사들을 훑어보다가 한 인물에게로 시선을 고정했다.

“어이. 테일스.”

“쿠워!”

그가 부른 건 테일스였건만, 대답한 것은 등 뒤의 몬스터였다.

슈욱!

날카로운 파공성을 울리며 조금 전 제닌의 공격을 막았던 정예 크루얼 에이프가 제닌을 향해 주먹을 내질렀다.

한쪽에 팔이 두 개였기에 날아드는 주먹도 두 개. 그것도 두 개의 주먹 사이에 약간의 시차까지 존재했다.

"영주님! 뒤! 뒤에!"

병사들은 파랗게 질린 얼굴로 소리쳤으나, 제닌은 여전히 테일스가 있는 쪽에서 시선을 떼지 않았다. 대신 들고 있던 대검을 슬쩍 등 뒤로 들어 올렸을 따름이었다.

쩌정!

종소리가 나며 손아귀에 묵직한 충격이 전해졌다. 크루얼 에이프의 주먹은 비스듬한 대검의 면을 때리고 빗겨 나갔다.

제닌은 여유로운 미소를 지은 채 테일스에게 물었다.

"내가 왜 불렀는지 알지?"

"소, 송구합니다. 영주님."

"잘 좀 하라고. 잘!"

말을 마침과 동시에 돌아서며 대검을 휘둘렀다. 눈부신 속도로 휘둘러진 대검은 빗나간 주먹 대신 다른 편 주먹을 내지르려던 정예 크루얼 에이프의 허리를 사선으로 갈랐다.

스겅!

절단면을 타고 흘러내리는 상체를 외면하며 제닌은 다시 한 번 [수확]을 사용했다.

번뜩이는 푸른 원반이 성벽 위로 자라났다.

일반 크루얼 에이프는 대부분 쓰러졌고, 나머지는 거의 빈사 상태에 이르렀다. 그나마 멀쩡히 서 있는 것은 정예들뿐이었다.

"쿠워워!"

"크르르르!"

제닌은 분노에 찬 고함을 내지르며 달려드는 정예들을 향해 맞서 달려갔다.

슈욱!

눈앞으로 다가온 주먹 두 개를 허리 숙여 피하며 등 뒤로 돌아간 제닌이 폴짝 뛰며 대검을 휘둘렀다.

흉측하고 커다란 머리가 둥실 떠올랐다.

"아! 깜빡할 뻔했군."

내려선 제닌에게로 네 개의 주먹이 날아들었다. 좌우 양쪽에 선 놈들의 협공이었다. 제닌은 바닥을 박차며 한쪽에 선 놈의 품으로 파고들었다.

몸보다 먼저 파고든 것은 대검이었다.

쿠직!

제닌의 신장을 넘어서는 긴 대검은 놈의 가슴 한복판을 파고들며 심장을 부숴다.

놈의 눈동자에서 생기가 빠져나갔다.

후웅! 쿵!

제닌이 서 있던 자리에 두 개의 주먹이 내리꽂혔다. 그러나 이미 제닌은 힘을 잃고 쓰러지는 놈의 몸을 박차며 공중으로 뛰어오른 상태였다.

휘리릭! 스걱!

한 바퀴 공중제비를 돈 제닌의 아래 주먹을 땅에 박고 있는 놈의 널찍한 등판이 보였다. 망설임 없이 내리뻗은 대검이 등을 관통해 심장을 꿰뚫었다.

등판에 내려서 대검을 뽑아내자 이미 생명을 잃은 정예 크루얼 에이프의 몸은 그대로 무너졌다.

"후우!"

한숨을 내쉰 제닌이 소리쳤다.

"모두 방패 들어!"

쩌렁쩌렁한 목소리가 요새 전역으로 퍼져 나갔다.

검을 들고 몬스터를 몰아붙이던 이들도, 창을 들어 견제하던 이들도 모두 물러서 방패를 들거나 방패를 든 이들 뒤로 숨었다.

그 순간 제닌이 선언했다.

"나를 제외한 모든 병력의 레벨 업을 허락한다."

그의 목소리는 한 차례 파동이 되어 요새 전역을 휩쓸었다.

"바로 지금! 경험치가 허락하는 만큼!"

다시 한 번 제닌의 목소리가 요새를 휩쓸었고, 그 즉시 변화가 시작되었다.

번쩍! 버번쩍!

사방에서 빛 무리가 난무하기 시작했다.

"흐억!"

"허어업!"

급작스럽게 치솟은 극도의 쾌감은 웬만한 정신력으로는 참아낼 수 없었다. 병사들은 쾌감에 겨워 어쩔 줄 몰라 했고, 자연스럽게 자세가 무너졌다.

문제는 선두에 선 방패병들의 몸에서도 레벨 업의 빛이 뿜어지고 있다는 점이었다.

"이런!"

착오였고, 실수였다.

'이미 전투가 여러 번 있었단 말인가?'

기껏 해봐야 몇 명 안 되겠거니 했건만, 성벽에서 전투 중인 병사들 대다수가 레벨 업 경험치를 확보한 상태였다. 그중에는 간혹 몇 번을 거듭하는 인물도 있었다.

'썩을!'

제닌은 욕설을 삼키며 황급히 움직이려 했다. 그런데 그때, 이상한 광경이 눈에 들어왔다.

'왜 저렇게 서 있지?'

어리둥절한 얼굴로 서 있는 몬스터의 모습. 흉측한 얼굴에 떠오른 감정은 '놀람' 이었다.

'설마, 빛을 볼 수 있는 건가?'

제닌 또한 깜짝 놀랐다.

고작 그런 걸로 놀라느냐고 할 수도 있으나, 제닌에게는 중요한 일이었다.

레벨 업의 빛을 볼 수 있는 사람은 한정되어 있었다.

제닌을 비롯한 부하들과 마리, 그리고 병영을 통해 레벨 업을 경험한 이들뿐이었다. 다시 말해 제닌이 얻은 힘과 관련된 사람만 그것을 볼 수 있다는 의미였다.

그런데 몬스터 역시 빛을 볼 수 있었다. 같은 맥락에서 보자면 그들 또한 제닌이 얻은 힘과 관련되어 있다는 말이 된다.

'뭐가 어떻게 되는 건지.'

제닌이 잠시 굳어 있던 사이 쾌감에 휩싸였던 병사들이 몸을 추슬렀고, 예전보다 힘찬 기세로 몬스터들을 공격하기 시작했다. 몬스터들 역시 공격하는 병사들의 모습에 정신을 차리고 맞섰다.

'대체 뭐가 뭔지 모르겠지만, 일단은!'

지금의 상황부터 정리한 다음 고민할 일이었다.

제닌은 북쪽 성벽에 남아 있는 정예 크루얼 에이프들을 모두 처치했다.

"테일스! 여긴 내가 맡을 테니, 다른 쪽을 지원하도록!"

"예! 영주님!"

제닌은 대답을 들음과 동시에 성벽 아래로 거침없이 몸을 날렸다.

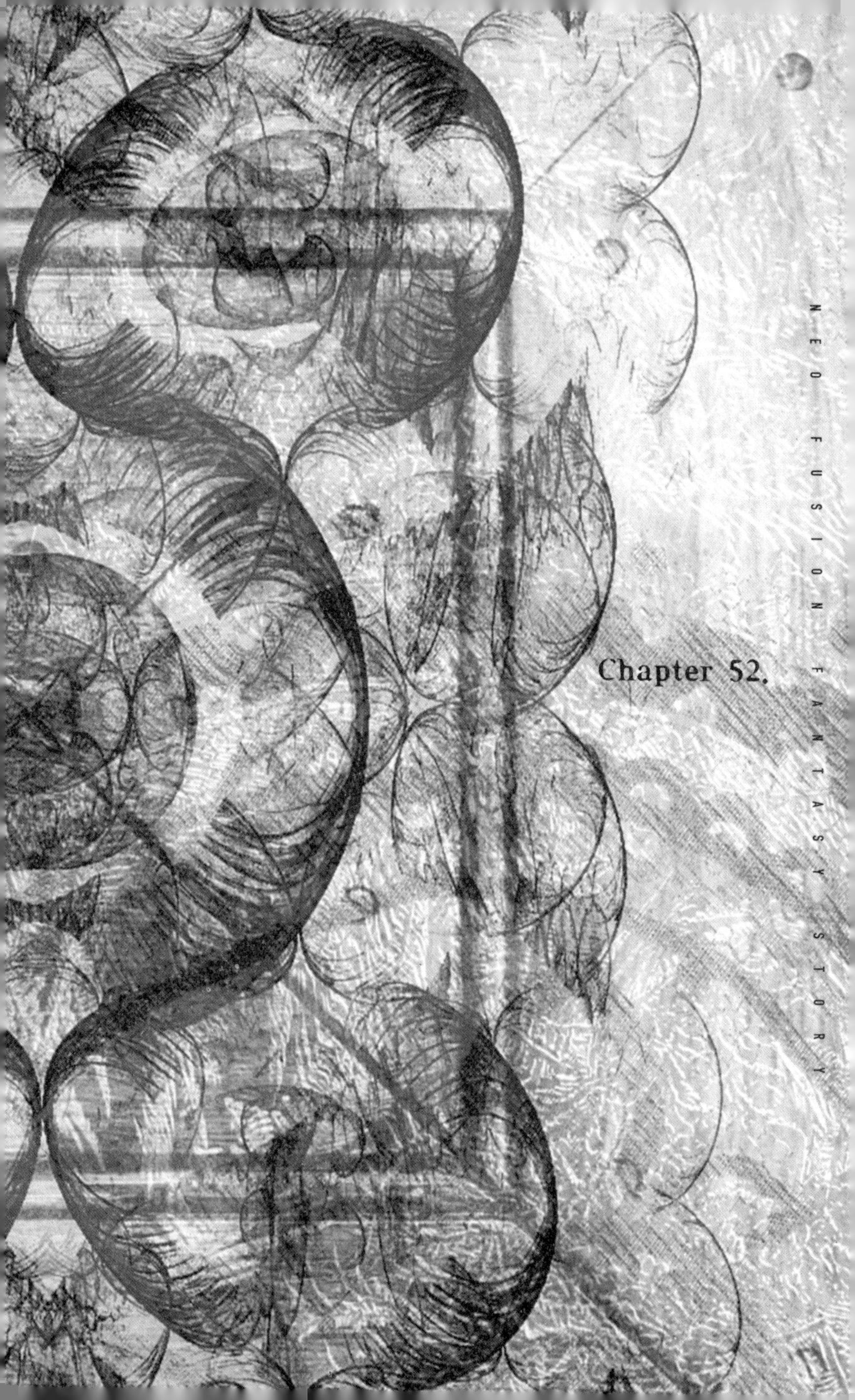

Chapter 52.

NEO FUSION FANTASY STORY

Chapter 52.

ROYAL ROADER

I

번쩍!

갑작스러운 일이었다.

눈앞이 번쩍하는 느낌과 함께 몸이 어디론가 날아가는 느낌이 들었고, 이어 뭔가가 뒤통수를 후려치는 느낌과 함께 정신이 아득해졌다.

쩌적! 쩌저저적!

제닌의 몸은 성벽에 반쯤 박힌 상태였다. 그리고 그의 몸이 박힌 곳을 중심으로 거미줄처럼 생긴 균열이 점차 퍼져가는 중이었다.

"커억!"

제닌은 외마디 비명을 내질렀다. 온몸의 뼈가 조각조각

부서지는 느낌이었다. 웬만한 통증에는 눈 하나 깜짝하지 않을 자신이 있었지만, 이번만큼은 비명을 참을 수 없었다.

'대, 대체 뭐가?'

온몸에서 느껴지는 통증의 합보다 깨질 듯한 뒤통수의 통증이 더 컸다. 머릿속이 새하얗게 변한 느낌이었다.

아무런 생각도 들지 않았다. 다만 하나, 그의 직감만큼은 쉴 새 없이 위험 신호를 울려대고 있었다.

'보호…….'

간신히 생각해낸 단어를 외치자 '우웅' 하는 소리와 함께 무언가가 주변을 감싸는 것이 느껴졌다.

"아빠아!"

찢어질 듯한 목소리는 무척 낯이 익었다.

그와 동시에 녹색의 기류가 보인다 싶더니 시원한 느낌이 온몸을 감쌌다. 몸을 괴롭히던 통증이 서서히 사그라졌다.

'이건 치유… 마리?'

겨우 잡아낸 실마리를 토대로 기억력이 되살아나기 시작했다. 눈부신 속도로 회복하기 시작한 기억은 조금 전의 상황을 복원하기에 이르렀다.

'보스 몬스터! 세 번째 눈! 섬광!'

성벽 아래로 뛰어내린 제닌은 별다른 어려움 없이 그곳을 정리할 수 있었다. 그뿐만 아니라 성벽 주변을 빙 돌면서 남아 있는 몬스터를 처리해나갔다.

몬스터의 약점을 볼 수 있었고, 그곳을 공략할 무기를 지녔다. 그러니 뭐가 문제인가?

쉽고, 자연스러웠다.

"우와! 역시 영주님!"

"역시 우리 대장입니다!"

성벽 위의 부하들과 병사들은 그런 제닌의 모습에 환호했다. 그런 환호는 제닌의 기분을 살짝 들뜨게 했다.

성벽 주변의 몬스터가 거의 정리된 순간 미니맵에 깜빡이는 붉은 점이 나타났다.

제닌은 이글아이로 그곳을 확인했고 놈이 34레벨의 붉은색 이름표를 가지고 있다는 것을 확인했다.

보스 몬스터였다.

놈은 다른 크루얼 에이프보다 두 배는 커다란 키와 몇 배에 달하는 덩치를 가졌다. 또한, 그에 걸맞게 넓은 이마에는 다른 놈에 비해 유달리 커다란 세 번째 눈이 박혀 있었다.

그것을 확인한 순간 하얀 섬광이 제닌의 눈앞을 가로질렀다.

'빨랐어. 움직일 시간조차 없을 정도로.'

제닌의 직감은 위험신호를 보냈고, 그에 따라 몸을 움직이려는 순간 섬광이 그의 몸을 때렸다. 휠휠 날아간 제닌은 그대로 성벽에 박혔고 뒤통수를 때리는 둔중한 충격에 순간적으로 정신을 잃었다.

'아무런 생각이 들지 않았던 것은 머리에 충격을 받아서인가?'

제닌이 여기까지 생각했을 때였다.

번쩍!

멀리서 뭔가가 번쩍인다 싶더니 눈앞이 하얗게 물들었다.

'썩을!'

제닌은 반사적으로 양팔을 교차해 앞을 막았다. 하지만 예상했던 충격은 일어나지 않았다.

우웅!

대신 미약한 진동음과 함께 허공이 기묘하게 이지러지는 현상이 보였다.

'아! 보호!'

정신없는 와중에도 사용한 보호의 투명한 보호막이 놈의 공격을 한 차례 막아냈다.

번쩍! 번쩍! 번쩍!

연이어 섬광이 번쩍였다. 눈앞의 우웅거리는 소리가 점차 커지더니 세 번째 섬광이 보호막을 때림과 동시에 무언가가 깨지는 듯한 소음이 일어났다.

'기습!'

또다시 공격이 이어지기 전에 제닌은 기습을 사용했다. 목표는 크루얼 에이프 몇 마리의 주검이 겹쳐 쌓인 곳의 뒤편이었다.

번쩍!

그가 몸을 피한 직후 번쩍이는 섬광이 성벽을 때렸다.

쿠웅!

섬광을 맞은 성벽은 격렬하게 흔들리며 사방으로 돌조각을 흩뿌렸다.

"대장!"

"영주님!"

흔들리는 성벽 위에서 안타까운 외침이 터져 나왔다. 이미 성벽 위의 몬스터는 완전히 정리된 상태였다.

– 마리, 사람들한테 성벽 뒤로 숨어 있으라고 해.

– 마틴. 아무리 궁금하다고 해도 절대 머리 내밀지 마라. 그리고 혹시라도 이쪽으로 뛰어내리는 놈 생기면 네가 죽는다.

– 응!

"엇! 모, 목소리! 대장 목소리가!"

마리의 대답은 머릿속으로 직접 들려왔고 성벽 위에서는 당황한 마틴의 목소리가 울려 퍼졌다.

성벽 위에서 들려오는 분주한 소리를 들으며 제닌은 대처를 고민했다.

번쩍이는 섬광 공격은 그가 몸을 숨긴 뒤로는 더 이어지지 않았다.

'그나마 다행이군.'

만약 놈이 성벽에 계속 섬광 공격을 날렸다면 제닌은 제대로 된 대처를 생각할 만한 시간조차 얻지 못했을 것이다. 성벽이 무너지기 전에 어떻게든 놈을 처리해야 했기 때문이다.

문제는 미니맵에 나타난 붉은 점 또한 움직이지 않고 있다는 점이었다.

'날 찾고 있는 건가? 이왕이면 이쪽으로 와 주면 좋겠는데 말이야.'

제닌은 그렇게 바랐지만 붉은 점은 못 박힌 듯 그 자리에 서 있을 따름이었다.

제닌은 자신이 박혔던 성벽으로 시선을 옮겼다. 사지를 활짝 펼친 사람의 모습이 언뜻 보였다.

'꼴사나웠겠군.'

그나마 성벽 위에서는 저런 자국을 볼 수 없다는 것이 위안이라면 위안이었다.

'보호막이 세 번 버틴 건가? 그렇다면 생각보다 공격력은 그리 크지 않다는 말인데……. 처음에 당한 것은 방비가 전혀 되지 않았기 때문인가?'

제닌은 섬광이 보호막을 한 번에 깨뜨리지 못한 것을 떠올렸다. 자신과 더불어 강해지는 다른 스킬과 달리 보호 스킬은 그의 대검인 [보호의 육중한 패왕의 검]에 종속된 스킬이었다. 다른 스킬처럼 막강한 위력이 아니라는 의미였다.

물론 고위기사급 정도의 공격이야 수십 번도 막아낼 정도였지만 현재 제닌의 눈높이는 그보다 훨씬 높았다.

'나라면 단번에 깨뜨릴 수 있어.'

그런 보호막으로 세 번의 공격을 막아냈다는 것은 놈의 공격력이 제닌보다 약하다는 의미였다.

'하지만 빨라.'

놈의 섬광 공격은 그야말로 빛살과 같은 속도였다. 제닌이 막 인식하고 대책을 생각하려 할 때, 공격은 이미 그의 몸을 때리고 있었다.

'접근이 문제로군.'

가까이 다가갈 수만 있다면 나머지는 문제가 아니라는 생각이 들었다. 멀리서는 몰라도 가까이서는 놈의 고개가 움직이는 것만 보아도 충분히 피해낼 수 있다는 판단이었다.

제닌은 다시 미니맵을 살폈다.

'거리는 1킬로미터 정도인가?'

전력을 다해 질주하면 1분도 걸리지 않을 거리였다.

'그걸 사용할 수 있으면 좋을 텐데.'

제닌은 얼마 전 가족을 찾아갈 때를 떠올렸다.

가족이 위험하다는 생각에 무작정 멀리 보이는 나무를 바라보며 기습을 사용했고 이동에 성공했다. 비록 순식간에 절반에 가까운 마력을 소모하기는 했지만, 상당히 먼 거리를 단숨에 좁힐 수 있었다.

'그 뒤로는 안 된단 말이지.'

먼 거리를 순식간에 이동할 수 있을 기술이 있다는 것은 위기의 상황에서 목숨을 구할 구명줄이 될 수도 있었다. 그래서 종종 시도해 보았으나, 처음의 한 번 이후로는 모조리 실패했다.

'불확실한 것을 믿고 위험을 감수할 수는 없으니.'

번쩍!

쿠쿵!

생각할 시간이 급격하게 줄어들기 시작했다. 놈이 성벽을 공격하기 시작했기 때문이다.

– 마리! 사람들 대피시켜! 성벽 쪽은 완전히 비워! 급하면 그냥 뛰어내리라고 해! 다리 정도는 부러져도 충분히 고칠 수 있어!

사람만 다치지 않는다면 성벽 정도야 무너져도 큰 상관이 없었다. 넘쳐나는 돈으로 순식간에 해결할 수 있는 문제였기 때문이다.

– 응! 알았어!

"아빠가 다들 뛰래! 빨리 뛰어!"

쿵! 쿠웅!

"크윽!"

둔중한 소리가 연거푸 울려 퍼지며 약한 신음이 들려왔다.

'성벽에 깔리는 것보다는 나으니까.'

제닌은 머리를 흔들어 성벽 너머의 상황은 젖혀둔 채 자신이 다시 생각에 잠겼다.

'놈의 연사력과 보호를 재사용할 수 있는 시간의 대결인가?'

일단은 어느 것이 더 빠른지를 알아볼 필요가 있었다.

제닌은 보호를 사용한 채 몸을 일으켰다.

번쩍! 번쩍!

마치 기다렸다는 듯이 섬광 공격이 날아들었다.

제닌은 세 번까지 맞아준 후 [기습]을 사용해 근처의 바위 뒤로 몸을 숨겼다.

'썩을! 이 방법은 안 되겠군.'

섬광 공격은 대략 2초에 한 번꼴로 이어졌다. 그리고 보호는 한 번 발현한 후 5초 정도가 지나면 다시 사용할 수 있었다. 보호막으로 세 번까지 막아낼 수 있으니 계속 버틸 수는 있었다.

다만, 밀어내는 힘이 문제였다. 한 번 공격에 십여 미터

씩 쭉쭉 밀려나는 통에 놈에게 가까이 다가갈 방법이 없었다.

'직선 공격이니 한쪽으로 집중하면 조금 더 오래 버틸 수 있을까? 방패에 입힌 다음 사선으로 기울여서 땅에 박으면 조금 덜 밀려나려나?'

고민을 거듭하는 동안에도 섬광 공격은 계속해서 이어졌다. 그리고 거미줄 같은 균열에 완전히 뒤덮인 성벽은 마침내 굴복했다.

쿠르르르르르!

무너져 내리는 성벽을 바라보던 제닌의 머릿속에 하나의 생각이 번개처럼 스쳐 갔다.

'이런! 내가 왜 이걸 진즉 못 떠올렸지?'

Ⅱ

번쩍! 콰직! 번쩍! 콰직! 번쩍!

공격을 한 번 받고 한 걸음 나아가 방패를 땅에 박고, 다시 공격을 받고 한 걸음. 또 한 걸음.

그야말로 눈물겨운 전진이 이어졌다.

마음 같아서는 한 번에 크게 뛰어 앞으로 다가가고 싶었으나, 그러다가 제대로 방패를 땅에 박아 넣지 못하면 훨훨 뒤로 날아갈 가능성이 높았다.

방패에 보호막을 입히는 방법은 탁월한 선택이었다. 세 번을 막아내던 것이 열 번으로 늘어났기 때문이다. 하지만 놈에게 다가가는 길은 멀고도 험난했다.

제닌은 그렇게 십여 분가량을 소모하며 힘겹게 전진했지만, 놈과의 거리는 전혀 좁혀지지 않은 상태였다.

앞으로 나아가지 못한 것이 아니었다. 단지 제닌이 다가간 만큼 놈이 뒷걸음질쳤을 따름이었다.

'크윽! 이런 썅!'

얼얼한 팔은 감각이 없을 정도였다. 또한, 종아리는 힘에 겨워 부들부들 떨렸다.

이미 인간의 신체를 완벽히 초월한 제닌이 이 정도면 웬만한 사람은 막음과 동시에 온몸이 부서진다는 의미였다.

번쩍!

주르르륵.

제닌의 몸이 어느 순간 급격히 밀려났다.

방패를 제대로 못 박아서일까? 아니면 지금까지 버티느라 힘이 다 빠졌기 때문일까?

무너진 성벽의 잔해 뒤에 숨어서 조마조마한 마음으로 지켜보는 이들의 눈에는 후자가 유력해 보였다.

"아빠… 힘내요!"

마리는 양손을 꼭 모은 채 제닌을 응원했다.

녹색 기류가 피어올라 제닌에게 향했으나 그리 큰 도움은 뒤지 못한 듯 보였다.

느릿하게 방패를 들어 올리는 제닌의 모습은 누가 봐도 힘겨워 보였기 때문이다.

번쩍!

다시 한 번 섬광 공격이 날아들었고, 제닌의 몸은 더는 버티지 못한 채 뒤로 튕겨 나갔다.

"아, 안 돼! 아빠!"

"영주님!"

제닌의 몸은 바닥을 몇 번이나 튕기며 날아가다가 등을 뒤로한 채 바닥에 떨어져 다시 한참 동안 밀려갔다.

자욱하게 피어오른 흙먼지가 제닌의 모습을 가렸다.

"저런 개자식이! 대장! 대장!"

벡스가 불같이 분노하며 그대로 튀어 나가려 했으나, 주변 사람들이 힘을 모아 막았다.

그곳에 모인 모두가 알고 있었다.

제닌조차 상대하지 못한 놈에게 달려들어 봤자 돌아오는 것은 개죽음뿐이라는 것을.

휘이이잉.

싸늘한 바람이 불어와 자욱하게 피어올랐던 흙먼지를 휩쓸어갔다. 그리고 남겨진 곳에는.

"어? 어디 갔지? 대장!"

"영주님! 영주님이 사라졌다!"

아무도 없었다.

Ⅲ

"아, 빌어먹을! 온몸이 쑤시네."

제닌은 어두컴컴한 통로를 달려가고 있었다. 빠른 속도임에도 발끝만 사용하여 소음을 최소화한 상태였다.

약간의 질주 끝에 제닌이 다다른 곳은 막다른 통로였다. 그리고 꼬리 부분만 땅에 댄 채 상체를 세운 애벌레가 그를 기다리고 있었다.

제닌이 가까이 다가서자 애벌레는 선 것도 모자라 그 자리에서 통통거리며 뛰었다. 마치 주인을 반기는 강아지의 모습을 보는 듯했다.

[Lv. 11 그레이트 웜]

레벨이 10에 다다르고 남겨 두었던 괴수 고기를 섭취한 그레이트 웜은 벡스 투처럼 크기를 조절하는 능력을 얻었다. 덤으로 이름도 얻었다.

"꼬물아, 땅굴은 다 팠어?"

그레이트 웜은 작게 변했다 해도 1미터가 넘는 길이에 팔뚝만 한 두께를 가지고 있었다. 제닌조차 징그러워 가까이하지 않았건만, 유독 마리만 녀석이 귀엽다고 난리였다.

게다가 꼬물꼬물하면서 바닥을 기어 다니는 모습이 귀엽다며 이름까지 붙여 주었다.

그래서 꼬물이다.

그레이트 웜의 본래 크기를 생각하면 얼토당토않았지만, 어느 정도 익숙해지니 의외로 어울린다는 생각도 들었다.

지금처럼 뒷부분으로 일어서기도 하고, 가끔 애교 비슷한 동작을 보이기도 했기 때문이다. 게다가 사람이 하는 말도 제법 잘 알아들었다.

'그놈은? 어디 있는데?'

제닌의 그렇게 묻자 꼬물은 통통 뛰어오르며 몸을 쭉 펼쳤다. 무슨 날개가 있는 것도 아니고, 기껏 해봐야 'I' 자였지만, 제닌은 녀석이 말하고자 하는 바를 충분히 알아들을 수 있었다.

'여기, 바로 위라고?'

제닌이 머리 위의 수직으로 뚫린 굴을 가리키며 다시 묻자 일어선 꼬물의 상체가 위아래로 격하게 움직였다.

"후우……."

작게 숨을 고른 제닌은 이어 [보호]와 더불어 자신을 강화할 수 있는 모든 스킬을 사용했다. 그리고 무릎을 한껏 굽혔다가 힘껏 바닥을 박찼다.

눈부신 속도로 치솟은 제닌의 몸은 어느새 수직 땅굴의

천장에 다다랐다. 대검을 위로 세운 채로 벽을 박차 다시 한 번 도약하자 천장은 과자처럼 부서졌다.

푸화악!

밝은 빛과 함께 그동안 그를 괴롭혔던 보스 크루얼 에이프가 모습을 드러냈다.

가까이서 보니 놈은 훨씬 더 덩치가 컸고 외모 또한 훨씬 더 혐오스러웠다. 다른 것을 떠나 생김새만으로도 누군가의 살의를 불러일으키기 충분했다.

"새끼! 아까 보니까 신 좀 내더라? 그러니까 이제."

이죽거림과 함께, 제닌은 짙푸른 아우라가 넘실거리는 대검을 힘껏 움켜쥐었다.

등 뒤에서 들려온 목소리에 크루얼 에이프가 몸을 돌리려 했으나, 그보다 제닌의 대검이 한발 빨랐다.

"뒈져!"

쩌엉!

'뭐, 뭐지?'

제닌은 순간 당황했다.

그의 예상을 완전히 벗어난 일이 벌어진 탓이었다.

놈의 몸을 반으로 가를 거라 믿어 의심치 않았던 대검이 제닌의 기대를 져버렸다. 대검은 무언가에 가로막혀 부여받은 임무를 수행하지 못했다.

'보호막? 이놈도?'

잠깐 놀라는 사이 뒤를 돌아본 놈과 얼굴이 마주쳤다. 입꼬리가 살짝 치솟아 한층 더 혐오감을 주는 얼굴이었다.

'썩을! 기습!'

제닌의 몸이 사라짐과 동시에 섬광이 번뜩였다.

쿠쾅!

폭발하는 바닥과 사방으로 비산하는 흙을 바라보며 제닌은 이를 악물었다.

안 된다고 포기할 수는 없었다.

그에게는 그 자신뿐만 아니라 성벽 안에서 지켜보고 있는 모두의 생명까지 달려 있었다.

'일점집중!'

푸른 아우라에 휩싸인 대검이 눈부신 잔상을 일으켰다.

쩌저저저저정!

제닌의 얼굴은 여전히 어두웠다.

혹시나 하는 마음에 놈의 생명력 막대를 살펴보았으나, 티끌만큼도 줄어들지 않았다. 아무래도 보호막이 모든 충격을 흡수한 듯싶었다.

놈이 다시금 몸을 돌렸다. 이마에 박힌 세 번째 눈에 하얀 빛이 맺힌다 싶은 순간, 제닌은 다시 기습을 사용했다.

번쩍! 번쩍! 번쩍!

제닌은 [기습]과 [일점집중]을 계속 반복했다.

'쌍! 넌 무슨 마력이 무한대냐?'

놈은 그동안 수백 번의 섬광을 사용했음에도 전혀 지친 기색이 보이지 않았다. 아마 앞으로 수백 번을 더 사용하는 것도 문제없을 듯싶었다.

보호막 또한 어찌나 튼튼한지, 일점집중을 열 번 넘게 사용했음에도 깨질 기미가 전혀 보이지 않았다.

'레벨 차이 때문인가? 아니면 뭔가 특수한 능력이 있는 건가?'

제닌은 자신의 레벨을 확인해 보았다.

[레벨 : 28(23526/15000 레벨 업 가능)]

현재의 상태였고, 레벨 업을 했을 때에는 다음과 같았다.

[레벨 : 30(23526/23652)]

레벨 업을 하기 딱 좋은 타이밍이기는 한데, 그럴 만한 여력이 없었다. 생각하고 있는 지금 이 순간에도 놈은 계속해서 공격했고, 제닌은 기습과 일점집중을 번갈아 사용해가며 보호막을 깨뜨리려 노력하고 있었다.

레벨 업을 실행했을 때 겪는 잠깐의 무방비 상태가 지금 같은 상황에서는 치명적인 패착이 될 수 있었다.

'이럴 줄 알았으면 진즉 할 것을…….'

후회는 언제나 한발 늦었다.

물론 제닌에게도 나름대로 이유는 있었다.

제닌은 20으로 레벨 업 했을 때의 일을 기억했다. 그렇기에 30레벨 역시 특별한 일이 벌어질 것으로 생각했다.

그것이 정확히 무엇인지는 아직 모르겠으나, 부가적으로 특별한 기능이 새로 나타날 터였고, 이것을 제대로 살펴보려면 아무래도 바깥보다는 안전한 요새 안에서 하는 편이 좋았다. 그랬기에 미뤄두었던 것이 이제는 악수가 되었다.

'쉐도우 마스터라면 어떨까?'

쉐도우 마스터는 물질은 물론 오러까지 무시하며 공격할 수 있었다. 이러한 특징으로 일전에 제국 기사와의 전투에서 큰 도움을 받은 적이 있었다.

물론 통하지 않을 수도 있었다.

'그래도 일단 할 수 있는 것은 모두 해봐야겠지.'

비록 대낮이지만 쉐도우 마스터를 소환할 방법은 있었다.

– 꼬물아. 놈의 발아래를 뚫어!

번쩍! 번쩍! 번쩍!

놈은 여전히 섬광을 쏘아댔고, 제닌은 놈의 주위를 빙글빙글 돌아가며 기습과 일점집중을 반복했다.

푸슷!

어느 순간 미약한 소리가 들리며 보스 크루얼 에이프의

발아래가 움푹 들어갔다. 놈의 얼굴에 의문이 떠오른 순간, 제닌은 있는 힘을 다해 대검을 내리쳤다.

지반이 폭삭 무너지며 놈의 몸을 집어삼켰다.

뻥 뚫린 구멍으로 번쩍이는 섬광이 몇 번이나 치솟았으나 안타깝게도 추락하는 몸을 가볍게 하거나 부유하는 등의 효과는 없었다. 오히려 구멍의 벽을 무너뜨리며 놈의 머리 위로 막대한 양의 흙더미를 추가할 따름이었다.

쉐도우 마스터를 소환하려던 계획이 덤으로 시간까지 벌어 주었다.

'기회는 왔을 때 잡아야 하는 법이지.'

제닌은 빙긋 웃으며 중얼거렸다.

"레벨 업을 승낙한다."

환한 빛무리가 제닌의 몸을 감싸 안았다.

– 띠링!

유난히 더 경쾌한 알림음과 함께 갖가지 메시지들이 떠올라 제닌의 눈앞을 어지럽혔다.

[30레벨에 도달했습니다.]

[흑막 전용스킬 '보이지 않는 손'을 익혔습니다.]

[클래스 공용스킬 '인텐시브 아우라'를 익혔습니다.]

[방대한 마력을 담기에 사용자의 신체 능력이 부족합니다. 일정 마력을 소모하여 신체의 내구력을 보강하고 생명력을 증폭합니다.]

보이지 않는 손은 아직 무엇인지 감이 오지 않았다. 눈길을 끌지도 못했다. 왜냐하면, 그 아랫줄에 적힌 단어가 너무 파격적이었기 때문이다.

제닌은 동그랗게 뜬 눈으로 중얼거렸다.

"인텐시브… 아우라?"

아직 잘 믿기지 않았다.

웨폰 아우라가 오러와 같았듯, 인텐시브 아우라 역시 인텐시브 오러와 같을 터. 이것이 의미하는 바는 하나였다.

'소드 룰러! 이게 이렇게 쉽게 되는 거였어?'

단지 레벨 업을 했을 뿐이다. 물론 경험치를 모으기 위해 여러 가지 노력을 기울이기는 했지만, 자신이 생각해도 너무 과한 포상이라는 생각이 들었다.

이 세상에 검을 든 사람은 많았고, 목숨을 걸고 수련하는 사람도 많았다. 그렇게 노력함에도 벽에 가로막혀 더 발전하지 못한 채 좌절하는 사람이 부지기수.

'이건 무슨 반칙 같은데…….'

일단 주는 건 감사히 받아들이는 게 도리였다.

'물론 진정한 의미에서는 아직 소드 룰러라 할 수는 없겠지. 그럼에도 인텐시브 아우라는 충분한 가치가 있어.'

마지막 줄에 있는 내용도 심상치 않았다. 바로 제닌이 안타까워하던 생명력을 올릴 수 있기 때문이다.

'마력이야 시간만 투자하면 상급 마력운용술로 얼마든

지 올릴 수 있으니, 무조건 이득이야.'

그뿐만 아니라 신체의 내구력까지 보강한다는 말을 했다. 아직 정확히 파악할 시간은 없었지만, 이 또한 이득이 될 것은 분명할 터였다.

"인텐시브 아우라."

대검에 어려있던 아우라 위에 영롱한 광채를 띄는 푸른 기류가 떠올랐다. 그 기류가 대검을 완전히 둘러싸자 마치 푸른 보석으로 이루어진 검을 보는 기분이 들었다.

"이게 인텐시브 아우라. 소드 룰러의 상징……."

제닌은 한동안 넋을 잃고 그것을 바라보았다.

실제로 보는 것은 처음이었다.

일전에 만난 프라덴 후작은 수많은 오러의 검을 허공에 띄워 놓는 기술을 사용했고, 자신을 검의 지배자라 소개했으나, 그녀가 직접 인텐시브 오러를 보여준 것은 아니었다.

번쩍!

인텐시브 아우라의 아름다움에 빠져있던 제닌을 일깨운 것은 구멍에서 솟아오른 섬광이었다.

"흐흐흐흐……."

제닌의 입에서 음흉한 웃음이 흘러나왔다.

"어디 이것도 한번 막아 보라고. 그 잘난 보호막으로."

제닌은 망설임 없이 구멍을 향해 뛰어들었다. 물론, 보스 크루얼 에이프가 빠진 구멍이 아닌, 그가 튀어나왔던 그 옆의 구멍이었다.

몸을 스쳐 가는 바람을 느끼며 제닌은 쉐도우 마스터를 소환했다. 그리고 인벤토리에서 마력의 결정을 꺼내 입에 넣었다.

인텐시브 아우라라는 보검을 얻었지만, 미리 대비해서 나쁠 것은 없었다.

"부르셨습니까. 마스터?"

"쿠워어! 쿠워어어!"

나직한 쉐도우 마스터의 목소리와 함께 발광하는 크루얼 에이프의 괴성이 들려왔다.

제닌의 입가에 어린 미소가 한층 짙어졌다.

"일단 저놈의 그림자 속에 숨어 있도록."

"예스. 마스터."

어둠 속에 녹아드는 쉐도우 마스터의 모습과 함께 푹신한 흙이 발끝에 와 닿았다.

번쩍이는 섬광에 비친 제닌의 눈동자가 파랗게 빛났다.

탓!

제닌은 땅을 박차며 앞으로 쏘아졌다.

크루얼 에이프가 소리가 들려온 쪽으로 고개를 돌렸다.

놈이 바짝 몸을 낮춘 채 쇄도하는 제닌을 발견했을 때, 제닌은 보석처럼 빛나는 대검을 놈의 보호막에 찔러 넣고 있었다.

쿠직!

단단한 물체에 금이 가는 소리가 일어났다. 조금 더 힘을 주자 저항감이 사라지며 대검이 안쪽으로 파고들기 시작했다.

"크크크! 되는구나! 돼!"

번쩍!

당황한 표정의 크루얼 에이프가 섬광을 쏘았다. 그러나 이미 제닌은 대검 아래로 몸을 숨긴 다음이었다.

빛살처럼 날아든 섬광은 대검의 면을 때렸지만, 힘없이 튕겨 나갔다.

드드드드.

애꿎은 섬광을 대신 맞은 흙벽이 격렬하게 울부짖었다.

붕괴의 조짐이 엿보였으나, 지금의 제닌에게는 그리 중요한 일이 아니었다.

"흐앗!"

기합과 함께 대검을 밀어 넣었다.

보호막을 뚫어내며 천천히 전진하던 대검에 점차 속도가 붙었다. 그리고 어느 순간, '쨍!' 하는 소리와 함께 검을 가로막던 저항감이 완전히 사라졌다.

푸욱!

크루얼 에이프의 가슴 한복판에 꽂힌 대검은 그 안에서 맥동하던 심장을 위아래로 쪼개며 등 뒤로 튀어나왔다.

"쿠에에에에엑!"

크루얼 에이프가 내지르는 처절한 비명에 제닌은 히죽 웃었다.

"그러게, 왜 그랬어? 이럴 줄 몰라서 그랬던 거야?"

대답은 없었다. 심장을 잃은 크루얼 에이프의 눈동자는 이미 빛을 잃어가고 있었다.

드드드드드드.

대신 대답한 것은 주변의 흙벽이었다.

진동이 점차 심해지며 흙가루가 쏟아져 내렸다. 금방 무너질 거라는 경고였다.

"알았어. 간다고. 가!"

제닌은 놈의 가슴에서 대검을 뽑아냈다. 그리고 막 도약하려 할 때, 발아래 뭔가 반짝이는 물체가 떨어져 있는 것을 발견했다. 제닌은 반사적으로 손을 뻗어 그것을 움켜쥔 후, 그대로 뛰어올랐다.

따스한 햇볕이 얼굴을 물들이고, 상쾌한 공기가 코끝을 휘감았을 때.

풀썩!

제닌이 있던 곳에서 성벽까지 이어지는 긴 고랑이 생겨났다.

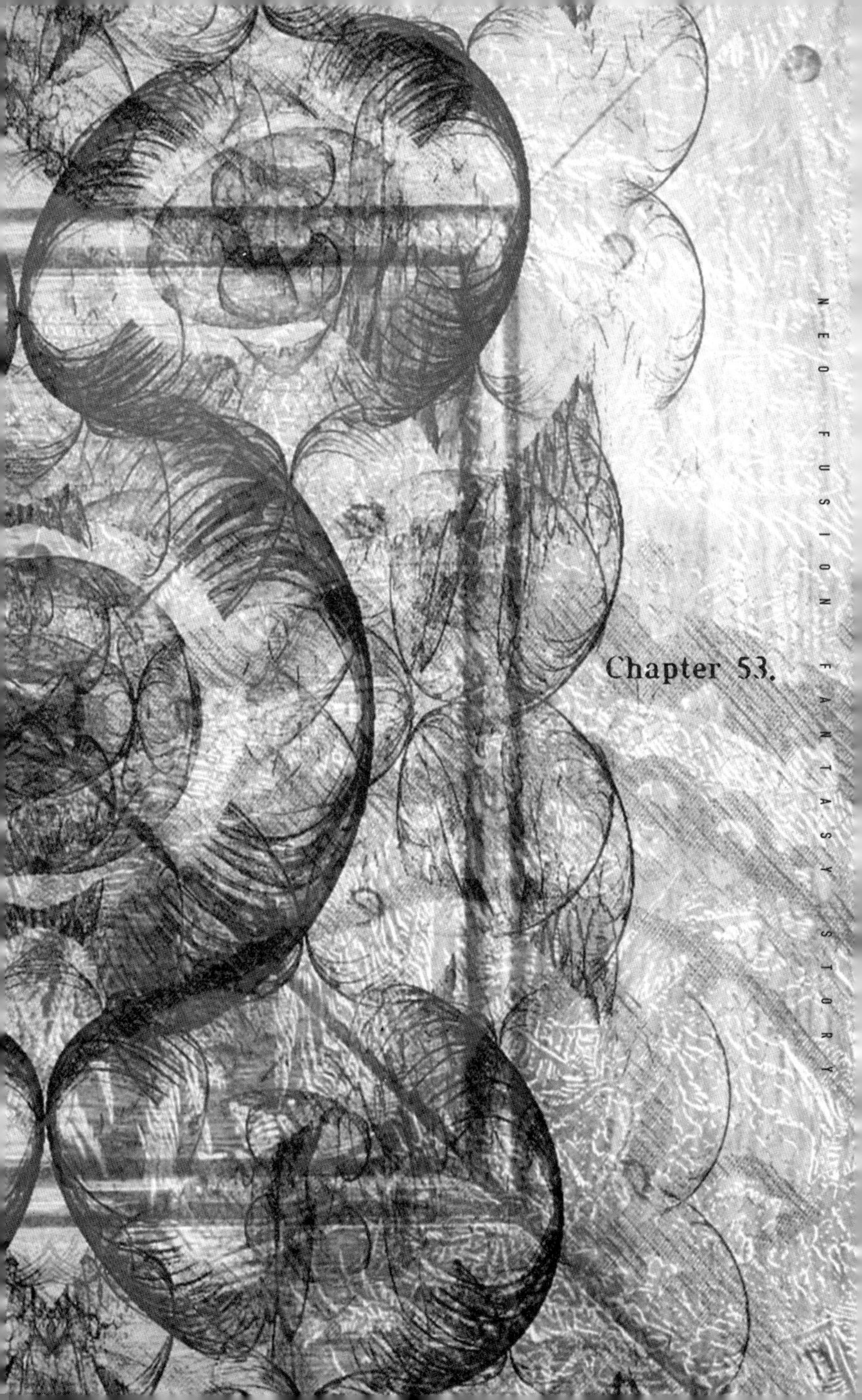

Chapter 53.

Chapter 53.

ROYAL ROADER

I

“다들 고생 많았다. 너희가 잘해준 덕분에 별 피해 없이 막아낼 수 있었어. 아마 너희가 없었다면…….”

제닌은 뒷말을 삼켰다. 그리 생각하고 싶지 않았기 때문이다. 굳이 부정적인 가정보다는, 강력한 몬스터를 상대로 별다른 피해 없이 막아낸 것을 치하하는 편이 훨씬 나았다.

‘다들 정말 생각 이상으로 잘했단 말이지.’

제닌은 부하들의 어깨를 일일이 두드리며 치하했다. 그렇게 부하들을 모두 치하하고 나자, 고개를 푹 숙이고 있는 테일스가 보였다.

“그리고 테일스.”

"예, 영주님."

테일스는 자괴감이 가득한 표정으로 답했다.

이미 오래전부터 요새의 병력을 지휘하던 자신과 달리 이들은 굴러 온 돌이었다. 자연스럽게 경계도 하고 질투도 했으나, 이제는 그럴 수 없었다. 새로 들어온 사람들에 비해 자신의 능력이 모자람이 증명되었기 때문이다.

"자책할 필요 없다. 넌 네 능력 이상을 보여주었다. 그것만으로도 충분해. 고생 많았다."

제닌은 마지막으로 테일스의 어깨도 두드렸다.

비록 다른 곳보다 희생자가 많기는 했지만, 능력을 따진다면 다른 부하보다 오히려 더 효율적으로 전투를 치른 게 테일스였다.

다른 부하 중에는 이미 20레벨이 넘은 이들도 있었고, 그들은 자연스럽게 오러를 사용할 수 있었다. 이들의 오러는 일반적인 기사들의 오러보다 더 강력했다, 그뿐만 아니라 신체 능력 역시 월등했다.

다만 한 가지 부족한 점이라면 제대로 된 검술을 익히지 못했다는 것뿐이었으나 몬스터를 상대하는 데는 그것만으로도 충분했다.

이런 부하들에 비해 테일스의 레벨은 고작 10에 불과했다. 물론 이것만으로도 웬만한 고위기사는 찜쪄먹을 정도였으나 20레벨이 넘어가는 몬스터를 상대하기는 버거웠다.

그럼에도 고작 열 명가량의 희생자만 만든 것만으로도 테일스는 칭찬받을 만했다.

"죄송합니다. 제 능력이 너무 부족해서……."

비록 말은 그렇게 했지만, 테일스의 얼굴에는 감격의 빛이 어려 있었다. 처벌까지 예상하고 마음의 준비를 했건만, 오히려 칭찬을 들었기 때문이다.

"아까는 더 노력하라는 말이었어. 넌 이미 충분히 잘하고 있다."

"영주님……."

제닌은 감격을 넘어 울먹이기 시작한 테일스의 얼굴을 외면했다.

'사내새끼가 울기는…….'

"아빠! 나는? 마리는?"

폴짝폴짝 뛰며 묻는 마리의 말에 제닌은 흐뭇한 웃음을 지으며 그녀를 들어 올렸다.

"아주 엄청나게 잘했지! 우리 마리가 여기 있는 사람 다 합친 것보다 훨씬 더 잘했을걸?"

"크흠! 대, 대장……."

"그럼 저희는 뭐가 됩니까?"

슬쩍 불만을 표현하는 부하들에게 제닌은 눈을 부라리는 것으로 대답을 대신했다.

"크흠! 회의를 소집한다. 베스란과 가트를 불러오도록."

Ⅱ

"그러니까 열흘 정도 전부터 몬스터를 쏟아내는 통로가 열렸고, 하루에 두 번씩 거기에서 몬스터가 나온다는 말이로군. 그렇게 주변에 퍼져 지나가는 사람들을 습격하다가 숫자가 어느 정도 이상 모이면 성으로 진격했다는 말이고."

"그렇습니다. 그런데 신기한 점은 죽은 몬스터의 시체가 이런 것을 남긴 채 빛으로 변해 사라진다는 것입니다."

베스란은 묵직해 보이는 주머니를 열어 안을 보여 주었다. 그곳에는 보석처럼 반짝이는 작은 알갱이가 가득했다.

[하급 마력핵]

'보이지 않는 손.'

제닌이 그렇게 생각하자 베스란이 들고 있던 주머니가 둥실 떠올라 제닌의 앞으로 날아갔다.

"헛!"

베스란은 헛바람을 집어삼켰고, 나머지 이들 또한 놀란 눈으로 제닌의 눈앞에 떠오른 주머니를 바라보았다.

"뭘 이런 걸 가지고 놀라고 그래? 그냥 하찮은 잔재주일 뿐이야."

대수롭지 않다는 말과는 달리 제닌의 얼굴은 웃고 있었다.

'이게 니들과 이 몸의 수준 차이거든?'

제닌은 부하들의 시선을 즐기며 다시 베스란에게 물었다.

"다른 곳은 어떤가? 이곳 말고도 그 통로라는 것이 생긴 곳이 있던가?"

"예. 크라인 왕국은 전역에 통로가 발생했고, 특히 전선과 가까운 곳에 많은 통로가 생겼습니다. 그리고 제국의 남부와 동부에도 통로가 발생했습니다. 제국 쪽은 그럭저럭 잘 처리하고 있습니다만, 왕국 쪽에는 계속 쌓여가는 몬스터를 처치하지 못해 곤란을 겪는 곳이 많다고 합니다. 그리고 머지않아 영지를 포기한 영주들이 나타날 것입니다."

베스란은 제법 상세히 알고 있었다.

상행을 핑계로 왕국은 물론 제국에까지 사람을 파견해 정보를 수집하고 있었기 때문이다. 이를 위해 요새의 병력 중 2천 명가량이 드루아 상단으로 파견되었다.

"그렇군. 고생 많았어. 베스란. 정보를 수집하고 분류하는 일이 보통이 아닐 텐데 말이야."

"그저 제 할 일을 했을 따름입니다."

베스란이 고개를 숙이며 물러나자 아까부터 입술을 달싹거리던 가트가 앞으로 나섰다.

"가트, 할 말이 많은 가보지? 아까부터 말하고 싶어 안달 난 모습이던데."

"흐흐흐! 그렇게 티가 났습니까?"

왠지 모르게 음흉한 웃음을 띤 가트의 얼굴은 아무리 좋게 봐줘도 절대 오래 보고 싶은 인상은 아니었다.

"됐고, 할 말이나 해 보도록."

"다름이 아니오라."

잠시 말끝을 흐려 시선을 끌어모은 가트가 마른 침을 꼴딱 삼키며 말을 이었다.

"신무기를 개발했습니다."

"신무기? 설마……."

제닌은 짐작 가는 바가 있었다.

시포니움을 활용한 익스플로젼 스톤.

프라덴 후작가에서 이 요새를 만든 본래 목적이 바로 이 신무기를 만들기 위해서였기 때문이었다.

그런데 비록 위력적이기는 해도 안전성에 문제가 많았기에 잘못하면 적보다 아군이 더 큰 피해를 볼 위험이 있었다. 그래서 더는 만들지 않을 생각으로 광산 자체를 붕괴시켰건만, 어느새 다시 그곳을 개발한 모양이었다.

"영주님의 추측이 옳습니다. 익스플로젼 스톤. 하지만 이젠 정말 안전합니다. 게다가 폭발력도 전과 비교하면 50% 이상 향상했습니다."

"흐음……. 정말 안전한 게 확실한가?"

"예. 확실합니다."

가트는 대답과 함께 품 안에서 길쭉한 원기둥 모양의 물체를 꺼냈다.

"모양이 바뀌었군."

전에는 주먹만 한 크기의 둥근 모양이었다.

"예. 안전을 위해 기존 설계를 완전히 뜯어고쳤습니다. 여기, 이 위의 꼭지만 돌리지 않으면 망치로 내리쳐도 폭발하지 않을 정도로 안전합니다. 그리고 꼭지를 돌리면 3초에서 5초가 지난 후에 폭발합니다. 그러니 그 전에 힘껏 던지면 됩니다."

가트의 설명은 제닌의 마음에 들었다.

안전성만 확보된다면 익스플로젼 스톤은 전장의 판도 자체를 바꿀 만큼 위력적인 무기였다. 만족스러웠으나 짚고 넘어갈 것이 있었다.

"그런데 가트, 내가 분명 시포니움 광산을 다시 개발하지 말라고 했는데?"

"아! 그곳은 그대로 있습니다. 다만, 다른 쪽의 광산에서 우연히 시포니움 광맥을 발견하는 바람에……."

"흐음……."

제닌은 턱을 만지작거리며 가트를 바라보았다.

'하긴. 그동안 공방의 장인들이 좀 심심하기는 했을 거야.

특히 역사에 남을 만한 신무기를 개발하는 도중 중단된 상태였으니……. 좀이 쑤실 만도 하지.'

그런 상태에서 우연히 발견된 시포니움은 장인들은 결코 그냥 넘길 수 없었을 터였다.

지시를 어긴 것도 아니었고, 성과도 좋았다.

"가트, 수고했다. 공방 전체에 포상을 내릴 테니 그렇게 알도록. 단."

제닌은 살짝 말을 끊고 눈에 힘을 주며 가트를 바라보았다. 가트의 얼굴에 긴장감이 서렸다.

"다음부터 뭔가를 개발하려 할 때에는 무조건 보고부터 하도록. 이번은 그냥 넘어가지만, 다음에도 같은 일이 벌어진다면 모든 책임을 져야 할 거야. 알겠나?"

"명심하겠습니다."

가트는 희희낙락한 얼굴로 고개를 끄덕였다.

'문제는 몬스터가 나오는 통로를 어떻게 막느냐 하는 건데…….'

이것은 제닌이 할 일 중 가장 우선이 되는 일이었다.

이곳에는 그를 따르는 사람들과 가족들이 있었다.

일단 요새의 안전을 확보해야 무슨 일을 해도 할 수 있었던 것이다. 만약 마땅한 해결책을 마련하지 못하면 제닌은 이대로 계속 이곳에 묶여 있을 수밖에 없었다.

제닌은 그 주제를 놓고 회의를 계속했다.

'시간에 맞춰 그 앞을 지키고 있자.', '일정 수 이상 불어나지 않도록 주기적으로 토벌하자.' 등의 의견이 나왔지만, 이거다 싶을 정도로 획기적인 것은 것은 없었다.

"일단 성벽 복구를 최우선으로 하고, 각자 생각해 보도록. 오늘 회의는 여기까지."

Ⅲ

"꺄하! 부웅! 부웅! 마리! 새가 된 것 같아!"

마리는 하늘을 날고 있었다. 양팔로 허공을 저어대는 모습은 꼭 헤엄이라도 치는 것 같았지만, 실제로 하늘을 나는 데 도움이 되는 것은 아니었다. 마리에게 갑자기 비행능력이 생긴 것이 아니기 때문이다.

그녀를 하늘로 띄운 힘은 제닌에게서 나왔다. 바로 이번에 새로 얻은 스킬 [보이지 않는 손]이었다.

[보이지 않는 손]은 기사들의 기예도 아니었고, 마법도 아니었다. 스킬의 설명에는 그저 정신력을 사용한 염동력이라고 나와 있을 따름이었다.

염동력이 무언지는 몰랐으니 직접 사용해 보면서 그 말의 뜻을 파악해야 했다.

사용방법은 공중에 손이 있는 것으로 생각하며 그것을 움직이는 상상을 하는 것. 물론 처음에는 쉽지 않았지만 계속 연습하다 보니 금방 익숙해질 수 있었다.

관건은 얼마나 집중할 수 있느냐 하는 점이었다. 제닌은 스킬 설명에 나온 정신력이라는 말이 이 집중력을 뜻하는 것으로 받아들였다.

어쨌든 이왕 생긴 것이니 제닌은 숙련도를 올리기 위해 물건 같은 것을 둥둥 띄우며 연습했다. 그런데 허공을 둥실둥실 떠다니는 물건을 바라보던 마리가 갑자기 제닌을 졸라대기 시작했다.

자기도 새처럼 날고 싶다는 말이었다.

새처럼 자유롭게 하늘을 날고 싶다는 바람은 인간이라면 누구에게나 있는 것.

다른 사람도 아닌 귀여운 딸이 부탁하는 데, 까짓 것 못 들어줄 것도 없었다.

행복한 비명을 지르며 즐거워하는 마리의 모습은 제닌의 얼굴에도 웃음을 맺히게 했다.

'그런데 물건하고는 좀 다른데?'

마리보다 더 무거운 물건도 들어 올릴 수 있었건만, 더 가벼운 마리 쪽이 이상하게 더 어려운 느낌이었다.

'왜 그러지?'

마리의 움직임에 따라 몸의 무게중심이 이리저리 바뀌는 탓이었지만, 제닌은 아직 거기까지는 생각하지 못했다.

'어쨌든 연습은 더 확실히 되겠네.'

연습을 위해서는 쉬운 쪽보다는 아무래도 어려운 쪽을 택하는 편이 더 나았다. 어려운 것에 익숙해지면 쉬운 것은 더 쉬워질 테고, 집중력 또한 더 발휘할 수 있었기 때문이다.

"꺄하하! 아빠! 더 높이! 더 높이!"

제닌은 마리를 움직여 요새 위를 날아다니게 했으나, 일정 높이 이상은 올리지 않았다. 자칫 집중력이 흐트러져 놓치면 큰일이었기 때문이다.

만약 상대가 벡스였다면 이 [보이지 않는 손]이 어디까지 영향을 미치는지 실험하기 위해 더 올라가지 않을 때까지 계속 위로 올렸을 것이다.

하지만 마리에게 그럴 수는 없었다. 자칫 떨어져 다치기라도 하면 마음이 찢어질 것 같았다.

"더 높이는 안 돼. 다쳐."

"힝……. 마리 더 높이 날고 싶은데……."

마리는 잠깐 시무룩한 표정을 지었으나, 이내 다시 활짝 웃으며 제닌을 향해 손을 흔들었다.

"그럼 아빠도 이리와! 마리랑 같이 날아!"

'응? 내가… 날아?'

마리는 별 생각 없이 한 말이 제닌에게는 작은 충격으로 다가왔다.

"마리, 잠깐만."

제닌은 마리를 근처로 끌어왔다.

'손은 두 개. 한 손을 뗀다는 느낌으로.'

"꺅!"

마리의 몸이 순간 휘청했으나 곧 다시 자세를 잡아줄 수 있었다. 이어 제닌은 나머지 손으로 자신의 발아래를 받친다는 생각을 했다.

무게가 더 무거운 탓인지 마리보다 더 큰 집중력이 필요했다. 머리가 지끈거려왔다, 절로 미간이 찌푸려졌다. 고도의 집중력 때문이었다.

그럼에도 포기하지 않고 계속 시도하자 서서히 뒤꿈치가 들리기 시작했다. 그리고 얼마 지나지 않아 마침내 발끝까지 공중으로 띄우는 것에 성공했다.

'되, 된다!'

하늘을 날 수 있다는 기쁨과 함께, 씁쓸한 생각도 들었다.

'내가 이 생각을 왜 못했을까?'

다른 것을 들어 올린다는 생각만 했지, 그것을 자기 자신에게 사용할 수 있다는 쪽으로는 아예 생각조차 하지 못했다. 자기 손으로 자기 몸을 들어 올릴 수는 없는 노릇이기 때문이다.

'생각이 굳어 있었어. 내가 그렇게 바보였나? 이미 상식을 벗어난 일을 그렇게 많이 겪었으면서도, 생각은 아직도

상식에 갇힌 채 그것을 깨뜨릴 생각을 못했다니.'

– 띠링!

익숙한 소리가 귀를 때렸다.

[작은 깨달음을 경험하였습니다.]

– 흑막 전용스킬 [보이지 않는 손]이 5레벨로 성장합니다. 한꺼번에 발동할 수 있는 염동력의 숫자와 들어 올릴 수 있는 무게가 늘어납니다.

– 스킬 [카렌달 검술]이 7레벨로 성장합니다.

– 하위스킬 [아우라 컨트롤]이 7레벨로 성장합니다.

'허!'

눈앞에 떠오른 메시지에 제닌은 헛숨을 내쉬었다.

'단번에 5레벨이라니!'

게다가 운용할 수 있는 숫자와 무게도 늘어났다.

더 놀라운 것은 카렌달 검술과 아우라 컨트롤까지 덩달아 레벨이 올랐다는 점이었다. 비록 6에서 7로 한 단계 상승이었지만, 레벨이 오를수록 레벨 업에 필요한 숙련도가 상승하는 것을 생각하면 이것 역시 커다란 소득이었다.

"하하하! 마리, 네가 정말 내 행운의 천사다! 천사야!"

제닌은 마리를 근처로 데려와 끌어안고는 얼굴에 연거푸 뽀뽀를 퍼부었다.

"천사? 꺅! 아, 아빠!"

제닌이 한 말을 되뇌던 마리는 창졸간에 일어난 제닌의 뽀뽀 세례에 뾰족한 비명을 내질렀다.

놀람에 차 있던 얼굴은 점차 평온을 되찾았고, 동시에 커다란 눈망울이 눈꺼풀 아래로 사라졌다. 뒤이어 떠오른 것은 행복해하는 소녀의 표정이었다.

제닌의 뽀뽀 세례는 한참 동안 이어졌고, 어느 순간 정신을 차린 제닌은 문득 이런 생각이 들었다.

'이거, 너무 과한 게 아닌가?'

하지만 이내 고개를 내저었다.

'기특한 일을 한 딸에게 아빠가 뽀뽀도 못할까?'

제닌은 슬쩍 고개를 뒤로 빼며 마리의 얼굴을 바라보았다.

잘 익은 사과 빛으로 물든 볼이 무척이나 탐스럽다는 생각이 들었다. 깨물어 주고 싶다는 마음이 들 정도였다.

'후후! 왜 이렇게 예쁠까? 누구 딸 아니랄까 봐.'

더 이어지지 않는 뽀뽀에 마리가 살짝 눈을 떴다. 그리고 흐뭇한 표정으로 자신을 바라보는 제닌의 모습에 배시시 웃었다.

"아빠! 그런데! 그런데!"

"응?"

마리가 검지로 제닌의 귀를 가리켰다.

"귀? 가까이 대라고?"

"응!"

마리의 입가에 귀를 가져가자 마리가 손바닥으로 입을 감싸며 속삭였다.

"아빠. 더 잘생겨졌어! 그러니까 전보다 훨씬! 히힛!"

속삭임과 함께 제닌의 볼에 쪽 소리 나게 입을 맞춘 마리는 양볼을 손으로 감싼 채 몸을 배배 꼬았다.

'어쩜 그리 예쁜 짓만 하는지.'

배곯을 걱정 없고, 누군가에게 해코지 당할 걱정 없고, 마음씨 고운 아내와 귀엽고 깜찍한 아이들과 함께 오순도순 살아가는 나날들.

제닌이 꿈꾸던 행복한 삶의 모습이었다. 그리고 지금, 그중에서 최소한 하나는 이룬 것 같았다.

제닌은 푸근한 미소를 지으며 답했다.

"정말? 아빠는 전혀 몰랐는데. 그냥 마리가 아빠를 더 좋아해서 그러는 거 아닐까?"

짐짓 모르는 척하기는 했지만, 짐작 가는 바는 있었다.

'신체의 내구력을 강화하고 생명력을 증폭시킨다고 했었지. 이것도 나중에 한 번 제대로 살펴봐야겠군.'

외모에 변화가 생겼다면 그 이유밖에 없었다.

"흠! 마리야. 그럼, 이제 날아볼까?"

"아빠랑 같이?"

"그래. 같이!"

제닌은 마리의 머리를 한 번 쓰다듬어 준 후, 보이지 않는 손을 사용했다. 몸이 부드럽게 떠올랐다.

'아까보다 훨씬 쉽군.'

이제는 미간이 찌푸려지지도, 머리가 지끈거리지도 않았다. 마치 손으로 벽돌 한 장을 집어드는 것처럼 쉬웠다.

레벨이 오른 영향이었다.

천천히 시선이 높아졌다. 뭔가 세상이 달라 보이는 듯한 기분이 들었다. 사실 아직 성벽보다도 낮은 높이였지만, 제닌은 이미 익숙했던 것들마저 왠지 새롭게 느껴졌다.

처음에는 천천히 움직여보다가 움직임을 조절하는 데 익숙해지자 점차 속도를 높여갔다.

후우우웅!

상쾌한 바람이 온몸으로 부딪쳐왔다. 덩달아 기분도 상쾌해졌다. 가슴이 뻥 뚫린 듯 시원했다.

더 높이, 더 멀리, 더 빠르게.

"꺄아아아!"

품 안의 마리가 기분 좋은 비명을 내질렀다.

"하하하하!"

제닌 역시 기분 좋게 웃었다.

요새의 하늘을 활공하는 부녀의 모습은 모든 사람의 이목을 끌어모으기에 충분했다. 게다가 소리까지 고래고래 지르고 있었으니 집 안에 들어가 있던 사람마저 밖으로 나와 구경할 정도였다.

"허어! 사람이 하늘을 날다니……."

"대체 영주님은 어떤 분이시지?"

"사람이 아닌 건가? 무슨 전설에 나오는 드래곤이 사람으로 변신한 건 아닐까?"

선망과 경외를 담아 바라보는 사람들의 시선에 제닌은 기분이 한층 더 좋아졌다.

이들을 다스리는 입장이었으니 어느 정도 체면도 생각해야 하건만, 오늘만큼은 별로 그러고 싶지 않았다. 지금은 그저 하늘을 나는 기분을 만끽하고 싶을 따름이었다.

"오라버니이이이이!"

멀리서 들려오는 낯익은 목소리에 제닌은 방향을 틀었다. 가까이 다가가자 지휘소의 테라스에 나와 있는 에이린이 보였다. 양손을 모아 잡은 채 애절하게 바라보는 눈빛은 에이린이 원하는 바를 그대로 알려 주었다.

"리니. 너도 같이할래?"

"예! 오라버니!"

"좀 추울 텐데……."

이미 완연한 겨울에 접어든 계절이었다.

제닌이나 마리에게는 문제가 안 됐으나, 일반인인 에이린은 문제였다.

"괜찮아요. 오라버니와 함께라면!"

에이린은 '얼어 죽는다 해도 상관없어요.' 라는 말을 속으로 삼키며 생긋 웃었다.

"잠깐만 기다려봐."

허공에 둥실 떠오른 상태에서 제닌은 인벤토리를 열었다.

'많기도 하군.'

인벤토리에는 던전 [통곡의 갈림길]에서 얻은 장비가 빼곡하게 들어차 있었다. 그곳에서 처치한 몬스터의 숫자가 많았던 만큼 획득한 장비 역시 많았다.

'시간 나면 이것도 한 번 제대로 살펴봐야겠군.'

당시에는 계속해서 몰려드는 몬스터를 막느라 정신이 없어 제대로 살펴볼 겨를이 없었다.

그나마 파란색 이상은 살펴보고 자신이 착용한 것보다 좋으면 그대로 갈아입었지만, 녹색 이하의 장비는 대충 한 번 훑어본 후 인벤토리에 구겨 넣었다.

'이게 좋기는 하겠는데…….'

제닌은 하얀 바탕에 연한 하늘색 문양이 그려진 로브 한 벌을 꺼내 들었다.

[산들바람의 로브, 방어력 : 35, 무게 : 0.8kg, 내구도 : 32/33, 지능+5, 착용제한 : 레벨 10]

– 주변에 은은한 바람을 둘러 착용자 주변을 항상 쾌적한 상태로 만듭니다. 외부의 냄새와 기온을 차단합니다.

이 정도면 겨울 밤하늘의 추위를 막아줄 뿐만 아니라 평소에 입고 다니기에도 좋았다.

'문제는 착용제한이 10레벨이라는 건데…….'

"어머! 예뻐라! 오라버니! 그 로브 저한테 주시려는 거에요?"

에이린이 눈은 별처럼 반짝이고 있었다. 그녀의 시선은 온통 제닌의 손에 들린 로브에 꽂혀 있었다.

"그렇긴 한데, 이게 아무나 착용할 수… 어?"

에이린의 얼굴을 한참 바라보자 그녀의 머리 위에 이름표가 떠올랐다.

[Lv.11 에이린]

'뭐야? 레벨은 또 언제 이렇게 오른 거야?'

"오라버니? 오라버니이! 오라버니이이이!"

애타게 불러대는 에이린의 목소리에 제닌은 퍼뜩 정신을 차렸다.

"응? 아! 그래. 너 주는 거야. 착용."

"와! 예뻐요! 오라버니, 정말 고마워요!"

몸을 이리저리 돌려보며 맵시를 확인하는 에이린에게 제닌은 넌지시 물었다.

"리니, 혹시 훈련 던전에 들어갔었니?"

"네! 어머니랑 아버지랑 카일도 같이요!"

에이린은 뭐가 그리 좋은지 밝게 웃으며 대답했다.

'하긴. 강해져서 나쁠 건 없으니.'

제닌은 수긍하며 에이린에게 보이지 않는 손을 사용했다.

"어맛! 꺄악!"

에이린은 뾰족한 비명을 내지르며 팔다리를 허우적거렸다. 그러다 제닌의 팔이 손에 잡히자 온몸으로 부둥켜안고 그곳에 매달렸다.

"오, 오라버니! 미리 말씀하셔야죠!

"아! 미안. 오빠가 잘 잡아줄 테니까 이제, 팔에서 손 떼고 날아봐."

"네? 시, 싫어요."

에이린은 제닌의 팔을 더 힘껏 부둥켜안으며 고개를 흔들었다.

"그, 그냥 오라버니랑 함께 날면 안 될까요?"

"뭐, 어려울 것도 없지. 그런데 아까부터 말은 왜 그렇게 더듬고 그래? 어? 그러고 보니 얼굴도 빨간 것 같네. 어디 아픈 거야? 추워서 감기 걸린 건가? 안 되겠다. 오빠가 나중에 다시 날게 해줄 테니까……."

"안 돼요! 저는 반드시 지금! 오라버니랑 함께 하늘을 날고 싶어요!"

웬만하면 말리고 싶었으나, 저렇게 필사적으로 주장하는 모습을 보니 말릴 수도 없었다.

"그래. 그럼 잘 잡아. 너무 춥거나 몸이 이상하다 싶으면 바로 말하고. 알았지?"

"네!"

제닌은 마리를 품에 안고 에이린을 팔에 매단 채 서서히 고도를 높였다.

어느새 성벽을 넘어섰고, 요새가 손바닥만 하게 보이는 높이까지 올라갔음에도 머리가 지끈거리거나 하는 느낌은 들지 않았다.

'이거, 생각보다 훨씬 힘이 좋은데? 이 정도면 정예 몇 명을 데리고 공중으로 침투해서 적의 본진을 직접 타격할 수도 있겠어. 아니지! 굳이 직접 내려갈 필요가 있나? 그럴 필요 없이 그냥 공중에서 익스플로젼 스톤을 던지면?'

제닌의 머릿속에 폭발의 화염에 휩싸인 적진의 모습이 그려졌다. 적은 우왕좌왕할 뿐, 공격이 어디에서 날아왔는지조차 알아차리지 못했고, 최초 공격에 수뇌부의 죽음까지 겹치자 수습하지 못한 채 지리멸렬하는 결말이었다.

'이거, 최곤데?'

저도 모르는 사이 제닌의 입가에는 기분 좋은 웃음이 맺혀 있었다. 그 모습을 헤실 거리며 바라보던 에이린이 뭔가를 떠올린 듯한 표정을 지었다.

'아 참! 오라버니께 말씀드릴 게 있었지!'

"오라버니! 저 생각한 게 있어요!"

에이린의 목소리에 제닌이 그녀를 바라보았다.

"응? 무슨 생각?"

"저도 고민을 해봤는데요. 요새는 안에 있는 사람을 보호하려고 만든 거잖아요?"

"그렇지."

당연하다는 듯 수긍하는 제닌의 모습에 에이린은 생긋 웃으며 말을 이었다.

"그러면 반대로 밖의 사람을 보호하기 위한 요새는 어떨까요?"

'밖의 사람을 보호하기 위한 요새? 아! 설마!'

제닌은 눈이 번쩍 뜨이는 느낌이었다.

"그러니까……. 몬스터가 나오는 통로 주변에 벽을 만든다? 그래서 놈들을 그 안에 가둔다. 이 말이지?"

"네! 맞아요!"

"하하하! 우리 리니, 천잰데?"

"아이……. 천재라니요, 부끄러워요."

에이린은 몸을 배배 꼬면서 제닌의 가슴 쪽을 바라보았다. 그리고 새초롬한 표정의 마리와 눈을 마주치자 승자의 미소를 지어 주었다.

분한 표정으로 입술을 구기던 마리가 소리쳤다.

"아빠! 마리는! 마리는 행운의 천사지? 그치? 아까 마리가 엄청 착한 일 했지? 그치?"

"그럼! 그럼. 마리는 아빠의 행운의 천사지! 아빠한테 큰 도움을 주기도 했고."

"히힛!"

활짝 웃는 마리를 바라보며 에이린은 눈초리를 가늘게 좁혔다. 왠지 모르게 속이 상했다.

'오라버니께 도움을 드린 건 난데.'

일종의 상실감이랄까?

어릴 적부터 늘 자신을 챙겨주고 아껴주었던 제닌의 마음을 누군가에게 빼앗긴 것 같은 기분이었다.

'이대로는 안 돼. 내가 얼마나 기다렸는데!'

지난 4년간 보고 싶은 마음을 달래가며 기다렸던 오라버니를 겨우 다시 만났건만, 이렇게 관심 밖으로 밀려나기는 싫었다.

그런데 딱히 방법이 떠오르지 않았다. 여자인 자신이 보기에도 마리는 너무나도 예쁘고 귀여웠기 때문이다.

에이린은 한참을 생각한 끝에 눈을 반짝였다.

'그래! 이거야! 이거면 오라버니의 관심을 되찾을 수 있을 거야!'

자신이 마리를 상대로 유일하게 내세울 수 있는 장점이 딱 하나 있었다. 그녀는 곧바로 행동에 들어갔다.

"오라버니. 오라버니이이."

에이린은 콧소리를 내며 몸을 배배 꼬았다. 제닌의 팔을 꽉 부둥켜안고 있던 참인지라 자연스럽게 그 양쪽에 솟은 불룩한 살덩이가 비벼졌다.

순간 '이건 좀 이상하지 않나?' 하는 의문이 들었으나, 에이린은 마리에게 지기 싫다는 마음으로 일관했다.

슬쩍 마리의 얼굴을 살펴보았다. 점차 굳어져 가는 표정을 보아하니 왠지 모를 승리감이 느껴졌다.

'좋아! 그런데 오라버니는…….'

한편, 제닌은 문득 팔에서 느껴지는 물컹물컹한 느낌에 에이린 쪽을 살펴보았다.

'얘가 왜 이러지?'

처음에는 오래간만에 만나기도 했고, 반갑기도 해서 받아 주었건만, 이건 좀 경우가 아니라는 생각이 들었다.

'열일곱씩이나 먹은 녀석이…….'

아무래도 선을 그어야 할 필요가 있을 듯싶었다.

"리니. 급하면 말을 하지 그랬어. 그만 내려갈까?"

제닌의 말에 에이린은 그제야 자신의 행동이 무리수였음을 깨달았다. 나름대로 부끄러운 것을 감수하며 한 행동이건만, 이것이 완벽히 엉뚱한 방향으로 읽혀 버렸다.

'아! 어쩜 좋아……. 내가 지금 무슨 짓을 한 거야?'

발단은 마리에게 지기 싫은 감정이었지만, 자신의 행동을 돌이켜 보니 아무리 봐도 이건 아니라는 생각이 들었다.

얼굴은 화끈거리다 못해 뜨거울 지경이었고, 그 때문인지 정수리에서 증기가 뿜어지는 듯한 기분. 정말 '쥐구멍에라도 숨고 싶은 심정' 이라는 말이 확 와 닿는 순간이었다.

"그, 그게! 아, 아니거든요!"

"왜 그래? 참으면 몸에 안 좋으니까."

"아악! 아니라니까요! 오라버니 미워요!"

에이린은 빽 소리를 지르며 고개를 돌려 버렸다. 부끄러움을 감추기 위해서는 화라도 내야 했다.

'알아들은 모양이군.'

제닌은 터질 듯 붉은 에이린의 얼굴을 보다가 슬쩍 시선을 피해주었다. 부끄러움을 식힐 만한 시간을 주기 위함이었다.

세 사람 사이에 어색한 침묵이 감돌았다. 그러던 침묵을 깬 것은 마리였다.

"앗! 차가워! 응? 아빠! 봐봐! 하늘이 이상해!"

마리의 목소리에 모두가 동시에 하늘을 바라보았다. 새카맣던 하늘이 회색을 띠고 있었다.

첫눈이었다.

제닌은 하늘을 보다가 슬쩍 에이린 쪽을 바라보았다.

'부끄럽기도 하고 민망하기도 할 테니…….'

자신이 슬쩍 풀어주는 편이 좋을 것 같았다.

"리니. 우리 오래간만에 눈사람이나 만들까?"

은근히 물어 오는 제닌의 말투에 에이린은 깜짝 놀란 얼굴로 그를 바라보았다. 자신에 대한 배려심이 느껴지는 말투에 그녀는 기어들어가는 목소리로 답하며 고개를 끄덕였다.

"아빠! 눈사람이 뭐야?"

"마리도 같이 만들까?"

"응!"

에이린은 다정한 부녀의 모습에서 왠지 모를 패배감을 느꼈으나, 휘휘 고개를 저어 털어냈다.

'칫! 두고 보라구요! 오라버니보다 훨씬 더 멋있는 사람 만나서 데려올 테니까!'

소리 없는 다짐 속에 세상은 하얗게 물들어갔다.

Chapter 54.

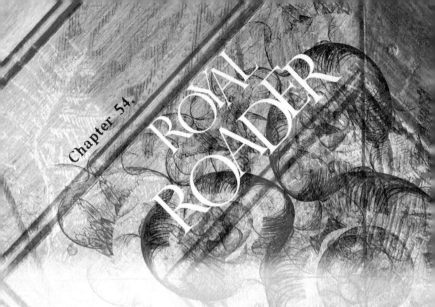

Chapter 54.

ROYAL ROADER

I

요새에 돌아온 이후로 제닌은 한동안 정신없이 바쁜 시간을 보내야 했다. 오자마자 몬스터의 침공을 막아냈고, 그동안 밀린 업무를 처리했으며, 오랜만에 만난 가족들과 못다 한 회포를 풀기까지…….

그는 근 사흘가량을 정신없이 움직인 끝에야 비로소 혼자만의 시간을 가질 수 있었다.

후루룩.

집무실에 앉아 향긋한 차를 한 모금 들이키는 제닌의 모습에서는 제법 귀족다운 자태가 나타났다.

'썩을! 더럽게 쓰네. 이런 걸 대체 뭐가 좋다고 비싼 돈 주고 사 마시는 거야?'

미간은 살짝 찌푸려져 있었지만, 원체 외모가 잘나다 보니 모르는 사람이 본다면 책상 위에 놓인 서류를 보며 고뇌하는 것으로 느낄 정도였다.

'스테이터스.'

[왕국의 영웅 제닌, 인간(남, 22) 레벨 : 30(24226/23652 레벨 업 가능), 생명력 : 3449, 마력 : 13068, 기본공격력 : 89, 기본방어력 : 83.5, 근력 63(46+17), 순발력 52(47+5), 지능 20(15+5), 지혜 30(25+5), 활력 52(36+16), 감각 36(31+5) 보너스포인트 10]

살짝 일그러졌던 미간은 눈앞에 떠있는 상태창을 바라보며 흐뭇한 미소로 변화했다.

'이 정도면 나도 꽤 열심히 한 것 아닌가?'

처음에 비하면 괄목할 만한 성장이었고, 30레벨이 되기 전과 비교해도 눈에 띄는 점이 몇 가지 있었다.

'마력이 반으로 줄어든 것은 아쉽지만, 그래도 생명력이 다섯 배 가까지 증가했으니.'

[방대한 마력을 담기에 사용자의 신체 능력이 부족합니다. 일정 마력을 소모하여 신체의 내구력을 보강하고 생명력을 증폭합니다.]

30레벨이 되었을 때 떠올랐던 설명대로 마력이 줄어든 대신 생명력이 큰 폭으로 증가했다.

게다가 수치에는 나타나지 않았으나, 피부의 질김이라

든지 근육의 밀도, 뼈의 단단함 또한 향상된 것이 느껴졌다. 또한, 피부는 잡티 하나 없이 깨끗해졌고, 벡스보다 더 강한 힘을 보유했음에도 체형은 날렵하기 짝이 없었다.

마리가 더 잘생겨졌다는 말을 했던 이유는 바로 이러한 변화 때문이었다.

'그런데 이 생명력이라는 게 얼마만큼의 효용을 발휘하는지를 아직 잘 모르겠단 말이지.'

제닌은 일격에 즉사할 수 있는 부위를 타격받았을 때를 걱정했다.

'아무리 생명력이 높아도 목이 잘리면? 심장이 찔리면? 그래도 살 수 있을까?'

– 띠링!

[생명력은 사용자의 체력과 내구도에 관여합니다. 내구도는 치명상으로부터 사용자를 보호하는 역할이며, 생명력이 높을수록 급소의 방어력이 상승합니다.]

별생각 없이 던진 질문이었건만, 뜻밖에도 대답이 나왔다.

'오호! 그렇단 말이지!'

모든 것을 이해할 수는 없었지만, 대충은 감이 왔다.

'한 마디로 생명력이 다 떨어질 때까지 즉사할 수 있는 부분을 강화한다는 말이로군.'

고개를 끄덕이던 제닌이 슬쩍 물었다.

'그럼, 누가 공격하면 오히려 급소를 들이대야겠네? 방어력이 높으니, 잘 막을 것 아니야?'

[생명력의 소모가 큽니다.]

'아하! 한 번에 죽지는 않겠지만, 급소를 타격받으면 생명력이 크게 깎여 나가서 위험하다는 말이군!'

이에 대한 메시지는 떠오르지 않았으나, 제닌은 이것을 긍정으로 받아들였다.

'그럼 지금까지와 별로 다를 건 없겠네. 어차피 공격할 때 급소를 노리는 건 당연하니까. 다만, 강자와의 싸움에서 슬쩍 급소를 내주고 뼈를 칠 수도 있겠어. 저 정도의 생명력이면 적어도 한 방에 다 떨어지지는 않을 테니까.'

어쩌면 위급한 상황에서 사용할 수 있는 무기를 또 하나 얻은 셈이나 다름없었다. 급소를 공격당한 상대가 멀쩡한 상태로 반격한다면, 공격한 인물의 평정심을 흐트러뜨릴 수 있었기 때문이다.

'좋군. 좋아.'

제닌이 알아낸 사실에 만족한 듯 고개를 끄덕일 때, 밖에서 쿵쾅거리는 요란한 소리가 들려왔다.

그저 발소리만 들었을 뿐임에도 주인공을 알 수 있었다. 요새에서 가장 덩치가 좋으면서 이렇듯 조심성 없는 인물은 단 한 명뿐이었다.

'벡스, 이 녀석은 대체 학습 능력이라는 게 있는 건지,

없는 건지. 그렇게 혼나고도 왜 매번 이럴까?'

"대장! 시간 다 됐습니다!"

문이 벌컥 열림과 동시에 들려온 외침에, 제닌은 미간을 구기며 대답했다.

"벡스. 일단 대가리 박도록. 아직 30분 남았다."

Ⅱ

'흐음……. 보스는 없군.'

제닌은 작은 한숨을 내쉬며 이글아이를 해제했다.

휘이이잉.

그가 있는 곳은 살을 저밀듯한 바람이 몰아치는 창공이었다. 발아래로는 온통 하얗게 물든 벌판이 펼쳐졌고, 그 위로 개미만 한 크기의 크루얼 에이프들이 어슬렁거리고 있었다.

'저것들은 뭘 먹고 사는 거지?'

가뜩이나 풀 한 포기 제대로 찾기 어려운 황무지였다.

평소에는 그나마 이끼처럼 돋아난 풀과 그것으로 먹고 사는 작은 동물들이 있었으나, 세상이 눈으로 덮여 버리자 작은 동물들은 전혀 찾아볼 수 없었다.

'하긴, 어차피 잡아야 할 놈들이니 저것들이 뭘 먹고 사는지까지 걱정해줄 필요는 없겠지.'

제닌은 상념을 털어버리며 말했다.

"벡스. 준비는?"

"다 됐습니다! 대장!"

우렁찬 목소리에 몇몇 크루얼 에이프가 위를 바라보는 것이 느껴졌다. 다른 때 같았으면 한 마디 해줬겠지만, 아쉽게도 지금은 그럴 수 없었다.

벡스를 데려온 본래 목적이 이것이었기 때문이다.

"시작하자."

"옙! 으아아아아아! 대자아아아앙!"

벡스는 평소보다 훨씬 더 큰 목소리로 외쳐대기 시작했다. 그리고 그의 목소리를 들은 크루얼 에이프들이 일제히 하늘을 쳐다보았다.

번쩍! 버번쩍!

눈으로 뒤덮인 하얀 세상에 섬광의 잔치가 벌어졌다.

모르는 사람이 본다면 그저 아름다운 광경이었다. 그러나 그 섬광에 사람 하나쯤은 가뿐히 죽일만한 파괴력이 있었고, 그런 섬광 수십 개의 목표가 자신이라는 것을 알게 된다면 이 광경을 절대로 아름답게 볼 수는 없을 것이다.

"으어어어!"

다발이라고 불러도 이상하지 않을 섬광이 날아들자, 벡스는 적잖이 겁에 질린 표정이었다.

'자식, 덩칫값 좀 해라. 덩칫값 좀!'

티딩! 티디디딩!

콩 볶는 듯한 소리가 쉴 새 없이 울려 퍼졌다. 벡스와 제닌의 주변에는 어느새 투명한 보호막이 생성되어 있었다.

크루얼 에이프들은 이마에 자리 잡은 세 번째 눈으로 서너 번 섬광을 쏘아내더니 두 사람의 발아래로 몰려들었다.

'확실히 보스가 아니면 횟수가 제한되어 있군.'

이미 부하들의 입을 통해 들은 내용이었지만, 백번 들은 것은 실제로 한 번 경험한 것보다 못했다.

'일반 놈들은 두세 번, 정예는 네다섯 번 정도.'

놈들의 섬광 공격에 대한 파악이 끝나자, 제닌은 서서히 고도를 낮추며 주변을 빙글빙글 돌기 시작했다. 미니맵을 확인하면서 붉은 점이 찍힌 외곽부터 중심까지 소용돌이 모양을 그리는 경로였다.

"으아아아아! 대자아아아앙!"

벡스는 역할에 충실하게 크루얼 에이프들의 시선을 끌었고, 섬광 공격을 모두 사용한 놈들은 그저 뒤를 졸졸 따라올 뿐이었다.

"쿠워! 쿠워워!"

"쿠워워어어!"

놈들은 귀청이 떨어질 듯한 괴성을 내질렀으나, 안타깝

게도 소리만으로는 제닌에게 타격을 줄 수 없었다.

'전설에 나오는 드래곤이 아닌 이상에야 뭐.'

전설 속의 드래곤은 실제로 소리만으로도 적을 공포에 질리게 해서 잡아먹었다고 한다. 물론 실제 기록은 없었고, 그저 할아버지가 손주들에게 해주는 옛날이야기 수준이었다.

'이거, 너무 쉬운데?'

제닌은 피식 웃었다.

보스만 나타나지 않는다면 학살에 가까운 사냥이 될 것 같았다.

그러는 사이 어느덧 두 사람의 위치가 중심부에 도달했고, 미니맵에는 주변을 빨갛게 물들인 점들이 뭉쳐 있었다.

'보호!'

제닌은 주변에 보호를 다시 걸어주며 인벤토리에서 둥근 물체를 꺼내 들었다. 가트가 새로 개발한 신형이 아닌, 그 전에 개발한 구형 익스플로젼 스톤이었다.

'더 좋은 게 나왔으니, 이런 건 빨리 소모해 버리는 편이 낫겠지.'

"벡스. 술래잡기, 가장 크게 한 번 더!"

"옙! 크아아아아앙! 트에자아아아앙!"

크게 하라니까 쓸데없이 발음에까지 힘이 들어갔다.

제닌은 조금 더 작아진 붉은 점의 뭉치를 확인한 후, 손에 든 익스플로전 스톤을 내던지기 시작했다.

발아래로 붉은빛들이 점멸하기 시작했다. 그리고 그것이 땅에 닿았을 때.

쿠쾅! 콰콰콰쾅!

귀청이 떨어질 듯한 굉음과 함께 폭발이 일어났다.

땅거죽은 뒤집혔고, 화염이 거세게 피어올랐다. 그리고 그 사이에 있던 크루얼 에이프들의 몸은 그야말로 갈가리 찢긴 채 사방으로 비산했다.

꿀꺽!

"대, 대장……. 이, 이게……."

마른 침을 삼킨 벡스가 놀란 눈으로 제닌을 바라보았다.

피식 웃은 제닌은 아직 남아 있는 익스플로전 스톤 하나를 꺼내 내밀었다.

"하나 가질래?"

"시, 시, 싫습니다! 싫어요!"

벡스는 사색이 된 얼굴로 고개를 내저었다.

제닌의 웃는 얼굴 사이로 경험치 획득 메시지들이 끊임없이 이어졌다.

[크루얼 에이프를 처치하여 55의 경험치를 획득했습니다.]

[크루얼 에이프를 처치하여 52의 경험치를 획득했습니다.]

[크루얼 에이프(Elite)를 처치하여 161의 경험치를 획득했습니다.]

꼬리를 물고 이어지는 메시지는 근 백여 개가량 이어지다가 겨우 멈췄다.

'너무 많으니 거슬리는데, 이걸 안 나오게 하는 방법은 없는 건가?'

[경험치 획득 메시지를 차단하시겠습니까?]

어쩐 일인지 원하는 대답이 제꺽 나왔다.

'그럼 고맙지. 그리고 레벨 확인.'

[레벨 : 30(28114/23652 레벨 업 가능)]

자신의 레벨과 경험치를 확인해 본 제닌은 흐뭇한 미소를 지었다.

'순식간에 4천이라니……. 뭐야? 레벨 업이 이렇게 쉬운 거였어?'

좋기는 한데, 너무 쉽다 보니 경험치를 얻기 위해 그동안 공들였던 일이 어쩐지 억울하게 느껴질 정도였다.

제닌은 살짝 옆으로 이동한 후 하강했다. 굳이 살점과 체액, 뼛조각 등과 녹은 눈으로 진창이 돼버린 곳에 발을 디딜 필요는 없었다.

지면에서 한 뼘 정도 몸을 띄운 채로 십여 분가량을 기다리자 난장판이 됐던 곳에서 변화가 일어나기 시작했다. 사방을 어지럽혔던 체액과 살점들이 빛으로 변해 사라지기 시작했던 것이다.

빛은 얼마 지나지 않아 사라졌다. 폭발의 흔적은 여전했고, 바닥은 진창이었으나, 역겨움마저 느껴지던 처참한 주검들은 모두 사라지고 대신 반짝이는 보석이 흩뿌려져 있었다.

하급 마력핵이이라는 이름표가 붙어 있었다.

"벡스. 주워."

"예!"

부리나케 달려가 마력핵을 줍는 벡스를 바라보며 제닌은 고개를 갸웃거렸다.

'신기하단 말이지. 시체가 빛으로 사라지는 것은 던전에서나 일어나던 일인데 말이야. 그런데 장비 같은 것은 주지 않고 달랑 이것만 주다니.'

이해는 일찌감치 포기했다. 그저 현재 일어난 일을 토대로 나름대로 추측할 따름이었다.

'흐음. 이건 어떻게 사용하는 걸까?'

제닌은 엄지와 검지 사이에 마력핵을 끼우고 찬찬히 들여다보았다.

흔한 보석처럼 햇빛을 받아 찬연한 빛을 발할 뿐, 딱히 뭔가가 있을 것 같다는 느낌은 들지 않았다.

'이런 것보다는 차라리 사체를 그대로 얻을 수 있는 게 더 좋을 텐데.'

크루얼 에이프는 모르겠으나, 이전에 잡은 레드 맨티스의 사체는 제법 쓸만해 보였다.

날카로운 앞발은 적당히 가공만 한다면 보검 수준의 검을 만들 수 있을 듯 보였고, 그뿐만 아니라 외부를 둘러싼 각질 또한 방어구를 만들기에 딱 좋았기 때문이다.

문제는 제닌이 인벤토리에서 레드 맨티스의 사체를 꺼내자 마치 기다렸다는 것처럼 빛으로 증발해 버렸다는 점이었다. 역시나 남겨진 것은 하급 마력핵이었다.

'뭐, 지나간 일이니.'

제닌은 아쉬운 듯 입맛을 쩍 다신 다음 주변을 훑어 보았다.

'그나저나 이쯤이라고 들었는데…….'

제닌은 에이린의 조언을 받아들여 몬스터가 나타나는 통로 주변에 성벽을 쌓기로 했다.

이를 위해서는 몬스터 통로가 생기는 위치를 알아야 했다. 되도록 그곳을 중심에 두고 성벽을 쌓는 편이 더 유리한 까닭이었다.

"벡스, 아직 멀었냐?"

"거의 다 했습니다!"

벡스의 동작이 한층 빨라졌다.

얼마 후, 벡스가 다시 돌아오자 제닌은 벡스를 데리고 다시 공중으로 올라갔다.

'슬슬 나타날 때가 됐는데…….'

이런 생각으로 하늘의 해를 가늠해 볼 때, 아래쪽에서 변화가 시작되었다.

우웅! 우우우웅!

시작은 기묘한 진동과 함께였다.

치칙! 파치지직!

검은 전격을 피워대며 시커먼 원반이 모습을 드러냈고, 얼마 지나지 않아 크루얼 에이프 무리를 토해내기 시작했다.

'저 안은 어떨까? 저기에서 나온다면, 반대로 안쪽으로 들어갈 수도 있지 않을까?'

제닌은 문득 이런 의문이 들었으나, 굳이 호기심에 목숨을 걸 필요는 없을 듯싶었다.

안쪽에 얼마나 많은 몬스터가 있는지도 몰랐을뿐더러, 안쪽의 환경이 과연 인간이 살 수 있을 만한 곳인지도 모른다. 몬스터에게는 별 피해가 없으면서 인간에게는 유독한 공기가 가득하기라도 하다면 제닌도 죽음을 피할 수 없었다.

'일단은 정리가 우선이겠지.'

"벡스! 시작한다."

Ⅲ

“응. 알았어. 출발!”

맑고 또랑또랑한 외침이 울려 퍼졌고, 미약한 땅 울림이 시작되었다. 건장한 남성들로 이루어진 오천 명이 넘어가는 인원의 이동이었다.

‘여기까지 거리가 5km 정도니까 넉넉잡아 한 시간 정도면 도착하겠군. 그나저나, 이걸 어떻게 만든다?’

요새에서 일단의 병력이 출발한 시각, 제닌은 공중에 높이 떠오른 상태에서 아래를 내려다보며 고민하는 중이었다.

벡스는 조금 전 몬스터 통로가 나타났던 곳에 서 있었는데, 그곳을 중심으로 각종 기자재가 듬성듬성 쌓여 있었다. 커다란 원을 그리며 쌓여 있는 기자재는 성벽을 쌓기 위한 재료였다.

‘놈들의 공격력이 만만치 않으니 일단은 튼튼해야겠고, 섬광 공격을 피해 숨을 만한 엄폐물도 만들어야겠지. 성문은 필요가 없으려나? 병력은 뒤쪽으로 계단을 만들어 올려보내면 될 테니 방어력을 떨어뜨리는 것을 괜히 만들 필요는 없겠지.’

제닌이 가장 중점을 둔 것은 안전이었다.

제닌이 보유한 병력은 비록 개개인이 기사급 이상의 실

력을 갖춘 정예였다. 그러나 숫자가 너무 적었다. 앞으로의 일을 생각하면 최소한의 병력으로 피해 없이 몬스터를 막아낼 필요가 있었다.

'방어탑도 되도록 많이 만들어야지. 그럼 대충 안쪽으로 톱니가 나 있는 톱니바퀴 모양이 되는 건가?'

제닌이 머릿속으로 완성된 성벽의 모습을 그려보는 찰나였다.

우우우웅.

미약한 진동음과 함께 신기한 것들이 보이기 시작했다.

'뭐, 뭐야?'

제닌이 깜짝 놀란 표정을 지을 때, 경쾌한 알림음과 함께 메시지가 떠올랐다.

[거점 건설 구상도를 사용할 수 있습니다.]

'구상도?'

처음 들어보는 말이었다. 하지만 제닌은 아래를 살펴보며 구상도라는 것에 대한 개념을 알아낼 수 있었다.

'일종의 설계도 비슷한 건가?'

그의 발아래는 반투명한 영상이 떠올라 있었다. 다름 아닌, 그가 조금 전까지 생각하던 성벽의 모습이었다.

지름은 100미터가량이었고, 높이는 15미터에 달했다. 성벽 위는 마차가 지나다닐 수 있을 정도로 넓었고, 안쪽을 향해서는 몸을 숨길 수 있는 요철(凹凸)이 있었다.

'요철이 좀 더 커야 할 것 같은데? 튀어나온 부분 뒤에 사람이 서 있어도 완전히 가려질 수 있을 만큼.'

그렇게 생각함과 동시에 요철 부분이 변화했다. 정확히 제닌이 바라던 대로의 변화였다.

'호오! 이거 좋은데?'

제닌은 눈을 반짝였다.

그저 머릿속으로 생각하는 것보다는 이렇게 직접 보는 것이 더 확실했다. 그뿐만 아니라 그때그때 변화를 주고 살펴볼 수 있었으니 더욱 좋았다.

'이렇게 구상도를 만들어 놓고 건설을 시작하면 정말 여기 보이는 대로 만들어지는 건가?'

[충분한 재료와 노동력이 필요합니다.]

예전 같았으면 딴소리를 한다고 투덜거렸을 테지만, 이제는 제닌도 어느 정도 메시지의 성향을 파악한 상태였다. 부정적인 말이 없다는 것은 조건만 갖추어지면 만들 수 있다는 의미였다.

'그런데 요즘 이상하게 친절해졌단 말이지.'

제닌은 수상한 사람을 바라보는 눈빛으로 눈앞의 메시지를 바라보았다.

'꼭 무슨 잘못이라도 한 사람처럼 말이야.'

순간 메시지가 살짝 흔들리는 듯한 느낌이 들었다. 제닌의 눈빛도 순간 반짝였으나 그는 시선을 돌리며 생각을 마무리했다.

'뭐, 사람일 리는 없겠지만.'

고개를 몇 번 내저은 제닌은 반투명한 성벽의 모습으로 다시 시선을 옮겼다.

'그러고 보니 그냥 이렇게 두면 뒤가 불안하겠군. 몬스터만큼이나 무서운 게 사람이니까.'

내부에 대한 방비는 확실해 보였으나, 외부에 대한 방비는 전혀 되어있지 않았다.

'뒤쪽으로 성벽을 하나 더 만들어야 하나? 이왕 만드는 것, 안쪽에 시설이 들어설 수 있도록 좀 넉넉하게 만드는 편이 좋겠군.'

이런 생각 속에 성벽이 하나 더 생겨났고, 제닌의 생각에 따라 이리저리 변화하기 시작했다.

Ⅳ

"전원 준비! 마지막 놈이 빠져나오고 통로가 닫힐 때까지 대기한다!"

"익스플로젼 스톤 뚜껑에는 지시가 있을 때까지 절대로 손대지 않는다! 멋대로 손대는 놈이 있으면 저 아래로 던져버릴 것이다!"

꿀꺽!

카일은 고래고래 소리치는 지휘관들의 목소리를 들으며 마른 침을 삼켰다. 길쭉한 원기둥 모양의 물체를 들고 있는 손이 부들부들 떨려왔다.

익스플로젼 스톤이라는 물건은 비록 작았지만, 무시무시한 힘을 지니고 있었다. 집채만 한 바위조차 한순간에 산산조각 내버리는 위력이었다.

이러한 강력함은 적에게 공포감을 심어 주기에 좋았으나, 반대로 아군에게 또한 두려움을 안겨 주었다.

자칫 누군가의 실수로 아군이 몰살하는 결과를 가져올 수도 있었기 때문이다.

'이, 이게 여기서 터지면 어떡하지?'

그런 생각을 하는 순간, 카일의 손은 더욱 거세게 떨렸다.

자신의 몸 따위는 흔적도 없이 사라질 것이다. 그와 더불어 옆에 있던 사람들의 몸 역시 갈가리 찢어발길 것이 분명했다.

'아니야. 그럴 리가 없어. 형님도 뚜껑만 돌리지 않으면 안전하다고 그랬단 말이야.'

물론 안전할 것이다. 그러나 세상에 절대적인 것은 없었다. 그렇다면 '만에 하나' 라는 말이 왜 생겨날 이유도 없었을 것이다.

카일은 입술을 깨물며 괜한 걱정을 털어버리기 위해 노력했다. 하지만 아무리 마음을 다잡아도 두려움을 완전히 떨쳐내기는 어려웠다.

'괘, 괜히 형님을 조른 건 아닐까? 좀 천천히 차근차근 강해지는 것도 나쁘지 않을 텐데…….'

문득 후회가 밀려왔지만, 카일은 다시 한 번 고개를 가로젓는 것으로 후회를 밀어냈다. 그가 이 자리에 선 것은 누구도 아닌, 자기 자신의 강력한 주장 때문이었다.

'그래. 내가 원해서 자청한 거야. 그러니 형님의 말씀을 믿어야 해. 형님은 아무것도 없던 황무지에 하루 만에 요새를 세운 분이잖아?'

카일이 생각하기에는 정말이지 마법보다 더 마법 같은 일이 일이었다. 아침까지만 해도 아무것도 없었던 황무지에 갑자기 요새가 솟아났기 때문이다. 그것도 얼기설기 대충 지은 것이 아닌 훌륭하다는 표현이 아깝지 않을 만큼 잘 지어진 요새였다.

"거기! 뭐 하고 있나? 정신 똑바로 안 차리나? 죽고 싶어? 그냥 아래로 던져 버릴까?"

자신을 향해 꽂히는 날카로운 음성에 카일은 퍼뜩 정신을 차렸다.

"아, 아닙니다! 똑바로 하겠습니다!"

이왕 할 거면 제대로 하라는 이유로 제닌은 신분을 드러내지 말 것을 요구했다. 그 결과 카일은 요새에 들어온 지 얼마 되지 않은 신병 사이에 섞여 있었다.

“정신 똑바로 차려라! 이곳은 영주님께서 우리를 위해 기적으로 완성 시킨 요새다. 우리는 이 요새에서 벌어지는 첫 전투를 치르는 영광스러운 임무를 부여받았다. 따라서 우리는 완벽한 전투를 펼쳐야 한다. 그분의 명성에 티끌만큼의 오점도 남겨서는 안 된다는 말이다. 알겠나?”

지휘관을 맡은 병사의 열변에 성벽 위에 늘어 서 있던 병사들의 눈동자에는 힘이 들어갔다.

“예! 알겠습니다!”

병사들의 입에서 우렁찬 목소리가 터져 나왔고, 카일도 목청을 돋워 동참했다.

– 쿠워워워워어!

– 크오오오오!

흉측한 몬스터들이 내지르는 괴성이 점차 가까워져 왔다. 슬쩍 요철 사이로 고개를 내밀어 거리를 확인한 지휘관이 병사들을 돌아보았다.

“지금이다! 뚜껑을 돌리고 집어 던져!”

달칵! 딱!

미세하게 떨리는 손으로 뚜껑을 돌리자 안쪽에서 뭔가가 부딪치는 소리가 들려왔다. 그와 함께 익스플로젼 스톤이 붉은빛을 내며 점멸하기 시작했다.

카일은 손에 든 것을 힘차게 성벽 안쪽으로 내던진 후 요철 뒤로 몸을 숨기며 바짝 웅크렸다. 이곳에 오기 전 훈련받은 대로의 움직임이었다.

콰르릉! 콰앙! 콰콰콰쾅!

어마어마한 폭음과 함께 사방으로 충격파가 뿜어졌다. 단단한 성벽이 요동칠 정도였다.

'해냈어!'

무사히 임무를 마쳤다는 생각에 가슴이 뿌듯해졌다. 그와 함께 몸에서 빛이 뿜어졌고, 극도의 쾌감과 함께 온몸으로 힘이 솟구치는 느낌이 전해졌다.

"아아아아……."

카일은 벌어진 입을 다물 수 없었다.

V

'나쁘지 않군.'

첫 전투에 대한 제닌의 평가였다.

병사들이 내던진 익스플로젼 스톤은 몬스터 대부분을 처리했고, 그나마 몇 남지 않은 놈들도 생명력이 바닥을 기는 상태였다. 비치적거리며 성벽으로 다가오는 놈들은 석궁병의 활약으로 마무리되었다.

아군의 희생은 전혀 없는 깔끔한 승리였다.

'문제는 폭발이 성벽의 내구력까지 갉아먹는다는 점인데…….'

익스플로젼 스톤을 사용하는 전투의 단점이 드러났다.

'물론 고치는 것은 일도 아니지만, 주기적으로 신경을 써야 하는 거면 요새를 만든 의미가 없어지는데.'

애초에 제닌이 이곳에 요새를 건설한 목적은 이곳을 벗어나 다른 곳의 일을 처리하기 위함이었다. 그런데 이대로라면 앞으로 몇 번만 더 전투를 치르면 성벽이 무너질 수도 있었다.

'응? 저건 뭐지?'

멀리서 피어오르는 두 줄기 흙먼지가 보였다. 이글아이를 사용해 살펴보니 마차 두 대가 나란히 달려오는 중이었다. 이미 충분히 빠른 속도임에도 뭐가 그리 급한지 마부의 채찍질이 쉬지 않고 이어졌다.

'무슨 경주하는 것도 아니고…….'

피식 웃으며 한 농담은 얼마 지나지 않아 사실임이 밝혀졌다.

마차가 요새 근처에 다다르자 두 사람이 뛰어내려 요새로 달려왔는데, 다름 아닌 베스란과 가트였다.

"영주님!"

"주군!"

애타게 자신을 부르는 목소리에 제닌은 고도를 낮춰 그들에게 다가갔다.

"저희 공방에서 엄청난 발견을 했습니다!"

"저희 마법 연구소에서 먼저! 주군께서 부여하신 임무를 완수하였습니다!"

두 사람은 동시에 입을 열었고, 말을 마치자 서로 노려보며 눈빛을 불태웠다.

'무슨 애들도 아니고, 이 사람들은 어떻게 갈수록 더하지?'

물론 두 사람의 경쟁을 바란 것은 다름 아닌 제닌 자신이었다. 경쟁을 통해 효율을 끌어올릴 수 있었기 때문이다.

"잠깐!"

제닌은 손을 내밀어 두 사람의 말을 막으며 거점 메뉴를 열어 살펴보았다. 공방과 마법 연구소의 그림이 깜빡이고 있었고 한쪽에는 '개발 완료' 메시지가 있었는데, 위를 차지한 것은 공방이었다.

"가트가 먼저로군. 말해보도록."

가트의 얼굴이 눈에 띄게 환해졌고, 반대로 베스란의 얼굴은 살짝 굳어졌다.

"예! 저희 공방에서는 저번에 영주님께서 주신 물질을 연구한 끝에, 혁명적인 신물질을 발견했습니다."

가트는 말과 함께 품 안에서 투명한 병을 꺼내 들었는데, 안에는 어두운 색깔을 띤 걸쭉한 액체가 찰랑거리고 있었다.

병 안에서 찰랑거리는 액체의 모습에 제닌의 표정이 살짝 일그러졌다. 그가 공방에 넘긴 물질은 다름 아닌 그레이트 웜의 배설물이었기 때문이다.

물론 물질 자체에서 역겨운 냄새가 난다거나 더러워 보이지는 않았지만, 배설물이란 자체만으로도 제닌은 왠지 꺼림칙하게 느껴졌다.

"이것저것 실험을 하던 도중 영주님께서 주신 물질을 녹이는 데 성공했고, 또다시 끝없는 실험 끝에 이 물질의 효용을 발견하는 데 성공했습니다. 그러니까 이걸 어떻게 녹였느냐 하면……."

"가트. 그래서, 어떻게 사용하는 건데?"

그대로 두면 끝없이 길어질 것 같았기에 제닌은 가트의 말을 잘랐다. 가트의 얼굴에 순간 아쉬운 기색이 어렸으나, 금세 표정을 풀고 설명을 이어 나갔다.

"한마디로 정리하자면, 강화제입니다."

"강화제?"

제닌은 솔깃한 표정으로 되물었다. 그런 제닌의 표정에 가트는 신이 난 듯 말을 이었다.

"예! 각종 금속을 녹인 후 이것을 첨가하면 본래 금속보다 월등히 뛰어난 성능의 금속이 만들어집니다. 그것이 얼마나 뛰어나냐 하면, 단조를 거치지 않은 주물임에도 병사들이 가진 무기에도 잘 흠집이 나지 않을 정도입니다."

"괜찮군. 가트, 고생 많았다."

가트의 말대로라면 대단한 물질임이 분명했지만, 제닌의 칭찬에는 어쩐지 영혼이 담겨 있지 않았다.

가트도 그런 기색을 눈치챘는지 실망한 표정을 지었다가, 한 마디를 덧붙였다.

"그게… 표면에 발라서 강화하는 방법도 있습니다만, 이건 그다지……."

"뭐라고? 자세히 말해 보도록."

자신 있는 설명은 기대했던 만큼의 성과를 얻어내지 못했으나, 오히려 자신 없이 흘린 말이 제닌의 눈을 반짝이게 했다.

"그러니까 그게, 이것저것 실험하다가 갑옷의 표면에 한 번 발라 보았는데 갑옷의 방어력이 월등하게 올라갔습니다. 다만 같은 양을 쇳물에 섞은 것보다는 효율이 떨어지는 관계로……."

"다른 것에도 시험해 보았나?"

제닌은 가트의 말을 자르며 물었다.

"예? 그게 무슨 말씀이신지……."

영문을 모르겠다는 가트의 표정에 제닌은 더 물어봤자 시간 낭비일 거라는 생각이 들었다.

제닌은 곧장 인벤토리를 열어 성벽 건축용 석재 하나를 꺼냈다. 한 변이 1미터인 정육면체 모양의 석재였다.

쿵!

갑자기 허공에서 나타나 바닥에 떨어진 석재를 바라보며 가트가 의문 어린 표정을 지을 때, 제닌이 말했다.

"한 번 발라봐."

"예? 여기에 말씀이십니까?"

"가트. 주군께서 말씀하시지 않는가? 지금 주군의 말씀에 토를 다는 건가?"

적절한 베스란의 개입에 가트는 화들짝 놀라며 약병의 뚜껑을 열었다. 제닌이 무엇 때문에 이런 지시를 하는지 아직 잘 이해할 수는 없었지만, 그가 원하는 것이 무엇인지는 알 수 있었다.

'이것을 강화하는 게 성능 좋은 금속보다 더 중요하다는 말인가?'

사실 금속의 재질을 강화할 수 있는 물질의 발견은 세기의 발견이었다. 어쩌면 전 대륙에 새로운 바람을 불러일으킬 수도 있을 정도였다.

그러나 제닌은 그것을 그리 대수롭지 않게 넘겼다. 그 말은 눈앞의 석재를 강화하는 것이 그만큼 중요하다는 의미였다.

'여기에도 통해야 할 텐데…….'

가트는 간절한 바람을 담아 약병의 액체를 석재 위에 떨어뜨리고 옷자락을 찢어 석재 표면에 펴 바르기 시작했다.

'되, 된다!'

가트의 얼굴이 눈에 띄게 환해졌다. 아직 석재 강도가 어떻게 변화했는지까지는 확인할 수 없었다.

다만, 손에 쥔 옷자락이 빳빳해지며 단단하게 굳어가는 것에서 가트는 이 물질이 금속뿐만이 아니라 다른 것에도 제대로 작용한다는 점을 알 수 있었다.

"영주님! 됩니다! 되요!"

가트는 딱딱하게 굳어진 옷자락을 내밀며 소리쳤다.

제닌은 가트가 내민 옷자락을 받아 살펴보았다.

[경화 섬유]

– 알 수 없는 물질이 섬유의 경화를 일으켰습니다.

'알 수 없는 물질?'

제닌은 의문을 품었으나, 그보다 중요한 것은 경화 섬유가 어느 정도 강도를 지니고 있는가 하는 점이었다.

제닌은 경화 섬유를 손에 쥐고 살짝 힘을 주어 보았다. 점차 강도를 늘려나가자 경화 섬유는 어느 순간 '파삭' 하는 소리를 내며 가루로 부서졌다.

'옷이 이 정도라면…….'

제닌은 석재를 바라보았다.

석재에 떨어뜨린 액체의 양이 부족했는지, 액체는 석재의 윗부분만 코팅한 상태였다.

제닌은 무기를 꺼내 들었다. 그가 필요한 것은 날카로운 공격에 대한 저항이 아닌, 폭발의 충격에 대한 저항이었다. 그 때문에 제닌이 손에 쥔 것은 [다크나이트 워해머]였다.

까앙!

제닌이 들어 올린 워해머를 내려치자 금속이 부딪치는 소리와 함께 석재 윗면에 움푹 팬 자국이 새겨졌다. 제닌은 망치를 빼내며 그 부분을 자세히 살펴보았다.

'생각보다 강도가 약하긴 한데.'

제닌은 움푹 들어간 부분에서 그 주변으로 시선을 돌리며 눈을 반짝였다.

'주변이 부서지지 않았어!'

석재는 한계 이상의 충격을 받으면 깨진다. 하지만 코팅된 석재는 직접 충격을 받은 부분만 움푹 들어갔을 뿐, 주변이 깨지기는커녕 미세한 균열조차 생기지 않았다.

적의 공격을 되도록 오랫동안 막아내야 하는 성벽의 특성상 이러한 점은 충격에 저항하는 것보다 더 중요한 사실이었다.

제닌은 다시 워해머를 들었다. 이번에 타격한 것은 코팅되지 않은 석재의 옆부분이었다.

빠각!

워해머가 타격한 부분은 터져 나갔고, 그 주변으로는 거미줄 같은 균열이 자라났다. 그리고 아랫부분까지 퍼져 나가던 균열은 석재의 옆면 전체를 무너뜨렸다. 다만, 윗부분으로 퍼져 나가던 균열은 위로부터 삼 분의 일 지점에서 진행을 멈췄다.

'좋았어!'

제닌은 워해머 자루를 움켜쥐며 눈을 빛냈다.

"가트. 이걸 하루에 얼마나 만들 수 있지?"

"예? 만드는 방법을 찾아내는 것이 어렵지, 방법을 알아낸 이상 얼마든지 만들 수 있습니다. 하오나 재료가……."

"재료?"

제닌은 피식 웃으며 대답했다.

"차고 넘치도록 제공해 주지."

재료의 수급이야 제닌이 마음만 먹는다면 하루에 수십 톤도 가능한 일이다.

"그럼 저는 이만 돌아가, 대량 생산할 준비를 하도록 하겠습니다."

"그래, 고생 많았다 가트. 그리고 이것."

제닌은 묵직해 보이는 주머니를 내밀었다.

"고생한 이들에게 나눠 주도록."

"영주님의 은혜에 감사드립니다!"

가트는 깊숙이 허리를 숙이며 주머니를 받아들고는 몸을 돌렸다. 물론 도중에 눈을 마주친 베스란을 향해 비릿한 미소를 지어주는 것을 잊지 않았다.

순간 베스란의 미간에 골이 팼지만, 그는 자신을 바라보는 제닌의 시선에 곧 표정을 풀었다.

"마법 연구소에도 성과가 있었다고?"

제닌이 물었다.

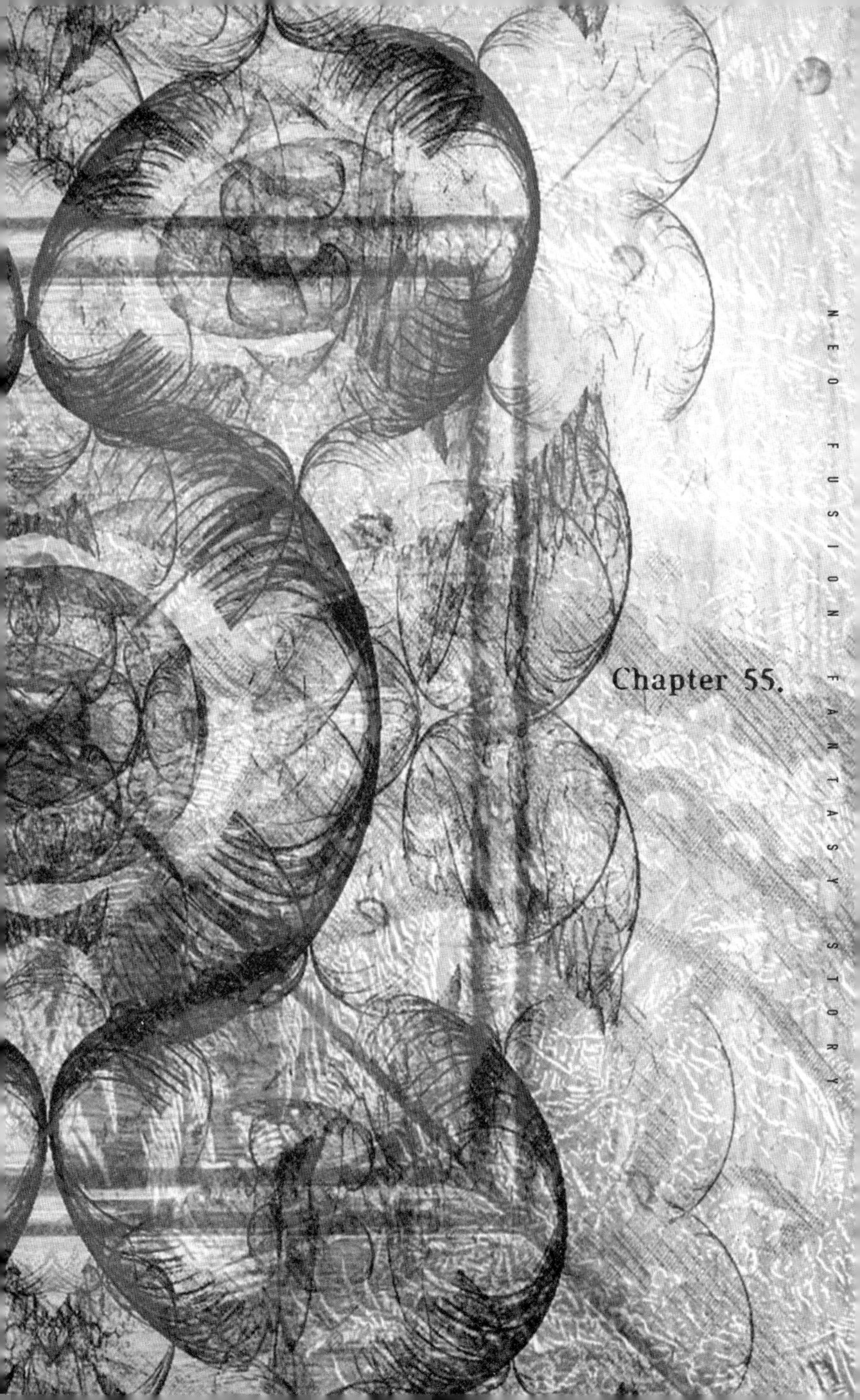

Chapter 55.

ROYAL ROADER

Chapter 55.

I

마법 연구소는 베스란이 영입한 마법사들이 모인 곳이었다. 물론 실력 있는 마법사는 영입할 수 없었다. 그들은 국가 차원에서 관리하는 최고급 인력이었기 때문이다.

그러나 재능 있는 이들을 구하는 것은 그리 어려운 일이 아니었다.

세상에는 재능은 있으나, 출신 신분이 미천해 도태된 이들이 많았기 때문이다. 베스란은 드루아 상단을 통해 이들에 대한 정보를 수집하고 조용히 접근했다.

다들 지원도 제대로 받지 못하고 다른 마법사들의 뒤치다꺼리를 하며 세월을 보내던 이들이었다. 머릿속에는 이것저것 연구하고, 실력을 키우고 싶은 마음이 꽉꽉 들어차 있었으나, 그들은 그럴 기회조차 얻지 못했다.

이것은 그들의 가슴 속에 한으로 맺혀 있었고, 베스란은 교섭자를 통해 그들에게 풍부한 자금과 연구 재료의 지원을 약속했다.

제안을 거절한 마법사는 거의 없었다.

비밀리에 요새에 도착한 마법사들은 요새의 위용에 놀랐고, 지금껏 듣도 보도 못한 마법이 가미된 각종 시설에 또 한 번 놀랐다.

결정타는 훈련소와 훈련던전이었다.

요새에 들어온 이상 무조건 거쳐야 한다기에 마법사들은 마지못해 들어갔지만, 나올 때에는 감격의 눈물을 주룩주룩 흘려댔다.

체내의 마나가 급격히 불어나는 기적이 일어났기 때문이다. 그뿐만 아니라 체력과 순발력이 증가함은 물론이거니와 머리까지 좋아졌다.

심장에 자리한 마나 서클은 기본 한두 개가 늘어났고, 심지어 세 개까지 늘어난 이가 있을 정도였다.

이런 사실이 세상에 알려지기만 한다면 전 대륙의 모든 마법사가 이곳에 오기를 희망할 것이다.

그러나 마법사들은 알았다. 다른 마법사들의 관심을 받은 만큼 이곳이 위험해 질 거라는 사실이었다.

– 이곳의 비밀은 무조건 지켜져야 한다.

이곳에 온 모든 마법사가 가진 공통적인 생각.

물론 이곳의 혜택을 자신들만 누리고 싶은 욕구도 어느 정도 있었지만, 그보다는 그들을 괄시하고 천대한 다른 마법사들에 대한 원한이 더 컸다.

그들에게 이곳은 그야말로 천국이었다.

이런 천국에서 실력을 길러 당당하게 세상에 소리치고 싶었다. 그동안 괄시한 사람들에게 자신의 진정한 재능을 보여 주고 싶었다.

물론 모두가 그런 것은 아니었다.

이곳의 비밀을 고위 마법사에게 알려 이득을 취하려는 인물도 있었던 것이다.

그러나 그들은 성공하지 못했다.

배신할 생각을 하고 요새의 성벽을 넘어선 순간, 요새에서 얻었던 모든 것이 일순간 사라져 버렸기 때문이다. 그들은 순간적으로 몸 안의 모든 힘이 빠져나가는 듯한 탈력감을 겪었고, 이 때문에 성벽과 요새 주변을 순찰하던 이들에게 발각되었다.

그리고 조용히 사라졌다.

이런 이들을 제외한 나머지는 그야말로 한이 맺힌 듯 연구에 몰두했다. 실력은 빠르게 늘어났고, 그중에는 상위 마법에 도전하는 이들까지 생겨날 정도였다.

그런 상황에서 베스란이 연구 과제를 들고 찾아왔다.

영롱한 광채로 반짝이는 보석은 마법사들의 관심을 한눈에 사로잡았다. 물론 그들이 관심을 둔 것은 겉모양이 아닌, 안에 담긴 에너지였다.

마나인 듯 마나가 아닌, 그렇지만 마나와 비슷한 에너지는 마법사들의 연구열을 끓어 오르게 했다.

각자에게 몇 개씩 주어진 마력핵을 가지고 이것저것 실험하던 마법사들이 가장 처음 발견한 것은.

"마법 저장 종이. 즉, 스크롤입니다."

베스란이 말했다.

"스크롤?"

"그렇습니다. 마력핵 가루를 특수한 시약과 섞어 용액을 만든 뒤, 이것으로 종이에 룬어를 그리면 스크롤의 제작이 가능하다고 합니다."

물론 좋은 발견이었지만, 이것만으로는 부족했다. 스크롤은 이미 돈으로도 충분히 살 수 있었기 때문이다.

제닌의 얼굴에 어려 있던 열기가 살짝 옅어짐을 알았는지, 베스란은 곧바로 말을 덧붙였다.

"기존 스크롤보다 두 배 이상 강력합니다."

제닌은 아직 여유가 남아 있는 베스란의 표정에서 다른 무언가가 더 있음을 알아챘다.

"또?"

"후후후. 역시 영주님은 제 속마음을 들여다보시는군

요. 거의 무제한으로 생산할 방법이 있습니다."

"무제한?"

베스란의 말은 식어가던 제닌의 관심을 다시 가져오기에 충분했다.

"하긴, 도장 같은 것을 만들어 찍어내면 가능성이 없는 것은 아니지."

제닌도 어느 정도 떠오르는 생각이 있었다. 그러나 베스란은 천천히 고개를 가로저으며 품 안에 손을 집어넣었다.

"이것입니다."

베스란이 품 안에서 꺼내 든 것은 네모난 나무 틀 안에 성긴 천이 고정된 물건이었다.

"이것으로 스크롤을 대량생산할 수 있다고?"

베스란이 내민 물건은 아무리 봐도 글씨나 그림을 찍어내기 위한 도구처럼 보이지는 않았다. 신기하다는 표정으로 이리저리 살펴보던 제닌의 모습에 베스란은 미소 띤 얼굴로 말했다.

"시범을 보여 드려도 되겠습니까?"

제닌은 고개를 끄덕이며 나무틀을 다시 베스란에게 넘겨 주었다.

베스란은 종이 한 장을 꺼내 실험용으로 사용했던 석재 위에 깔고, 그 위에 나무 틀을 올렸다. 그리고 액체가 담긴 병을 꺼냈다.

"이것이 마력핵을 시약에 녹인 용액입니다. 이것을 여기에 조금 부은 후."

베스란은 나무틀 안의 성긴 천 위에 용액을 부은 다음, 넓적한 나무 막대를 꺼내 성긴 천 전체에 용액을 펴 발랐다. 마지막으로 남은 용액을 한쪽으로 밀어 모은 후, 베스란은 나무틀을 들어냈다.

그러자 기묘한 문자가 새겨진 종이의 모습이 드러났다.

"오호!"

제닌은 탄성을 터뜨렸다.

베스란이 보여준 신기한 방식 때문이기도 했고, 종이 위의 글자가 너무도 선명했기 때문이기도 했다.

도장으로는 절대로 이렇게 고르고 선명한 문양을 찍을 수 없었다. 문양이 고르지 못하는 것은 물론 잘 번지기도 했기 때문이다.

"이건 대체 어떤 원리지?"

호기심을 담아 묻는 제닌의 말에 베스란은 차근차근 설명을 이어 나갔다.

"그러니까 결론은 원하는 글자나 문양을 제외한 나머지는 막혀 있고 뚫린 부분으로만 용액이 통과해 종이에 찍힌다는 거로군."

"정확하십니다."

제닌은 고개를 끄덕이며 말했고, 베스란은 미소 띤 얼굴로 맞장구쳤다.

'이건 중요한 거야!'

오랜만에 감각의 외침이 들려왔다.

그와 동시에 머릿속에서 간질거리는 느낌이 일어났다. 조금 더 생각해보라는 요구였다.

"아하!"

제닌이 손뼉을 마주친 순간 경쾌한 알림음이 들려왔다.

– 띠링!

[인쇄술을 개발했습니다.]

[책을 생산할 수 있습니다.]

[학교를 건설할 수 있습니다.]

[업적 : 지식 혁명을 달성하였습니다.]

제닌이 떠올린 것은 마력핵 용액 대신 잉크를 사용해 종이에 글자를 찍어내는 방법이었다. 이 기술을 사용하면 현재 필사로 만드느라 가격이 비싸진 책을 훨씬 싼 가격에 대량생산할 수 있었다.

'학교, 아무래도 책을 생산한 것과 같이 생겼으니 아카데미 같은 것이겠지.'

고개를 끄덕이던 제닌은 생각을 한 단계 발전시켜 보았다.

'만약, 아이들에게 단순한 글만이 아닌, 기술이나 마법 같은 것을 가르친다면?'

제닌의 얼굴에 흥미로움이 자리 잡았다.

'거기에 거점에서 지은 훈련소와 훈련던전은 말도 안 되는 일을 가능케 했지. 만약 이 학교라는 것도 그것들만큼 효과를 발휘한다면 어떨까?'

아직 실제로 확인해본 것은 아니었으나, 각 분야에 재능 있는 인재들을 손쉽게 양성할 수 있겠다는 생각이 들었다.

'지식 혁명이라…….'

마음속으로 중얼거리는 제닌의 눈빛은 선명하게 반짝였다.

"베스란. 이제부터는 아이들을 모아. 빈민의 아이나 전쟁고아 할 것 없이, 모두다."

빛을 내는 제닌의 눈빛에서 베스란은 제닌이 무언가를 깨달았음을 느낄 수 있었다.

'이번엔 또 어떤 기적을 보여주시렵니까?'

"예스. 마이 로드."

공손히 고개를 숙이는 베스란의 눈빛도 나이에 어울리지 않게 반짝이고 있었다.

Ⅱ

쿠쿠쿠쿠쿠쿠.

땅이 울렸다.

'대체 영주님은 이런 괴물을 어떻게 길들이셨는지…….'

가트는 땅을 울리게 한 원인을 뒤따르며 혀를 내둘렀다.

거대한 덩치의 애벌레의 꽁무니가 보였다. 그리고 그것은 웬만한 성인의 뜀박질 속도로 멀어져 가고 있었다.

퐁! 또르르르. 퐁! 또르르. 뽕!

잘 숙성된 와인의 코르크 마개를 따는 소리와 함께 둥근 물체가 떨어져 바닥을 굴렀다.

거대한 애벌레도 신기했지만, 애벌레가 전진하면서 꽁무니로 토해내는 물질 역시 신기했다.

물론 순수한 생성 과정만 따져 말하자면 배설물이었다. 하지만 애벌레의 꽁무니에서 나온 물질에는 배설물의 특징이 전혀 나타나지 않았다.

일단 냄새가 없었고 또한 단단했다. 어떻게 보면 단단한 암석 같기도 했고, 금속 같기도 했다.

중요한 것은 이것이 금속을 강화할 수도 있고, 물체의 표면을 강화할 수 있는 신물질이라는 점이었다.

'대체 어떻게 이게 만들어지는 걸까?'

가트는 신물질의 정체가 미치도록 궁금했다.

과정을 살펴보자면, 애벌레의 입을 통해 들어간 흙이나 암석이 몸을 거쳐 압축되어 만들어진 것이다. 그러나 단순히 그렇게 보기에는 너무나 신비한 특성을 띠고 있었다.

'뱃속에 무언가가 있어. 단순히 흙이나 돌을 압축해 내보내는 것이 아니라, 사람이 음식을 소화하는 것처럼 작용하는 것일 거야.'

가트는 사람이 입으로 먹은 고기나 빵이 역겨운 배설물로 변해 배출되는 것처럼 애벌레의 몸 안에도 성분을 변환시키는 무언가가 있을 것으로 추측했다.

그런 추측 때문일까?

멀어져가는 애벌레의 꽁무니를 바라보는 가트의 눈빛에는 뜨거운 열기가 담겨 있었다.

툭툭.

문득 어깨를 두드리는 느낌에 가트는 반사적으로 뒤를 돌아보았다.

"가트, 눈빛이 아주 뜨거운데? 눈앞에 종이라도 갖다 대면 아주 활활 타오르겠어."

능청스러운 웃음을 지은 채 물어오는 인물은 제닌이었다.

"아! 영주님."

"참아. 저건 내 것이니까."

"예? 무슨 말씀이시온지……."

"방금 표정. 배를 갈라 안에 무엇이 들어 있는지 살펴보고 싶다는 표정이었잖아?"

순간 멀어져 가던 그레이트 웜의 몸이 흠칫했다. 이미

사람 말을 어느 정도 알아듣는 녀석이었다.

"아, 아닙니다. 제가 감히 영주님의 것에 손을 댈 생각을 하겠습니까?"

가트는 일단 부정했다. 그렇지만 그를 바라보는 제닌의 표정은 여전히 의미심장했다.

"정말 안 그랬어?"

"그, 그렇습니다."

"맹세코?"

"죄, 죄송합니다. 하지만 그저 궁금했을 뿐이지, 결단코 다른 의도는 없었습니다."

확신한 듯 이어지는 제닌의 추궁에 가트는 결국 고개를 숙일 수밖에 없었다.

제닌은 히죽 웃으며 앞으로 뚫린 땅굴을 향해 외쳤다.

"꼬물아! 그렇단다. 그러니까 앞으로 이 아저씨 조심해라! 잘못하면 네 뱃속에 있는 것 다 털어갈라!"

"여, 영주님!"

가트가 펄쩍 뛰며 부정할 때는 제닌이 이미 정색한 얼굴로 돌아온 상태였다.

"생산에는 차질 없도록 하고, 생산하는 대로 새로 만든 성벽 안쪽부터 칠하도록."

"예! 영주님. 말씀대로 실행하겠습니다."

"아! 그리고 이제는 이해됐나?"

"예. 처음부터 이렇게 땅굴로 연결하실 생각이었군요."

가트는 새로 만든 요새를 살펴보며 의문을 가졌었다. 내부와 외부를 감싼 두 개의 성벽 모두 마땅한 출입구가 없었기 때문이다.

가느다란 사다리를 놓고 위태위태하게 성벽을 넘나드는 병사들의 모습을 바라보자니 언제든 부상자가 생길 것 같아 불안했었건만, 이제는 그런 걱정을 완전히 내려놓을 수 있었다.

"문은 편리하기는 하지만 그만큼 성벽의 방어력을 떨어뜨리는 요소야. 아마 누군가 요새를 공략하려 든다면 적잖이 당황 시킬 수도 있고."

제닌의 말에 가트는 고개를 끄덕였다.

과연 그랬다. 누가 뭐래도 공성전의 정도는 성문을 깨뜨리고 내부로 들어가는 것이었으니, 가장 먼저 노릴 성문이 없다면 적 지휘관은 당황할 수밖에 없었다.

"성문이 없는 것도 그렇지만, 저는 이 땅굴이라는 것이 아주 큰 의미가 있다고 봅니다. 일단 보급의 문제 또한 걱정 없어지겠지요. 누군들 수십 미터 지하로 보급품을 운송한다는 것을 상상이나 하겠습니까? 또한, 후방의 땅굴을 통해 병력을 돌려 기습을 노릴 수도 있습니다. 그야말로 무궁무진한 전술을 짜낼 수 있겠지요."

가트는 감탄이 담긴 표정으로 덧붙였다. 비록 자신이 주체가 되지는 않았지만, 그가 모시는 인물이 누구도 상상하지 못한 일을 이루었다는 것만으로도 자부심이 피어올랐다.

'하긴, 가트도 원래 생각을 좀 할 줄 아는 인물이었지.'

제닌은 새삼스럽다는 얼굴로 가트를 바라보았다.

"영주님. 왜 그런 눈빛을 저를……."

가트는 일말의 기대감을 담아 제닌을 바라보았다.

물론 제닌은 그의 기대감에 부응해줄 생각이 없었다.

"영토 전체에 땅굴 망을 만들 생각이야."

"훌륭하신 판단이십니다."

맞장구치는 가트를 향해 제닌은 씩 웃으며 말을 이었다.

"라고 베스란은 조언했을 거야. 땅굴을 처음 봤을 때 말이지."

가트의 얼굴이 와락 일그러졌다. 한 마디로 베스란이 가트보다 한 수 위라는 말이었기 때문이다.

그때, 멀리서부터 다가오는 발소리가 땅굴 내부를 울렸다. 그와 동시에 멀리서 어렴풋한 빛이 보이기 시작했다. 누군가 랜턴을 들고 다가오는 모양이었다.

"마침 저기 오는군."

베스란이 온다는 소리에 가트의 얼굴은 더욱 구겨졌다.

"왜? 그런 소리 들으니까 억울해? 한 번 확인해볼까?"

가트는 대답하지 않았다. 다만 점차 밝아져 오는 쪽으로 잔뜩 찌푸린 시선을 둘 뿐이었다.

잠시 후, 가까이 다가온 베스란이 제닌을 향해 허리를 숙였다.

"주군. 긴히 드릴 말씀이 있습니다."

"그 전에 하나 묻지. 베스란은 이걸 보고 무슨 생각이 들었지?"

베스란은 잠시 생각하는 표정을 짓다가 대답했다.

"일단은 라테스로 연결해야 한다고 봅니다. 그리고 그곳을 중심으로 주군의 영토 전체와 연결해야 합니다."

"거봐. 맞지?"

제닌의 물음에 가트는 찡그린 얼굴로 고개를 끄덕였다. 인정하기는 싫었지만, 베스란이 자신보다 한 수 위인 것이 분명해 보였다.

'하지만 제 주력은 신기술의 개발과 무기 개발입니다.'

가트는 속으로 이런 생각을 했으나, 굳이 입 밖으로 꺼내지는 않았다. 이미 결론이 난 상황에서 덧붙이는 말은 오히려 마이너스가 된다는 것을 그는 잘 알았다.

가트에게서 시선을 뗀 제닌이 다시 베스란에게 물었다.

"긴히 할 말이란 뭐지?

"협곡이 막혔다고 합니다."

베스란의 보고는 제닌의 표정에서 놀라움을 끌어냈다.

"양쪽 다?"

제닌이 화급히 되물었다.

"그렇습니다. 이미 제국과의 연락은 끊어졌고, 근처의 제국군이 길을 뚫으려 병력을 쏟아 부었으나, 강력한 몬스터에게 당해 물러났다고 합니다."

"흐음……."

제닌은 턱을 만지작거리며 잠시 생각하더니 미간을 찌푸리며 입을 열었다.

"아주 곤란한 일이 발생했군."

"피해가 클 것입니다."

"시간문제겠지. 어느 정도까지는 막아도 누군가 이상함을 발견하는 순간 통제가 불가능해질 거야. 후우……."

제닌이 한숨을 내쉬자 베스란 역시 걱정스러운 얼굴로 크게 숨을 내쉬었다.

"일단은 돌아가야겠군."

제닌과 베스란은 심각한 얼굴로 돌아갔고, 남겨진 가트의 미간에는 깊은 골이 패기 시작했다.

'왜 피해가 크지? 무엇의 통제가 불가능하다는 거야?'

두 사람과 같이 있을 때는 티를 내지 않았지만, 가트는 좀처럼 두 사람의 대화를 따라갈 수 없었다.

'일단 제국 본국과의 연락이 끊어졌으니 이곳에 넘어온 제국군은 고립되었겠지? 보급도 당연히 끊어졌을 것이고. 그러면 잘된 일 아닌가?'

한참을 찌푸리며 생각하던 가트가 눈을 번쩍 떴다.

"아하! 피해가 큰 이유! 그건 약탈 때문이었어! 보급이 끊긴 군대는 주변을 약탈해서라도 살 길을 찾으려 할 테니까!"

하나를 찾아내자 그것을 실마리로 나머지 내용 또한 어렵지 않게 생각해낼 수 있었다.

"돌아갈 길이 없다는 것이 알려지면 안 되겠지. 병사들이 어떻게 변할지 모르니까. 그래서 지휘관 선에서 정보를 통제하겠지만, 아무리 통제를 잘해도 병사 중에 눈치 빠른 자들은 이상함을 느낄 거야. 그러다가 결국 어디선가 정보가 흘러들어 간 순간!"

가트는 눈을 반짝였다.

"병사들은 통제불능상태에 빠진다."

가트는 전쟁이 사실상 이미 끝났다는 생각을 했다. 문제는 그 과정에서 희생될 민간인들의 피해를 최대한 줄이는 것이었다.

"시간이 문제로군. 시간이 문제야……."

대화의 마지막까지 뒤따라간 가트는 한숨을 내쉬며 고개를 가로저었다.

Ⅲ

"누구냐! 정체를 밝혀라!"

경비병 복장의 인물이 소리쳤다. 동시에 다가오는 은발의 청년을 향해 날카로운 창끝을 내밀었다.

청년은 빙그레 웃으며 대답했다.

“이곳의 주인.”

경비병의 얼굴이 와락 일그러졌다.

그가 경비하는 것은 영주성의 정문. 즉, 이곳의 주인이란 영주를 뜻하는 말이었기 때문이다.

“개소리하지 마라! 감히 영주님을 사칭한 죄는 죽음으로 물을 것이다!”

경비병은 창끝을 앞세운 채 위협적으로 다가왔으나, 청년의 얼굴에 서린 미소는 여전했다.

“이왕이면 좀 더 크게 말해주면 안 될까? 어차피 정리할 것 한꺼번에 정리하는 편이 좋잖아? 굳이 귀찮게 일일이 찾아다닐 필요도 없고.”

제닌은 유들유들한 말투로 답하며 오히려 창을 향해 한 발짝 다가섰다.

슈욱!

매서운 소리와 함께 창끝이 날아들었다. 가슴을 노린 공격이었으나, 어느 정도 전진한 창끝은 무언가에 막힌 듯 더는 나아가지 못했다.

쏘아진 창끝은 어느새 제닌의 하얀 손에 붙잡혀 있었다.

날카로운 창날과 손의 싸움. 당연히 창날의 우세로 정해져야 옳았으나, 결과는 경비병의 상식을 비웃듯 벗어났다.

"이익! 놓아라! 그 손 놓지 못하겠느냐!"

안간힘을 써도 도저히 창을 움직일 수 없게 되자, 경비병은 창을 놓아 버리며 검을 뽑아들었다.

"어? 이 창, 나 주는 거야?"

"이익! 죽어!"

경비병은 자신을 향해 씩 웃는 제닌을 향해 분노의 고함을 내지르며 달려들었다.

제닌은 손에 쥔 창을 한 바퀴 돌리며 자신을 찔러오는 칼날을 쳐냈다.

챙!

"허업!"

경비병은 순간 손아귀가 찢어질 듯한 압력에 눈을 부릅떴다. 그러나 이를 악물며 다시금 달려들었다.

챙! 채앵! 챙!

칼날과 창끝이 부딪치는 소리가 연달아 터져 나왔고, 정문에서 일어난 소음은 안쪽에 전해졌다.

얼마 지나지 않아 경비대 건물에서 병사들이 우르르 쏟아져 나오기 시작했다.

"소리 지르느라 고생했어. 이제 대신할 사람들이 왔으니까 좀 쉬어도 돼."

경비병은 순간 제닌의 손에 들린 창이 사라진 듯한 느낌을 받았다. 그리고 동시에 머리를 때린 둔중한 충격과 함께 의식이 날아갔다.

풀썩.

제닌은 정신을 잃고 쓰러진 경비병을 바라보다가 슬쩍 뒤를 바라보았다.

"이젠 굳이 죽일 필요는 없으니, 알아서 처리하도록. 난 이곳 대가리랑 대화 좀 나누고 올 테니까."

"예! 대장!"

로브를 뒤집어쓰고 있던 인물들이 로브를 벗으며 대답했다. 고급스러움이 느껴지는 장비들이 햇빛을 받아 반짝이기 시작했다.

"와아아아!"

"침입자를 막아라!"

Ⅳ

"하아! 빌어먹을! 이럴 줄 알았으면 진즉 본국으로 넘어갈 것을……."

고급스러운 차림의 인물이 책상 앞에 앉아 인상을 찌푸리고 있었다. 그는 라테스 주둔군의 사령관이자 라테스의 총독을 맡은 그라함 자작이었다.

어느 순간 본토와의 연락이 뚝 끊겨 버렸다. 병사를 풀어 이유를 알아본 바로는 강력한 몬스터들이 협곡에 자리를 잡았다는 보고가 들려왔다.

"몬스터라니, 자랑스러운 에이서스 제국군이 고작 몬스터 따위를 뚫지 못한단 말인가!"

한탄해 보았으나, 이미 직접 확인까지 한 사실이었다.

보통의 병사들은 허수아비 수준이었고, 웬만한 기사 또한 몇 번의 공격을 버티지 못한 채 목숨을 잃었다. 고위 기사 여럿이 달라붙어야 겨우 상대할 수 있는 수준.

문제는 그런 몬스터가 무려 수백 마리나 모여 있다는 점이었다.

결국, 그라함 자작은 몬스터가 매우 강력하다는 사실만 확인한 채 후퇴해야 했다. 병력의 손실은 그 대가였다.

혹시나 하는 생각으로 다른 쪽의 협곡에도 사람을 보내 봤지만, 그곳 역시 강력한 몬스터로 틀어막힌 상태였다.

"선택은 두 가지겠군. 각 지역의 병력을 모아 한꺼번에 들이쳐 협곡을 통과하는 것과 총공세를 펼쳐 왕국을 점령해 버리는 것."

본국과의 연락이 끊겼다는 것은 보급의 단절을 의미했다.

지휘관의 입장에서는 배고픈 병사들이 폭동을 일으키기

전에 어떻게든 식량을 마련해야 할 필요가 있었다.

"결론부터 이야기하자면, 둘 다 불가능하다고 말해주고 싶군."

방의 한쪽 구석, 그림자에 가려진 곳에서 목소리가 들려왔다.

"누, 누구냐!"

갑자기 들려온 목소리에 그라함 자작은 경악했다.

문이 열리지도 않았고, 누군가 들어오는 소리도 들리지 않았다. 그럼에도 누군가 방 안에 들어와 있다는 사실에 그라함 자작은 등줄기가 싸늘해진 기분이었다.

"암살자인가?"

다시 이어진 물음에 목소리가 들려왔던 곳에서 은발의 청년이 모습을 드러냈다.

"우리가 편하게 대화하기 위해서는, 먼저 살짝 보여주는 편이 낫겠지?"

청년은 검지를 하늘로 세워 들었는데, 그곳을 타고 영롱한 광채를 발하는 오러가 솟아올랐다.

"그, 그, 그, 그것은!"

그라함 자작은 차마 말을 잇지 못했다.

인텐시브 오러.

청년의 검지에 맺힌 채 영롱한 광채를 발하는 그것을 그라함 자작도 일전에 한 번 본 적이 있었다.

황제의 탄생을 축하하는 파티에서 제국이 자랑하는 소드 룰러, 뮤테르 공작은 손끝에 저것과 같은 오러를 형성해 황제의 찬사를 받은 바가 있었다.

'소드 룰러라니…….'

그라함 자작의 눈빛에 암울함이 깃들었다.

그는 기사였다. 실력 또한 소드 하이어에 달했다.

그랬기에 황제에 대한 의무를 충실히 수행하기 위해서는 자신보다 강한 상대와의 일전도 불사할 수 있다는 마음을 늘 지니고 있었다.

설령 목숨을 잃는다 해도 상대의 몸에 자신이 살아 있었다는 증거로 칼집 하나 새겨주면 그것도 기사로서 나쁘지 않은 최후가 아니던가!

그런데 그것도 어느 정도 차이가 나는 상대여야 가능한 일이었다. 지금과 같은 상황에서 덤비는 것은 그저 애먼 목숨을 헌납하는 일밖에 안 되었다. 게다가 상대가 아직 행동에 나선 것도 아니고, 단지 대화를 원할 뿐이었다.

"너무 긴장하지 말라고. 대화가 통하는 사람은 살 만할 가치가 있으니까."

그라함 자작은 빙그레 미소 짓는 청년의 얼굴에서 왠지 모를 섬뜩함을 느꼈다. 바꿔 말해 대화가 통하지 않으면 곧 죽이겠다는 의미였다.

"원하는 게 무엇입니까?"

그라함 자작은 최대한 태연하게 물었으나, 흔들리는 눈동자는 그의 마음에 일어난 동요를 그대로 보여주었다.

"앞으로 얼마나 버틸 수 있을까?"

제닌은 창문 너머를 바라보며 물었다.

'주둔군 쪽인가? 이 자는 우리에 대해 얼마나 알고 왔을까?'

마른 침을 삼켜가며 자신의 눈치를 살피는 그라함 자작의 모습에 제닌은 피식 웃으며 말했다.

"사람대접은 별로 받고 싶지 않은가 보지?"

그 물음에 그라함 자작은 화들짝 놀라며 시선을 피했다.

"머리를 굴리는 건 좋지만, 지금은 좀 아니었지 않나? 꼭 쥐구멍 찾는 쥐새끼처럼 말이야. 아까 말했다시피, 내가 원하는 건 대화가 통하는 '사람'이야. 눈치 보는 쥐새끼가 아니라."

제닌은 특히 사람이라는 단어를 강조했고, 그 순간 그라함 자작은 알 수 없는 기운이 자신의 몸을 옥죄는 것을 느꼈다.

거대한 압력이 전신을 내리눌렀고, 덕분에 숨쉬기조차 편치 않았다.

'이게 검의 지배자만 사용할 수 있다는 그것인가!'

그가 듣기로 소드 룰러급의 실력자는 굳이 검을 뽑지 않아도 사람을 제압할 방법이 있다고 한다. 그것에 걸린 사람을 마치 맹수 앞의 초식동물처럼 옴짝달싹 못하게 만드는 초인의 기예였다.

실제로 당해보니 소드 룰러는 인간이 아닌 괴물이었다. 자신과 같은 인간의 실력자는 수백 명이 달려들어도 어쩔 수 없다는 생각이 들었다.

"내가 약속을 잘하는 편은 아니지만, 이번만은 예외로 두지. 살려줄게. 그리고 제국으로 돌려 보내주지."

"방법이 있다는 말씀이십니까?"

이때만큼은 그라함 자작도 놀랄 수밖에 없었다.

"마음 같아서는 내 영토에서 난장 치는 놈들을 그냥 싹 쓸어버리고 싶지만, 그러긴 너무 귀찮아서 말이야. 내가 무슨 악마도 아닌 데, 깡그리 죽여대면 내 마음이 좀 그렇잖아? 안 그래?"

'내 영토?'

그라함 자작은 영토라는 말에 고개를 갸웃거렸으나, 이내 그보다 더 중요한 사실을 깨달았다.

"설마, 제국군 모두를 돌려보낼 방법이 있다는 말씀이십니까?"

"하하하! 역시! 내 판단이 정확하다니까. 이렇게 대화가 통하니 얼마나 좋아?"

제닌은 크게 웃었으나 그라함 자작은 그럴 수 없었다.

"자! 다시 처음으로 돌아가서, 질문 하나 하지. 5만의 병력을 식량 없이 통제할 수 있는 기간은?"

제닌의 물음에 그라함 자작은 싸늘한 한기가 등줄기를 타고 흐르는 것을 느꼈다.

5만이라는 숫자는 그에게 무척이나 익숙한 숫자였다. 바로 이곳 라테스 방면에 주둔한 병력의 숫자였기 때문이다.

이곳에 다른 지역보다 월등하게 많은 병력이 주둔하는 것에는 이유가 있었다.

교통과 물류의 요지인 라테스를 수비함을 물론 각 지역에서 병력의 손실이 발생했을 때, 그때그때 충원하는 예비대의 역할을 띠고 있었기 때문이다.

'설마, 식량을 모두 털어냈단 말인가? 하지만 그게 적은 양도 아니고, 그랬다면 당연히 보고가…….'

그라함 자작은 부정하고 싶었다. 그러나 그때 문득 떠오른 일이 있었다.

몇 달 전 일어난 보급부대 약탈 사건. 불을 놓아 태운 것도 아니건만, 식량과 보급품 모두가 하룻밤 사이 감쪽같이 사라져 버린 일이었다.

그 때문에 지휘부는 크라인 침공군 전체를 재편하는 결정을 내릴 수밖에 없었고, 머리에 쥐가 나도록 서류 작업을 해야 했었다.

더욱 놀라운 것은 그것이 소수, 딱 꼬집어 말하자면 단 한 명에 의해 일어난 일이라는 점이었다.

"당신……. 설마 크라인 왕국의… 영웅이라 불리는 분이십니까?"

그라함 자작은 조심스레 물었고, 제닌은 빙긋 웃었다.

"역시 눈치가 빠른데? 생각보다 더 많이 유능해. 내 사람으로 만들고 싶을 만큼."

은근한 물음에 그라함 자작은 고개를 저었다.

"기사의 명예를 아는 자로서, 두 주군을 섬길 수는 없는 일입니다."

"뭐, 어쩔 수 없지. 아무튼, 당신도 알다시피 전쟁은 이미 끝난 것과 다름없어. 그건 인정하지?"

그라함 자작은 무겁게 고개를 끄덕였다. 이미 상대도 알고, 자신도 알고, 산맥 너머에 있는 본국도 알고 있는 사실이었다.

빤한 사실을 굳이 부정하는 것은 손해일 따름이다.

"그런데 내 땅에 강도가 넘쳐나게 생겼단 말이지. 그것도 사람 죽이는 데 도가 튼 강도들이 무려 수십 만씩이나."

"저… 죄송한데, 땅이라 하심은 무슨 말씀이신지요."

그라함 자작은 조심스레 물었다. 도무지 이해할 수 없는 단어 때문이었다. 일단 그것을 이해하고 넘어가야 그도 다른 생각을 할 수 있었다.

"아! 국왕이 밀서를 보냈더라고. 그동안 세운 공로를 인정하니 이 땅 먹고 떨어지라고. 뭐, 땅 조금 떼어 주고 제국과 완충지로 삼을 생각이겠지."

"그걸 받아들였단 말씀이십니까? 저희가 점령한 지역은 왕국 영토의 3분의 1에 해당할 정도로 넓습니다."

그라함 자작은 놀랄 눈으로 되물었다.

아무리 봐도 상식적으로 말이 안 되기 때문이다.

'정보부의 보고로는 별다른 세력 없이 홀로 일어난 인물이라고 했다. 그런 자가 어떻게 이 넓은 땅을 다스릴 생각이지?'

비록 제국에는 미치지 못하지만, 일국의 3분의 1에 달하는 광활한 영토였다. 아무리 무력이 출중하다 해도 이 넓은 땅을 홀로 다스릴 수는 없었다. 단순히 점령하는 것과 다스리는 것은 차원이 다른 문제였기 때문이다.

'설마, 아직 밝혀지지 않은 세력이 있는 건가? 크라인 왕국에는 그럴 만한 여력이 없으니……. 제3국에서 힘을 쓴 것인가?'

그라함 자작의 얼굴이 사정없이 찌푸려졌다.

만약 그의 생각대로라면 씨는 자신들이 뿌리고, 열매는 엄한 사람이 따먹은 꼴이었다.

"훗! 무슨 생각 하는지는 알겠는데, 틀렸어."

"틀렸다니요?"

"모든 게 나 혼자 이뤄낸 거라고. 내 성격이 좀 지랄 맞아서 남의 밑에서는 도저히 못 있겠더라고. 배알이 꼴려서 말이야."

"그걸 혼자 어떻게……."

그라함 자작은 풀리지 않는 궁금증으로 머리가 어지러울 지경이었으나, 제닌은 손을 내밀어 그의 말을 잘랐다.

"뭐, 내일 직접 보면 알게 될 거야. 슬슬 내부 정리도 끝났으니, 푹 자고 내일 아침에 보자고."

제닌은 얼굴 앞으로 손을 휘저었다.

갑작스러운 동작에 그라함 자작은 움찔거리며 몸을 움츠렸으나, 다행히 그를 향한 공격은 아니었다.

"저, 마지막으로 한 가지만 더 묻겠습니다. 이런 기밀 사항을 모두 저에게 말씀하신 이유가 대체 무엇입니까?"

"아까 말했잖아. 귀찮아서라고. 더 귀찮은 것을 피하려고 조금 덜 귀찮은 방법을 택한 거라고나 할까?"

"저는 제국의 귀족이자 기사입니다. 명백한 적인 저를 어떻게 믿고 그런 말씀을 하신 겁니까?"

"물론 밖에다 떠벌려도 좋아. 비밀 하나 못 지키는 인간과 한 약속은 무게감이 깃털보다 더 가벼워지는 법이니까."

한기가 느껴졌다.

'정말 그럴 만한 능력이 된단 말인가? 협곡 남부에 있는

수십만 제국군을 쓸어버릴 수 있단 말인가?'

상식적으로 보면 얼토당토않은 말이었다. 그러나 지금까지 나눈 대화에서 보여준 상대의 태도는 적어도 거짓이나 허풍은 아닌 듯싶었다.

'대체 어떻게…….'

연이어 떠오르는 궁금증은 밤이 깊도록 그라함 자작의 수면을 방해했다.

거의 뜬 눈으로 밤을 지새운 끝에 날이 밝아왔다.

Chapter 56.

Chapter 56.

ROYAL ROADER

I

– 띠링!

[점유율이 올랐습니다.]

'아! 이것도 좀 끌 수 없나?'

새벽부터 끊임없이 울려대는 알림음은 결국 제닌의 신경을 곤두서게 했다.

[거점 공략이 완료되면 메시지는 자동으로 사라집니다.]

'썩을!'

제닌은 안면을 구기며 거점 공략 창을 열었다.

[라테스(대도시) 거점 공략(7369/10000) 세부내용 : 병력(5241/3000), 자원(134000/100000), 점유율(145/1000)]

이미 프라덴 요새의 공략을 해본 탓에 준비는 철저했다. 다만 하나, 점유율이 문제였다.

이미 라테스 전체를 점령하기는 했으나, 그것만으로 점유율은 오르지 않았다. 방법을 고민하던 끝에 제닌이 생각해 낸 것은 벽보였다.

– 왕국의 영웅이 악랄한 제국의 침략군을 물리치고 라테스를 되찾았다. 오늘 아침, 재판을 열어 그동안 제국과 악덕 상인에게 침탈당한 자들의 억울함을 풀어줄 것이다.

이런 내용의 벽보를 본 왕국민들은 환호했고, 반대로 제국에서 넘어온 자들이나 그동안 갖은 방법으로 왕국민을 수탈했던 상인들은 사색이 되었다.

다급하게 패물을 챙겨 라테스를 떠나려 했으나, 이미 성문은 굳게 닫힌 상태. 결국, 그들은 본거지에 숨어 벌벌 떨며 기다릴 수밖에 없었다.

"왕국의 영웅 만세!"

"제닌 드 라테스 남작님 만세!"

"영주님 만세!"

채 동이 트기도 전에 거리로 밀려 나온 사람들은 만세를 외치며 영주성 앞으로 모여들었다. 하나같이 비쩍 마른 몸에 비루한 행색은 그동안 그들이 당했던 수난을 그대로 보여주는 듯했다.

똑똑똑.

"주군, 신 베스란입니다."

"들어와."

문이 열리며 베스란이 안으로 들어왔다.

초췌한 행색과 볼까지 내려온 다크서클은 그가 밤새 한숨도 못 잔 채 업무에 시달렸음을 보여 주었다.

"정리는 다 끝난 건가?"

"예. 이미 드루아 상단을 운영할 때부터 정보를 수집했던 터라 간신히 끝마칠 수 있었습니다."

"밤새 고생 많았어. 이거라도 한 병 마시라고."

제닌은 인벤토리에서 체력회복 물약을 꺼내 베스란에게 건넸다.

"이 귀한 것을 어찌……. 신은 그저 당연한 일을 했을 따름이온데."

베스란은 거절하려 했으나, 제닌의 눈꼬리가 살짝 가늘어질 기미가 보이자 넙죽 고개를 숙이며 받아 들었다.

"주군의 은혜 감사히 받겠습니다."

"날, 주는 것 없이 아랫사람 막 부려 먹는 악덕 주군으로 만들지 말라고."

"명심하겠습니다."

베스란이 체력회복 물약의 뚜껑을 열어 천천히 마시는 사이, 제닌은 그가 들고 온 서류를 확인했다.

"뭐 이리 개 같은 놈들이 많아?"

베스란의 서류는 첫 장부터 제닌의 분노를 끌어냈다.

"제국 놈들은 그렇다 쳐. 그런데 왕국민으로서 같은 왕국민을 탄압하는 데 앞장선 놈들은 또 뭐야?"

"도저히 용서할 수 없는 놈들이지요. 사실, 같은 왕국민이라고 믿고 있다가 뒤통수를 맞아 재산은 재산대로, 몸은 몸대로 털린 이들이 부지기수입니다."

"이런 개만도 못한 놈들!"

같은 왕국민을 수탈하는 것에 앞장선 이들이 있다는 말은 제닌의 과거를 자극했다. 따지고 보면 제국에 뇌물을 바치기 위해 그를 미끼로 삼아 죽을 위기에 몰아넣었던 귀족들과 다를 바 없었기 때문이다.

'아니지, 그놈들은 아예 인식 자체가 없었어. 그놈들이 보기에 평민은 그저 쓰다 버리는 소모품 같은 것이니까. 그런데 이놈들은 주변 사람이 뻔히 괴로워하는 것을 알면서도 그런 사람들을 더 괴롭게 한 놈들이야.'

물론 둘 다 나쁜 놈들이기는 마찬가지였지만, 제닌은 후자 쪽에 더 화가 났다.

"베스란. 이것들을 어떻게 하는 게 좋을까?"

왠지 이들에게는 사형조차 사치스럽게 느껴졌다.

"신에게 맡겨 주십시오. 차라리 죽는 게 더 낫다는 게 느껴질 정도로 만들겠나이다."

"차후 보고는 주기적으로 올리도록."

"주군의 뜻대로 하겠나이다."

고개 숙여 답하는 베스란의 모습에 제닌은 천천히 고개를 내저으며 마음을 다잡았다.

"그리고 밖에 있는 사람들, 새벽부터 나와 고생했으니까 따뜻한 수프에 빵이라도 좀 먹여. 행색이 말이 아니더구만. 그러다 병나면 안 되잖아?"

"모두가 주군의 바다와 같은 아량에 감사할 것입니다."

"후……."

깊숙이 고개 숙인 베스란을 바라보며 제닌은 한숨을 내쉬었다.

"베스란. 그 말투 좀 어떻게 못 해? 듣다 보니까 아주 소름이 돋을 지경인데 말이야."

"이제부터는 익숙해지셔야 합니다. 주군께서는 장차 일국을 다스릴 분이십니다. 그에 걸맞은 품격으로 모셔야 합니다."

"품격은 무슨. 됐고, 좋은 말로 할 때 말투 고치지?"

"하오나……."

"가트 불러올까?"

베스란은 잠시 말이 없었다.

그런 모습에 제닌은 쓸데없이 고집부리는 베스란을 상대로 가트가 특효를 발휘함을 다시 한 번 깨달았다.

"그냥 평소대로 하면 됩니까?"

제닌은 피식 웃으며 고개를 끄덕였다.

“성 밖의 천막촌은?”

“새벽부터 유민들을 안으로 들이고 있고, 앞으로 한 시간 정도면 천막촌의 소개가 끝날 것입니다.”

라테스 성벽 밖에는 전쟁으로 발생한 유민들이 모여 천막촌을 형성하고 있었다.

치안은 엉망이었고, 위생상태 또한 좋지 않았다. 유민들에게 베풀 식량 따위가 없기에 하루에도 수십 명씩 굶어 죽어나가는 곳이었다.

“숫자가 얼마라고?”

“10만이 조금 넘습니다.”

“후……. 먹여 살릴 입이 수십 배로 늘어났군그래.”

성벽 밖의 천막촌에 살던 인구만 10만이었고 성 안의 인구는 20만에 육박했다.

당장은 제닌이 그들을 먹여 살려야겠지만, 미래에는 그들이 그를 지지할 기반을 형성할 터였다. 이를 위한 투자라고 생각하는 게 속이 편했다.

“상인들의 재산을 몰수한 것만으로도 충분할 듯합니다.”

“그것들은 대체 얼마나 해 처먹었길래 그래?”

마음이 놓이는 한편 다시금 화가 치밀었다.

“아무튼, 다들 잘 먹이고, 이것들도 물에 타서 조금씩 먹여. 이제 내 품 안에 들어온 이상 내가 책임져야 할 사람들이니까."

제닌은 체력회복 물약이 들어 있는 자루를 꺼내 베스란에게 건넸고, 그것을 받아든 베스란이 밖으로 나갔다.

얼마 지나지 않아 커다란 환호성이 울려 퍼졌다.

"와아아아! 영주님 만세!"

"역시 왕국의 영웅이십니다!"

[라테스(대도시) 거점 공략(7369/10000) 세부내용 : 병력(5241/3000), 자원(134000/100000), 점유율(253/1000)]

점유율은 가파르게 올라가기 시작했다.

그리고 악덕 상인들과 매국노들의 재판이 벌어지고, 곧바로 처형까지 이루어지자 점유율 상승폭은 더욱 커졌다.

그리고 점유율이 800을 넘어가는 순간.

- 띠링!

[라테스(대도시) 공략을 완료하셨습니다.]

환한 빛무리가 라테스 성 전체를 감싸 안았다.

Ⅱ

"뭐, 뭐지? 이 빛은?"

침실에서 거의 뜬 눈으로 밤을 새운 그라함 자작은 깜짝 놀라며 밖을 바라보았다.

멍한 얼굴로 서 있는 사람들의 모습이 눈에 들어왔다. 그리고 어쩐지 조금 전과는 다른 느낌이 들었다.

'이걸 뭐라고 해야 하지? 생기가 돈다고 해야 하나?'

행색은 여전히 남루했고, 몸은 비쩍 말랐다. 그럼에도 그들의 눈빛에서는 전과 다른 무언가가 느껴졌다.

'어떻게 갑자기 이렇게 변할 수 있지?'

저 이해할 수 없는 것은, 어젯밤에 만난 사람이 자꾸 머릿속에 떠오른다는 점이었다. 그것까지는 어떻게 수긍하고 넘어갈 수 있었다. 궁금함으로 그를 잠 못 들게 한 인물이었기 때문이다.

'그런데 이건…….'

문제는 그에 대한 적의가 전혀 생기지 않는다는 점이었다. 오히려 그가 느낀 것은 호의였다.

그것을 깨달은 그라함 자작은 흠칫 놀라며 머리를 털었다. 이어 그는 바닥에 무릎 꿇고 제국의 황성을 향해 넙죽 엎드렸다.

"폐하! 신의 태양은 오로지 한 분, 황제 폐하뿐이옵니다! 잠시나마 망각한 신을 용서 하옵소서!"

울부짖듯 토해내던 소리는 시간이 갈수록 점차 작아졌다. 황제를 향해 외치는 도중에도 계속해서 머릿속에 떠오르는 제닌의 모습 때문이었다.

"크윽! 대체 그자가 무슨 수를 쓴 것이란 말인가! 어찌 사람의 마음을!"

그라함 자작이 가슴을 움켜쥐고 비통해하는 와중, 문이 열리며 거구의 덩치를 한 병사가 안으로 들어왔다.

"야, 너 뭐하냐?"

"뭐… 하냐니?"

그라함 자작은 상대를 노려보았다. 비록 어쩌다 보니 포로 비슷한 상태가 되었다고는 하나 자신은 귀족, 그것도 대 제국 에이서스의 자작의 신분이었다. 감히 일개 병사 따위가 함부로 할 만한 지위가 아니라는 의미였다.

'내 비록 여기서 죽더라도, 황제 폐하에 대한 충성만큼은 져버릴 수 없다!'

그라함 자작은 눈에 불을 켜며 상대를 노려보았다.

"어쭈? 한 판 뜨자고?"

빙글빙글 웃으며 도발하는 상대의 말에 그라함 자작은 마음 깊은 곳에서 끌어 올린 분노를 담아 소리쳤다.

"네 이노옴!"

Ⅲ

"어? 벡스. 사람을 데리고 오랬더니, 무슨 누더기를 데리고 온 거야?"

"아, 대장. 그, 그게……."

굳이 보지 않아도 대충 상황이 그려졌다.

벡스는 그저 평소대로 했겠지만, 상대는 명백한 시비로 생각할 터. 게다가 무려 제국의 귀족씩이나 되는 사람이 그것을 그냥 받아들였을 리 없었다.

'이 녀석을 보낸 내가 잘못이지. 누굴 탓하겠어?'

평소라면 대가리라도 박으라고 하겠지만, 이제는 조금 대우해 줄 때도 됐다고 생각했다. 비록 십인대에서는 막내였지만 앞으로는 수백, 수천 명을 이끌 지휘관이었다.

제닌은 체력회복 물약 하나를 꺼내 벡스에게 내밀었다.

"조심히 잘 발라. 한 병으로 못 깨어나면, 네가 이렇게 될 거야."

"대장……. 그걸로 끝입니까?"

"응? 왜, 정수리가 근질근질해?"

"아니……. 그게, 평소 대장이랑 좀 다른 것 같아서."

우물쭈물 물어오는 벡스의 모습은 덩치에 어울리지 않게 귀여워 보였다.

"인마. 이제 너도 높은 위치야. 아무 때나 굴릴 만한 하급병이 아니란 말이지."

벡스의 얼굴이 눈에 띄게 환해졌다.

"물론 선을 넘으면, 수천 명이 보는 앞에서 대가리를 박겠지만."

제닌은 약간의 제약을 걸었다. 어느 정도 대우는 해주겠지만, 도 아니면 모로 극단적으로 치우친 벡스를 마음껏 풀어놓았다가는 온갖 사고의 원인이 될 터였다.

"끄응……."

미약한 신음과 함께 그라함 자작이 깨어났다.

"이, 이곳이……. 헛!"

주변을 두리번거리며 어리둥절해하던 그라함 자작은 제닌과 눈을 마주치자 화들짝 놀랐다.

"어때. 정신 좀 들어?"

휘이이잉.

볼을 스쳐 가는 칼바람에 그라함 자작은 점차 정신이 또렷하게 돌아옴을 느꼈다.

그가 슬쩍 옆을 살펴보았다. 히죽거리고 있는 거구의 병사와 눈을 마주치자 그라함 자작은 저도 모르는 사이 몸이 움츠러들었다. 그와 동시에 기억하고 싶지 않은 조금 전의 상황이 머릿속에 떠올랐다.

그야말로 한순간이었다.

거구의 병사는 자신이 휘두른 검을 너무도 가볍게 피했다. 그리고 곧바로 팔을 뻗어 머리를 잡고 그대로 들어 올렸다.

머리가 깨질듯한 두통에 검을 휘두르려 했으나, 병사의 다른 손이 검을 쥔 손목을 붙잡았다.

쨍그랑.

손에 들렸던 검이 떨어졌고, 그 뒤로 폭풍 같은 구타가 이어졌다.

'으으……'

그때의 고통이 떠오른 그라함 자작은 이를 덜덜 떨었다.

"에이. 너무 겁먹지는 마. 그래도 죽이진 않았잖아?"

벡스는 미안함을 담아 해맑게 웃어 주었다. 문제는 그의 인상이 너무 험악하다는 점이었다.

벡스의 해맑은 웃음을 바라보며 그라함 자작은 먹잇감을 발견해 헤벌쭉 웃는 오우거를 떠올렸다.

"벡스, 괜히 겁주지 말고, 그냥 내려가지?"

"예! 대장!"

벡스는 대답과 함께 몸을 날렸다.

벡스의 모습이 사라지고 나서야 주변을 둘러볼 여유가 생긴 그라함 자작은 자신이 서 있는 곳이 성벽임을 깨달았다.

휘이이익. 쿠웅!

귓가에 들려온 소리와 함께 미약하게 바닥이 울렸다.

'성벽 위에서 뛰어내리다니! 자살하려는 것도 아니고!'

이곳 라테스를 둘러싼 성벽의 높이는 10미터를 가뿐히 넘었다. 그 높이에서 뛰어내리면 맨몸이라도 부상을 면키 어려웠다. 하물며 철갑으로 무장한 사람이 뛰어내렸으니,

이는 자살 시도로밖에 보이지 않았다.

그라함 자작은 저도 모르는 사이 성벽 가까이 붙어 아래를 내려다보았다.

"오오! 거기서 잘 지켜보라고!"

맨몸으로 성벽 위에서 뛰어내린 것치고는 너무도 멀쩡한 벡스가 그를 향해 손을 흔들고 있었다.

'괴, 괴물. 역시 괴물이었어.'

그라함 자작은 오늘따라 자신이 가지고 있던 상식이라는 것들이 의심스러워졌다. 그것을 벗어난 일들이 너무 자주 일어났기 때문이다.

'그런데 왜 날 이곳으로 데려온 거지? 성 밖의 병사들은 또 뭐고?'

그라함 자작이 이런 의문을 품었을 때, 등 뒤에서 그를 부르는 소리가 들려왔다.

"거기, 그라함 자작이라고 했지? 우리 심심한 데 내기나 하나 할까?"

'내기? 갑자기 내기는 무슨…….'

제닌의 뜬금없는 소리에 그라함 자작은 어리둥절한 표정을 지었다. 그러나 얼마 지나지 않아 그가 눈을 치뜨며 제닌을 바라보았다.

'날 굳이 이 성벽으로 데려온 이유는 뭔가를 보여주기 위한 것. 그리고 성벽 아래의 병사들을 조합하면…….'

한 가지 단어로 귀결되었다.

'전투!'

"호오! 눈치챈 거야?"

그라함 자작은 제닌의 대답에서 자신의 추측이 제대로 되었음을 확인했다.

"어떻게……."

"영주성에 있던 기사 몇 명을 풀어줬지. 가서 한 판 붙자고 전해달라고."

쿵. 쿵. 쿵. 쿵.

둔중한 울림과 함께 멀리서 흙먼지가 피어오르고 있었다.

5만의 라테스 주둔군이 다가오고 있었다.

"5만 대 5천. 어때, 재미있을 것 같지 않아?"

'이 자는 대체 무슨 생각인가?'

그라함 자작은 대군이 다가오고 있음에도 싱글벙글한 제닌의 머릿속을 한번 들여다보고 싶을 정도였다.

5만 대 5천.

단순히 말 만 그러는 게 아니었다. 조금 전 그가 성벽 아래를 살펴보았을 때 확인한 병사들의 숫자는 실제로 5천 정도였다.

무려 열 배의 병력 차.

'상식적으로 말이 안 되는 싸움을 앞두고 있건만, 뭐 그

리 태연하단 말인가!'

이어지는 말은 더욱 가관이었다.

"자, 아까 말을 계속 이어서, 나는 이 성을 걸지. 당신은 몸을 걸면 돼. 어때? 할 만하지 않아?"

그라함 자작은 어리둥절한 눈으로 제닌을 바라보았다.

'내기 감으로 성을 거는 사람이 있다니. 내가 그리 오래 살지는 않았지만, 정말 별사람을 다 보는군.'

말도 안 되는 전투에 말도 안 되는 내기였다.

게다가 비록 얼굴에는 장난기가 엿보였으나, 제닌의 눈빛에서만큼은 전혀 장난기를 찾아볼 수 없었다.

상대는 정말 진지했다.

이 말은 이 성과 비교할 만큼 자신의 가치를 높게 보고 있다는 의미이기도 했다.

'나 정도 되는 사람은 발에 채도록 많은 텐데, 왜 이렇게 원하는 거지?'

물론 자신을 높이 봐주는 것은 고마웠으나, 그런데 이렇게까지 하면서 원하는 이유가 궁금했다. 잠시 생각하던 그라함 자작은 얼마 지나지 않아 답을 찾아낼 수 있었다.

'하긴, 인재가 부족하겠군. 평민 출신인 사람이 홀로 세력을 일궜으니까.'

상대가 밝힌 대로라면 그는 일국의 3분의 1에 달하는 광활한 지역을 다스려야 했다.

직할지야 어떻게든 꾸려 나간다 해도, 홀로 모든 지역을 아우를 수는 없을 터. 그렇게 되면 남은 지역을 맡아 다스릴 중간 관리자 즉, 귀족이 필요했다.

그런데 상대는 귀족들이 같은 인간 취급도 하지 않던 평민 출신이다. 제대로 된 귀족을 영입할 가능성이 없었던 것이다.

물론 그가 제닌의 생각을 읽는 것은 아니었지만, 상식적으로는 그렇게 생각하는 것이 옳았다.

그라함 자작은 숨을 깊이 쉬며 생각을 수습했다. 그리고 차분한 표정으로 대답했다.

"순간 혹할 만한 제안이기는 하나, 여기에는 한 가지 치명적인 오류가 있지요. 성을 다시 얻어봤자 저희에게 남은 것은 몰락뿐입니다. 그렇지 않습니까?"

그라함 자작의 물음에 제닌은 혀를 찼다.

"쯧! 생각할 시간을 주지 말았어야 했는데. 실수했어. 성에 더해 식량까지 걸지. 아마 몇 달은 버틸 수 있을 거야."

제닌은 말과 함께 인벤토리에서 식량을 꺼내놓기 시작했다. 성벽 위에 수북이 쌓여 가는 식량 자루를 바라보며 그라함 자작은 다시 한 번 놀랄 수밖에 없었다.

'대체 이 사람은 무엇이란 말인가? 정말 전설에서나 나오던 드래곤의 현신이라도 된단 말인가?'

커다래진 눈으로 놀라움을 표현하던 그라함 자작은 어느 순간 표정을 수습하며 입을 다물었다.

'이 정도 식량이라면 어떻게든 버틸 수 있어. 그동안 본국이 수를 쓴다면 방법이 생길 거야.'

천천히 주먹을 움켜쥐는 그라함 자작을 향해 제닌이 손을 내밀었다.

"어때? 이만하면 내기도 할 만하지 않나?"

그라함 자작은 제닌이 내민 손을 물끄러미 바라보다가 결국 맞잡았다.

"받아들이지요."

사실상 이미 주도권을 쥔 상대가 주는 기회였다.

이유가 어떻든 그건 그리 중요치 않았고, 굳이 복잡하게 생각하고 싶지도 않았다.

'이것은 그나마 발버둥이라도 칠 기회니까.'

그라함 자작은 멀리 보이는 먼지 구름을 바라보며 입술을 깨물었다.

'잘 싸워주게.'

그때였다.

"뭐 해? 안 가?"

"예?"

제닌의 물음에 그라함 자작은 다시 한 번 놀랄 수밖에 없었다.

"나중에 지휘관 없어서 졌다는 소릴 하면 안 되잖아?"

"그러니까, 저더러 가서 지휘하라는 말씀이십니까?"

그라함 자작은 그렇게 되물을 수밖에 없었다.

포로로 잡았던 지휘관을 풀어주면서 전투를 하자고 하다니, 이런 것은 지금껏 듣도 보도 못한 기행이었다.

"저를 어떻게 믿고? 이대로 병력을 돌려 다른 곳으로 갈 수도 있습니다만?"

"다른 곳으로 갈 때까지 먹을 식량은 있고?"

그라함 자작은 할 말을 잃었다.

"잔말 말고 가 봐. 이따 보자고."

어깨를 툭툭 두드리는 손길에 그라함 자작은 떠밀리듯 성벽을 내려갔다.

'대체 무슨 생각이란 말인가?'

도무지 이해할 수 없었다.

성벽 아래로 내려서니 말이 한 마리 준비되어 있었다.

그라함 자작은 말에 올라 성문 밖으로 나섰다.

'방패? 그리고 저건… 봉? 열 배의 병력을 상대로 정말 저런 무기로 싸우겠다는 말인가?'

성벽 앞에 도열해 있는 병사들의 무장은 전신을 가릴만한 커다란 방패와 창날을 제거한 봉이었다.

아까부터 복잡했던 머리가 완전히 꼬여버리는 느낌이었다.

'정말 모르겠군. 정말 모르겠어!'

그라함 자작은 생각하면 할수록 복잡해지는 머릿속을 어찌할 수 없어 고삐를 내리쳤다.

질주하는 말 위에서 그는 끊임없이 머리를 흔들었다. 지금껏 그가 경험한 상식 밖의 것들을 털어내려는 행동이었다.

Ⅳ

둥. 둥. 둥. 둥.

북소리와 함께 회전이 시작되었다.

널따란 평원을 사이에 두고 서로 마주 보는 양측의 진형은 너비는 같았으나, 두께에서 현격한 차이를 보였다.

한쪽은 두꺼웠고, 한쪽은 얇았다. 10배에 달하는 병력 차이 때문이었다.

쿵. 쿵. 쿵. 쿵.

왼발을 디딜 때마다 힘을 더하자 일정한 땅 울림이 발생했다. 사기를 끌어 올리고 전의를 고취하기 위함이었다.

양측의 병력이 점차 가까워졌다. 그러던 어느 순간, 얇은 쪽의 가운데가 열리며 일단의 무리가 돌격을 감행했다.

"크아핫핫핫핫!"

"비켜라! 비켜!"

전신을 가릴만한 방패를 앞세우고 신장의 두 배에 달하는 봉을 비껴든 채 돌격하는 이들의 선두에는 멀리서도 확연히 티가 나는 거구의 덩치가 있었다.

"밀집 대형! 방패를 박고 창을 세워라!"

총사령관 그라함 자작의 지휘가 전령을 타고 전해지며 진형 가운데에 돌격을 저지할 방진이 형성되었다.

'이 그라함을 풀어준 것을 후회하게 될 것이오. 그대의 자신감은 알겠으나, 덕분에 우리도 살 길을 찾게 되었소.'

처음에는 얼떨떨했던 그라함 자작이었으나, 막상 주둔군 진영에 들어와 5만에 달하는 병사들의 위용을 확인하자 사그라졌던 자신감이 샘솟았다.

'그래. 내가 잠시 그자의 수작에 놀아난 거야.'

조금 전까지만 해도 이런저런 생각에 머릿속이 복잡했지만, 이제는 그렇지 않았다. 단순하게 전투에서 이기는 것만 생각하면 되었다.

말이 열 배지, 이건 아무리 봐도 상대가 안 되는 전력차이였다. 그라함 자작은 자신을 보내준 상대의 만용이 고마울 지경이었다.

"우하하하! 내가 왔다!"

듣기 거슬리는 웃음소리와 함께 벡스가 자신을 가로막은 방진을 향해 달려들었다.

날카롭게 날을 세운 창이 가로막아 왔으나, 손에 든 방패를 전면에 세운 채 그대로 밀어붙였다.

콰직! 쿠직!

"으, 으앗!"

창이 부러지고, 들고 있던 병사들의 몸이 밀려났다.

일순 흐트러진 진형 속으로 뛰어든 벡스가 다른 손에 든 창을 힘껏 휘둘러 바닥을 쓸었다.

뚜두두두둑!

다리가 부러진 병사들이 짚단처럼 쓰러졌다.

벡스의 뒤를 따르던 이들이 그 사이로 파고들어 다시 창으로 바닥을 휩쓸었다. 그렇게 쓰러진 병사들로 이루어진 길이 만들어지기 시작했다.

"대체 무슨 힘이 저렇단 말인가!"

그라함 자작은 놀란 눈으로 기사단의 출격을 명했다.

커다란 전투마에 올라 기다란 랜스를 앞세운 기사단과 그에 맞선 보병의 돌격.

'이것만큼은 뜻대로…….'

콰앙!

말이 날았다.

어떤 과장이나 비유가 아닌, 직접 눈앞에서 벌어진 일이었다. 그런 일을 벌인 것은 거구의 병사와 그의 손에 들린 봉이었다.

찔러오는 렌스를 슬쩍 피하며 휘두른 봉이 마갑으로 휩싸인 말의 몸통을 후려쳤다. 그러자 전투마의 육중한 몸체가 붕 떠올라 몇 미터나 날아갔다.

콰앙! 쾅! 콰앙!

거구의 병사뿐만이 아니었다. 그를 따라 돌격해 오던 보병들은 각자의 봉을 휘둘렀고, 그에 얻어맞은 말은 기병과 함께 이리저리 날아다녔다.

"이, 이럴 수가. 이건 정말 말도 안 되는……."

그라함 자작은 꿈이라도 꾸는 것 같았다. 그렇지 않고서야 이런 얼토당토않은 일이 일어날 수가 없지 않은가!

믿기지 않는 일에 다음 지시를 내리기도 전에 기병들을 요리한 돌격대가 지휘부 앞을 가로막은 병사까지 치워냈다. 병사들은 빗자루 앞의 먼지 마냥 휩쓸려 나갔다.

척.

날 없는 봉이 그라함 자작의 목을 겨눴다.

비록 날은 없었지만, 지금까지의 위력을 생각해 보면 한 대라도 맞으면 자신 또한 어디론가 날아가 버릴 것이 분명해 보였다.

"쯧쯧! 너무 쉽잖아? 좀 똑바로 못 해?"

혀를 차는 벡스의 말에 그라함 자작은 차마 대꾸할 수 없었다. 이미 그의 무용을 두 눈으로 똑똑히 본 후였기 때문이다.

"아, 옙!"

갑자기 차렷 자세로 대답한 벡스가 그라함 자작을 겨누던 봉을 치웠다. 그리고 누군가가 가져온 등짐에서 주머니를 꺼내 건넸다.

"대장이 다음엔 더 잘해 보래."

벡스는 달그락거리는 소리가 나는 주머니를 그라함 자작에게 넘긴 채 몸을 돌렸다. 함께 온 돌격대 역시 몸을 돌려 그들이 뚫어 놓은 길로 되돌아갔다.

"이, 이게 무슨……."

그라함 자작은 망연자실, 혼이 빠진 얼굴로 서 있다가 벡스가 건넨 주머니를 열어 보았다. 주머니 안에는 붉은 액체가 찰랑거리는 작은 병들이 가득 담겨 있었다.

"이건… 포션?"

전장의 필수품이지만 가격이 워낙 고가인 탓에 병사들은 사용할 엄두조차 내지 못하는 물건이었다. 이 정도 양을 신전에서 사려면 기부금 조로 적어도 수십만 골드는 들었을 것이다.

'이것을… 적에게… 그냥 준다고?'

그라함 자작은 더는 놀랄 것도 없다는 듯, 비슷한 얼굴로 서 있던 부관에게 그것을 넘겼다.

"이걸로… 부상자를……."

다행인지, 아니면 일부러 그랬는지는 모르겠으나, 전투

후에 병력을 추슬러본 결과 사망자는 몇 없었다. 대부분 팔다리가 부러진 부상자들뿐이었다.

'대체 의도가 뭡니까?'

그라함 자작은 잔뜩 찌푸린 얼굴로 성벽을 바라보았다.

말이 전투였지, 이건 거의 농락이나 다름없었다.

'그대의 자신감은 대단하지만, 다음에도 통하리라고는 생각하지 마시오!'

그라함 자작은 주먹을 움켜쥐며 성벽을 노려보았다.

포션의 효과는 확실했다. 부러진 뼈를 붙이고, 내상을 입어 피 토하는 증상을 순식간에 치유했다.

병력을 추스른 그라함 자작은 진지하게 전술에 대해 고민하기 시작했다. 그리고 다시금 북을 울리며 전투의 시작을 알렸다.

V

"허어……."

그라함 자작은 그저 입을 벌린 채 서 있을 따름이었다.

머릿속을 맴도는 말은 많았지만, 어느 것 하나 꺼낼 수 없었다. 말을 하는 의미가 없었기 때문이다.

무려 일곱 번의 전투. 그리고 똑같은 상황.

처음에는 소수 정예의 돌파를 허용한 것이 패배의 원인

이라 생각했다.

그래서 중앙의 수비를 두텁게 하고, 병력의 싸움으로 승부를 내려 했다.

하지만 괴물은 돌격대뿐만이 아니었다. 나머지 병사들 역시 평범한 인간이라고 보기엔 무리가 있는 이들이었다.

전신을 가릴 정도로 커다란 방패는 검으로 베어도 끄떡없고, 아무리 창으로 찔러대도 흠집 하나 나지 않았다. 통짜 쇠, 그것도 강철로 이루어져 있지 않으면 있을 수 없는 일이었다.

웬만한 기사도 들기 버거운 방패를 그들은 마치 접시처럼 한 손으로 들고 휘둘렀다.

창날을 제거한 봉 또한 만만치 않았다. 검을 부러뜨리고 방패를 뭉그러뜨리며 사람의 몸을 날려 버리는 위력은 봉의 안쪽까지 꽉 찬 쇠로 이루어졌다는 것을 주장했다.

그렇게 그들이 쓸고 지나간 자리에는 팔다리가 부러져 꿈틀거리거나, 기절해 버린 제국병사들만 남겨져 있었다.

뚜둑. 뚜두둑. 뚝.

인간의 뼈 부러지는 소리가 이토록 듣기 싫을 거라고는 예전에는 상상조차 할 수 없었다.

1대 10으로 벌어진 섬멸전. 상식적으로는 말이 안 되는 이 전투의 결과는 10쪽의 전멸이었다.

병사들에게 포위된 지휘부가 최후의 일전을 준비하는 사이, 다시금 처음과 같은 상황이 벌어졌다.

다가온 벡스가 포션이 가득 담긴 오크통을 가져와 내놓고 물러난 것이었다.

허탈함이 온몸을 채웠으나, 그라함 자작은 이를 악물며 병력의 수습을 명했다. 이번에도 역시 부상자가 가득할 뿐, 사망자는 몇 되지 않았다.

같은 상황이 계속 반복했다.

그라함 자작은 악에 받쳐 오기를 부렸으나, 결과는 늘 같았다.

"이익! 이번에는 기필코!"

보다 못한 부관들이 그라함 자작을 뜯어말렸다.

"사령관 각하. 더 이상은 무리입니다."

"놓아라! 우리 제국군은 절대 물러서지 않는다!"

"병사들은 이미 전의를 상실했습니다. 게다가 계속해봤자 돌아오는 결과가 같다는 것은 누구보다 사령관 각하께서 잘 알고 계시지 않습니까?"

그라함 자작은 주변을 둘러보았다.

팔다리가 부러지거나 기절한 채 바닥에 널브러진 병사들에게서는 더는 전의를 찾아볼 수 없었다. 처음 한두 번은 다음을 기약하며 전의를 불태웠지만, 다섯 번을 넘어가자 다들 이제는 그만 하고 싶다는 표정뿐이었다.

그라함 자작은 짙은 패배감으로 물든 그들의 모습을 바라보며 얼굴을 구겼다.

문득 성벽 위를 바라보았다.

'당신이 원한 것이 이런 것이었소?'

아예 반항조차 할 엄두를 내지 못하도록 하는 것.

만약 상대의 의도가 그런 것이었다면 제대로 통했다고 볼 수 있었다.

"병사들을 치료하도록."

그라함 자작은 부관들에게 명령을 내린 뒤, 홀로 성벽 앞으로 나아갔다.

"어땠어? 한 번 더?"

짓궂게 물어오는 상대의 모습에 이제는 패배감마저 느껴지지 않았다. 그저 어떤 절대적인 존재의 유희에 놀아났다는 생각뿐이었다.

"마지막으로 묻겠습니다. 정말 저를 얻기 위해 이런 일을 벌인 것이 맞습니까? 제 어떤 점을 보고 그러셨습니까? 그리고 왜 하필 이런 방법을 사용하셨습니까?"

그라함 자작의 물음에 제닌은 빙긋 웃으며 대답했다.

"먼저 첫 번째 질문. 당신을 얻기 위해 벌인 일이 맞아. 두 번째, 당신은 자작이면서도 5만 병력을 이끄는 총사령관이잖아. 최소한 백작, 때에 따라서는 후작 정도는 되어야 오를 수 있는 지위를 자작이 꿰차고 있다는 것 자체가 당신의 능력을 말해 주는 것 같은데? 그리고 마지막 질문에는 겸사겸사라고 답해주고 싶군. 믿을지 모르겠지만 이게 내 병사들의 첫 대규모 회전이거든."

'이게 첫… 실전이라고? 그 말을 믿으라고?'

믿기지 않았지만, 이미 믿기지 않은 일들을 충분히 겪은 뒤였다.

"허……."

그라함 자작은 차마 말을 잇지 못했다. 특히 마지막 대답은 그의 마지막 남은 한 줄기 전의마저 완전히 누그러뜨렸다. 그에게 남은 것은 결과에 대한 겸허한 승복뿐이었다.

"마음대로 하십시오. 제가 졌습니다."

그라함 자작은 성벽 아래에서 무릎을 꿇었다.

"괜히 낯 간지러운 짓 하지 말고 올라오라고. 내 사람이 된 기념으로 내가 아주 재미있는 구경을 시켜줄 테니까."

Chapter 57.

NEO FUSION FANTASY STORY

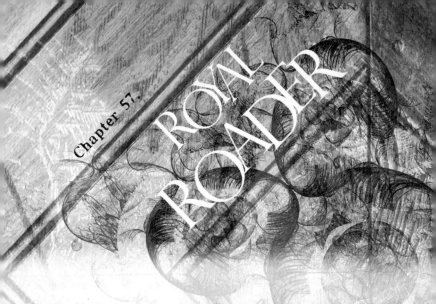

Chapter 57.

ROYAL ROADER

I

'이건 또 무슨 일인가?'

성벽 위에 오른 그라함 자작은 눈앞에 보이는 광경에 또 다시 말을 잃었다. 불과 몇 시간 전의 풍경과 지금의 풍경이 너무나 달라졌기 때문이다.

크고 작은 건물로 가득했던 외성은 휑했다.

'어떻게 단 몇 시간 만에 이런 일을 할 수 있지?'

그가 품은 의문에 대한 대답은 건장해 보이는 한 남성이 해결해 주었다.

성벽 근처에 남아 있는 건물로 다가가 들고 있던 망치로 외부의 벽을 몇 번 두드렸다. 그러자 갑자기 건물이 와르르 무너져 내렸고, 남성을 뒤따르던 사람들이 달라붙어 잔해를 들고 어디론가 움직였다.

'이런 말도 안 되는 일이! 저자는 무슨 건축의 신이라도 된다는 건가?'

비록 건축에 대한 일을 잘 모르는 그라함 자작이었지만, 단순한 망치질 몇 번으로 건물이 무너지는 것은 말이 안 된다는 것쯤은 알았다. 만약 그런 일이 가능했다면, 가장 좋은 암살 방법은 건물 붕괴를 이용한 대상의 압살이었을 것이다.

그라함 자작이 떡 벌어진 입을 다물 생각도 못한 채, 아래를 내려다보고 있을 때, 옆에서 목소리가 들려왔다.

"어이, 한센. 좀 더 서두르라고! 오늘 안으로 집 정도는 지어야 사람들 재울 수 있지 않겠어?"

"예! 영주님! 그런데 제가 아무리 빨리해도 치우는 사람들이 무너뜨리는 속도를 못 따라가서……. 아무튼 최대한 서두르겠습니다!"

제닌은 망치를 든 사내, 한센을 향해 손을 흔들어준 후, 뒤를 돌아보았다.

"왜? 물어볼 말 있으면 망설이지 말고 하지?"

"어떻게 저럴 수 있습니까?"

"철거가 특기니까."

"특기라니요. 아무리 특기라고 해도, 망치질 몇 번으로 건물이 무너지다니. 이건 너무 말이 안 되지 않습니까?"

그라함 자작의 항변에 제닌은 피식 웃었다.

"그럼, 오늘 있었던 일 중 말이 되는 것은 몇 개나 있었는데?"

되묻는 제닌의 말에 그라함 자작은 대답할 수 없었다. 차마 '대부분'이라고 말할 수 없어서였다.

"그런데 어쩌실 생각이십니까? 이렇게 건물을 다 부수면 사람들이 머물 곳이 있겠습니까?"

"그래서 일단 집부터 지을 생각이야. 여기 사는 사람이 30만 정도이니, 10만 호정도 지으면 되겠지."

'이 사람은 집을 무슨 빵으로 아는 건가? 빵도 10만 개를 만들려면 힘이 들건만, 무슨 집을…….'

말은 쉬웠다. 그런데 아무리 많은 인력을 투입해도 최소한 몇 주는 걸려야 완성할 수 있을 것이다. 그리고 그 집이 다 지어질 때까지 이곳에 사는 사람들은 지붕도 없는 곳에서 노숙해야 한다.

'조금씩 구역을 나눠 부수고 지으면 될 텐데. 이 사람 너무 무모한 것 아닌가?'

이렇듯 속으로만 생각하는 데에는 지금까지 그가 겪은 상식을 벗어난 일이 너무 많았기 때문이다.

"왜? 내가 아무 생각 없이 일단 부숴놓은 것 같아?"

제닌의 물음에 그라함 자작은 뜨끔한 얼굴로 시선을 피했다.

"아마 오늘 저녁쯤이면 집은 완성 될 거야."

"10만 호 전부 말입니까?"

"어차피 이해 못 할 것, 더 설명하는 것도 귀찮으니 일단 지켜보라고."

와르르르.

마지막 건물이 무너져 내렸다. 수십 명의 사람이 달라붙어 잔해를 치우는 사이 성문에서 시작되는 길이 들썩이기 시작했다. 들썩이는 모습이 멀어졌다 가까워지기를 반복하더니 땅이 폭삭 무너져 내렸다.

사람들이 우르르 오가더니 무너진 자리에 모래와 자갈이 채워졌고, 마지막으로 큼지막한 돌판이 얹혀졌다.

고작 삼십 분가량이 흘렀을 뿐이건만, 마차 5대가 나란히 달려도 넉넉할 만한 대로가 뚝딱 완성되었다.

'허! 허허! 이럴 수가…….'

직접 보면서도 믿기지 않는 광경에 그라함 자작은 그저 허탈하게 웃을 따름이었다.

대로가 완성되자 그것을 중심으로 촘촘한 격자무늬의 선이 그려졌고 어쩐 일인지는 모르겠지만, 눈 깜빡할 사이 격자의 가운데에 건축 자재가 수북이 쌓여 있었다.

그리고 사람들이 몰려들었다.

뚝딱뚝딱뚝딱.

집이라고 보기에는 너무 커다란 건물이 지어졌다. 토대

를 만들고 기둥을 세우고, 지붕을 올리기까지 걸린 시간은 단 몇 분. 그것도 무려 4층에 달하는 커다란 건물이었다.

"공동주택이라고 하지. 한 층에 5호씩, 4층이니까 저거 한 채면 20호가 살 수 있다는 말이야."

"예에……."

제닌의 설명에 그라함 자작은 넋이 나간 얼굴로 고개를 끄덕였다. 사실 그저 자신을 향한 말이기에 대답했을 뿐, 실제 내용을 기억하지 못할 것 같았다.

"20호짜리 공동주택을 3분에 한 채씩. 그리고 현재 라테스에는 저런 무리가 백 이상 활동 중이지. 이 정도면 오늘 안에 10만 호 충분하지 않을까?"

"아… 예……."

어쩐지 영혼이 빠져나간 것 같은 대답에 제닌은 살짝 미간을 찌푸렸지만, 이내 그러려니 하고 넘어갔다.

'뭐, 계속해서 보다 보면 익숙해질 테지.'

다른 사람을 떠나, 제닌 자신조차 이런 말도 안 되는 일에 익숙해지기까지는 상당한 시간이 걸렸다.

집은 속속들이 완성되었고, 공터는 점차 메워졌다. 집들의 모양이 너무 똑같아 헷갈릴 수도 있었기에, 지붕은 줄마다 다른 색깔로 칠해졌다. 예를 들어 격자 첫 번째 줄이 빨간색이면, 두 번째 줄은 파란색인 식이었다.

"그런데…… 저 사이의 공터에는 왜 건물을 짓지 않는 겁니까?"

그라함 자작이 한 곳을 가리키며 물어왔다.

'호오! 생각보다 회복이 빠른데?'

믿기지 않는 사실을 현실로 받아들이고, 궁금한 점을 발견하기까지 걸린 시간은 한 시간 남짓. 이 정도면 훌륭한 적응력이었다.

그라함 자작이 가리킨 곳은 한 무더기의 공동주택 사이에 자리 잡은 공터였다.

"따로 지어야 할 것들이 있거든."

일단 학교를 지어야 했다. 영토에 비해 사람이 너무 적은 지금 상황으로서는 쓸만한 인재의 양성이 필수였다.

또한, 앞으로 이곳이 발전하면서 새로 나타나는 건물 중 필요한 것이 생길 때를 위한 공터이기도 했다.

어스름한 땅거미가 내려앉을 무렵 10만 호의 집이 완성되었다. 그 사이 건설에 참여하지 않는 사람들을 대상으로 호구 조사가 이루어졌고, 각자 자신이 배정받은 집으로 줄지어 들어가기 시작했다.

"우와와와! 이런 집이라니!"

"이건 꿈일 거야!"

"영주님 만세!"

라테스 전역이 떠들썩한 환호성으로 들썩였다. 대부분

톤이 높은 것으로 보아 여자들의 환호로 보였다.

일단 넓고 쾌적했다. 또한, 기초적인 세간들이 모두 갖춰져 있었다. 거기에 더해 마력을 이용한 각종 편의시설은 그야말로 생활의 혁명이라 해도 과언이 아닐 정도였다.

이미 호구조사를 할 때, 한쪽에서는 주부들을 대상으로 편의시설 사용에 대한 간단한 교육이 이루어졌다.

불을 피우지 않아도 음식을 끓일 수 있고, 물을 긷지 않아도 손잡이만 돌리면 물이 콸콸 쏟아졌다. 용변을 보는 작은 방이 따로 구비되어 있었고, 일을 마친 후 손잡이를 돌리면 물이 흘러나와 오물을 씻어냈다.

무엇보다 한겨울임에도 따뜻했다.

말로 들었을 때에는 그저 반신반의했었다. 마치 귀족들이나 사용할 법한 마법과 같은 시설이었기 때문이다.

그런데 직접 입주를 한 후 사용해 보니 사실이었다. 환호성을 터뜨리는 것은 기본이었고, 개중에는 감격의 눈물을 흘리는 이들까지 생길 정도였다.

그리고 이러한 이들의 반응은 곧바로 제닌에게도 전해졌다.

– 띠링!

[주민의 지지율이 상승했습니다.]

눈앞의 메시지에 거점 정보창을 열어보니, 프라덴 요새와는 다른 정보창이 떠올랐다.

[라테스(대도시), 인구 : 324115/2000000, 병력 : 5442/100000, 식량 : 999999/500000, 자원 : 99999/50000, 방어도 : 125/999, 발전도 : 11%, 지지율 : 97%]

'도시라 그런가?'

눈에 띄게 달라진 점은 발전도와 지지율이었다.

'발전도는 앞으로 건물을 지으면 올라갈 테고, 지지율은 또 뭐지?'

[지배자에 대한 주민의 지지도를 나타낸 수치로 20% 이하로 떨어지면 거점에 대한 영향력을 행사할 수 없습니다.]

'영향력을 행사할 수 없다?'

이 말은 거점을 잃는다는 것과 마찬가지였다.

'뭐, 귀족 놈들처럼 대가 없이 부려 먹지만 않아도 될 것 같기는 한데.'

다행인 것은 현재의 지지율이 높다는 점이었다.

'차근차근 생각해 보면 될 일이고. 아직 자기에는 이른 시간이니, 건물이나 좀 더 올려 볼까?'

Ⅱ

'대체 무슨 생각이지? 천 명만 뽑아오라니.'

그라함 자작은 성문을 빠져나와 제국군 진영으로 말을 몰며 고개를 갸우뚱거렸다.

'설마, 놀랄 일이 아직 더 남았다는 건가?'

단 하루였다.

사십 년 남짓한 그의 인생에 비하면 티끌만큼의 시간에 불과했으나, 어제의 하루는 그라함 자작의 인생 전체와 비교해도 모자라지 않을 정도로 길게 느껴졌다. 그만큼 충격적인 일들을 많이 겪었기 때문이다.

'놀랄 일인지, 감탄할 일인지는 일단 데려가 보면 알게 되겠지.'

어차피 시간이 지나면 알게 될 것, 굳이 복잡하게 고민할 필요는 없었다. 어제의 폭풍 같은 일을 겪은 뒤 그가 얻은 작은 깨달음이었다.

"사령관 각하."

제국군 진영에 가까워지자 부관들이 그를 마중했다.

"인사는 됐네. 전투에 패한 데다가 포로로 잡힌 패장에게 사령관은 무슨……."

"각하. 무슨 말씀을! 지휘관은 그저 온 힘을 다할 뿐, 승패는 신께서 정하시는 것이 아닙니까?"

자신을 두둔해 주는 수석부관의 말에 그라함 자작은 저도 모르는 사이 입가에 미소를 베어 물었다.

'그러고 보면 내가 헛살지는 않은 모양이야.'

푸근한 미소를 담은 그라함 자작이 수석부관에게 말했다.

"다름이 아니라, 자네들에게 부탁할 일이 있네."

"무엇이든 말씀만 하십시오. 이곳에는 각하의 명이라면 기름통을 지고 불 구덩이에 뛰어들 이들뿐입니다."

"천 명, 라테스를 장악한 자의 요청이네."

수석부관의 얼굴이 살짝 굳어졌다.

"혹, 그자의 의도를 알고 계십니까?"

"모르네. 그래도 혹시 모르니……."

"전투력이 가장 떨어지는 이들로 준비하겠습니다."

굳이 길게 설명하지 않아도 말이 척척 통하는 부관의 모습에 그라함 자작은 희미한 미소를 머금었다.

그와는 벌써 십 년 가까이 전장을 함께 했다. 든든한 부하이자, 자신의 노하우를 모두 전수한 제자 같은 인물이었다.

"내키지는 않지만 부탁함세."

수석부관이 전령을 찾아 지시를 내리는 사이, 그라함 자작은 제국군 진영을 훑어 보았다.

"보급은 제대로 이루어지나 보군."

"적이지만, 약속만큼은 제대로 지키는 자입니다."

"괴물이지. 어쩌면 사람이 아닌 것 같다는 생각이 들기도 하더군."

그라함 자작은 씁쓸한 웃음을 머금으며 답했다.

"그 정도입니까?"

"단 하루 사이에 라테스의 풍경을 변화시켰다면 믿겠는가?"

수석부관은 대답이 없었다. 풍경을 변화시켰다는 말이 선뜻 상상이 되지 않아서였다.

"믿기지 않을 테지. 나 역시 직접 눈으로 보고 있으면서도 눈앞의 광경이 믿어지지 않았으니까. 아무튼, 언제든 기회가 되면 자네도 보게 될 날이 있을 걸세."

그라함 자작의 말은 바로 다음날 실현되었다.

제국군 진영에서 뽑아 간 천 명의 실력이 엄청나게 향상됐기 때문이다. 병사 중에서도 최하위 실력이었던 이들이 기사와 비등한 실력자로 탈바꿈되었다. 그것도 단 하루 사이에 벌어진 일이었다.

그라함 자작은 기함했고, 제국군 진영에 있던 부관들 역시 치뜬 눈을 어찌할 수 없었다.

다음날 제닌은 다시 천 명을 요구했고, 이번에는 부관들이 가장 먼저 자청했다.

'훈련소라고 했던가? 고작 하루 사이에 그런 실력의 향상이라니. 그자는 정말 인간이 맞긴 한 걸까?'

"각하. 제가 먼저 가서 살펴보겠습니다."

"아닙니다. 수석부관은 남은 이들을 책임질 막중한 책무가 있기 때문에, 이번 일은 차석부관인 제가……."

그라함 자작은 서로 가겠다며 다투는 부관들을 바라보며 씁쓸한 미소를 베어 물었다.

'능력뿐만이 아니라, 심계까지 능한 자야. 엊그제까지만 해도 적이었던 이들을 이토록 열광하게 하다니…….'

무엇보다 군에 속한 이들의 속성을 잘 파악하고 있는 자였다.

강한 무력.

전장에서 살아남기 위해, 그리고 공을 세우기 위해 무엇보다 필요한 요소였다.

물론 단 하루 만에 그것을 끌어올릴 수 있다는 것은 마법보다 더 마법같은 일이었지만, 아무튼 이를 가지고 자신이 가진 것보다 열 배나 많은 병력을 쥐락펴락하고 있었다.

그라함 자작은 그렇게 부관 중 절반과 정예 병사들을 이끌고 라테스로 향했다.

기사는 효과가 없다는 말에 제외된 기사들과 남겨진 부관들만 울상을 지은 채 성으로 향하는 이들의 뒷모습을 바라볼 따름이었다.

사실 부관들 역시 기사의 실력을 갖춘 이들이었다. 애초에 부관을 뽑는 기준 자체가 기사 중에서 전술에 밝은 이들이었기 때문이다.

'일종의 길들이기겠지.'

그라함 자작은 기사는 안 되고, 부관은 된다고 말한 제닌의 말을 그렇게 받아들였다.

그렇게 이차로 라테스에 다녀온 이들의 실력 또한 괄목할 만할 정도로 성장했다. 병사들과 비교하면 부관들의 성장 폭은 조금 낮았지만, 그럼에도 그들은 감격할 정도였다.

하지만 문제는 그것으로 끝이었다는 점이었다.

하루가 지나고 이틀, 사흘이 지나도 다음 병력을 부르지 않자 제국군 진영에서는 애가 타는 이들이 늘어갔다.

다행인 점은 라테스 성에 다녀온 이들과 그렇지 못한 이들 사이에 알력이 생기지 않았다는 것인데. 조금만 더 이런 상태가 계속되면 자칫 분열이 생겨 내부가 곪아갈 수도 있는 노릇이었다.

부관들은 끊임없이 라테스로 전령을 보냈으나, 대답은 없었다. 그렇게 일주일이 되는 날, 성문이 열리며 그라함 자작이 나타났다.

막사를 박차고 뛰어나온 부관들을 향해 그는 씁쓸한 얼굴로 말했다.

"그곳에서 얻게 되는 힘에는 한 가지 제약이 따른다네."

꿀꺽.

어수선함을 잠재우며 들려온 그라함 자작의 말에 다들 마른 침을 삼킨 채 다음 말을 기다렸다. 특히, 이미 힘을 얻은 수석부관은 타오를 것 같은 눈빛으로 그라함 자작의 입을 주목했다.

"그를, 이곳을 적대하지 않는 것이라네."

다시금 사방에 정적이 감돌았다. 다들 무언가를 생각하는 듯한 표정이었다.

"각하. 단지 그뿐입니까?"

수석부관이 조용히 물어왔다. 그라함 자작이 고개를 끄덕이자 그의 얼굴에 비로소 웃음이 맺혔다.

"그러니까, 충성서약 같은 것은 필요 없다는 말씀이시지요? 단지 적대만 하지 않으면 된다는 말씀이 맞지요?"

수석부관의 물음은 그와 함께 라테스에 다녀온 다른 부관들의 얼굴을 환하게 했다.

충성서약을 하지 않아도 된다는 말은, 그들이 모시는 황제를 배신하지 않아도 된다는 말과 같았다. 물론 다른 쪽에서 따지려 들면 얼마든지 방법이 있겠지만, 힘을 받은 이들만 입을 다물면 이 사실은 아무도 모른 채 묻어둘 수 있었다.

'중요한 것은…….'

수석부관은 나직한 목소리로 되물었다.

"이곳에 있는 모든 이들이 혜택을 받을 수 있겠습니까?"

'모두가 이득을 공유하는 것!'

그라함 자작은 반짝이는 수석부관의 눈빛을 바라보며

천천히 고개를 끄덕였다.

"그자는 원한다면 모두가 힘을 얻을 수 있다고 했다. 또한, 부여한 힘을 되찾을 수도 있다고 했다."

첫마디는 모두의 눈을 반짝이게 했으나, 이어진 말은 반대의 효과를 가져왔다.

역시나 가장 먼저 생각을 추스른 인물은 수석부관이었다.

"배신할 생각은 꿈도 꾸지 말라는 뜻이군요."

그라함 자작은 고개를 끄덕였고, 수석부관이 다시 말을 이었다.

"이 말은, 우리가 먼저 배신하지 않는 한, 힘을 다시 거둬들이지 않는다는 말로 받아들여도 됩니까?"

수석부관의 말은 잠시 굳어졌던 이들의 눈에 다시금 생기를 불어넣었다.

그런 이들의 시선을 받으며 그라함 자작은 고개를 끄덕였다.

"그렇다고 하더군."

"그렇다면 결론은 하나겠군요. 모두가 힘을 얻든가, 아니면 모두가 힘을 얻지 못하든가."

물론 그의 목소리를 듣는 모든 이들의 머릿속에 후자는 고려할 대상이 아니었다.

III

"후우! 이렇게 정신없이 움직인 것도 오랜만인데?"

제닌은 가벼운 한숨을 내쉬며 아래를 내려다보았다. 작게 축소된 라테스의 전경이 그의 눈 아래 펼쳐져 있었다.

색색으로 물든 공동주택의 지붕들이 가장 먼저 눈에 띄었고, 구역별로 만들어진 시장거리와 학교 등이 눈에 들어왔다. 병영과 훈련소가 밀집된 구역도 있었고, 생활 집기들을 만들어내는 대장간과 공방 구역도 있었다.

또한, 각 성문을 잇는 십자모양의 대로에는 큼지막한 건물들이 세워져 주인을 기다리고 있었다. 비록 지금은 비어 있었지만, 앞으로 이곳과 거래할 상단들을 위한 건물이었다.

모든 것이 제닌의 일관된 계획으로 만들어졌기에 자로 잰 듯 반듯했고, 깔끔한 모양새였다. 원래의 라테스보다 훨씬 더 안정되고 번화한 느낌이 들었다.

'내부는 이 정도면 됐고.'

제닌은 시선을 조금 더 뒤로 물렸다. 그러자 라테스 주변을 오각형으로 감싼 작은 요새들이 눈에 들어왔다. 몬스터 통로를 틀어막기 위해 지은 요새들이었다.

다행히 라테스 주변의 몬스터는 약했다. 기껏 해봐야 10레벨 초반에서 후반 정도였다.

이 정도면 높이 쌓은 성벽과 각종 방어탑, 그리고 수비하는 병사들의 화살만으로도 충분했다. 굳이 익스플로젼 스톤을 사용할 필요가 없다는 의미였다.

'나중을 위해서라도 기밀을 유지하는 편이 나으니까.'

안전제일. 언제, 무슨 일이 벌어질지 모르니 히든카드는 많을수록 좋았다.

제닌은 발아래 펼쳐진 라테스의 풍경에서 시선을 거둔 뒤 지도창을 불러왔다. 제국과의 경계가 되는 산맥의 중간쯤에서 반짝이는 푸른 점이 보였다.

제닌이 라테스를 점령하면서 얻은 이득 중 하나로 시야의 확장이 있었다.

단, 실제 모습이 아닌 지도창에 점으로 표시될 따름이지만, 이것만으로도 충분한 이점이 있었다. 적군과 아군의 병력 이동 상황을 실시간으로 확인하고 전술을 운용할 수 있었기 때문이다.

범위는 라테스를 중심으로 반경 2~300킬로미터 정도. 직선거리로 올라가면 산맥과 제국 남부의 끝자락을 포함했다.

'앞으로 일주일 정도겠군. 저것만 완성되면…….'

슬쩍 돌아간 시선이 멈춘 곳은 노란색 점들이 뭉쳐 있는 곳이었다. 아군을 뜻하는 푸른색도 아니고, 적을 뜻하는 붉은색도 아닌 애매한 색깔.

바로 라테스 주둔군이 구축한 제국군 진영이었다.

'너희도 이제 먹여준 값을 해야 하지 않겠어?'

산맥 중심에 있는 것은 마리와 그레이트 웜이었다. 목적은 산맥 지하를 관통해 제국으로 향하는 땅굴을 만드는 것.

제닌의 머릿속에는 그 땅굴을 통해 이곳 주둔군이 제국으로 넘어간 다음의 상황이 그려지고 있었다.

'전원이 기사급으로 이루어진 5만의 병력. 과연 품을 수 있을까?'

품으면 제국군 내부에 제닌을 적대할 수 없는 세력이 생겨나는 것이었고, 품지 못한다면 제국에 내분이 발생할 확률이 높았다.

제국이 그들을 품든, 품지 않든 어쨌거나 제닌에게는 이득이 되는 상황이었다.

제닌의 입가에 의미심장한 웃음이 피어올랐다.

"주군. 베스란입니다."

문밖에서 들려온 소리에 제닌은 지도창을 거뒀다.

"들어와."

허락이 떨어지자마자 베스란이 문을 열고 들어섰다. 어딘지 모르게 흐트러진 행색과 들썩이는 어깨가 눈에 들어왔다.

'급한 일인가 보군.'

"안쪽? 바깥쪽?"

소식의 종류를 알았으니, 범위를 묻는 것이었다.

"예? 아! 바깥쪽입니다. 국왕 측이 귀족회의를 향해 칼을 뽑아들었습니다."

"국왕이? 먼저?"

제닌도 약간은 놀란 표정을 지었다. 지금까지 계속 소극적으로 몸을 움츠리던 그들이 먼저 움직였다는 소식은 뜻밖의 일이었다.

"예. 그렇습니다. 지금 수하들을 풀어 자세한 정보를 수집 중입니다만……."

말끝을 흐리는 이유는 쉽지 않다는 것을 뜻했다.

"보안이 철저한가 보군."

천천히 고개를 끄덕이는 베스란을 향해 제닌이 다시 물었다.

"아직 전투는 벌어지지 않았겠지?"

"예. 현재는 각지의 병력을 끌어모으는 한편, 수도 크라티아의 성문을 막고 귀족회의 측 귀족들을 잡아들이기 위해 수도 전역을 샅샅이 뒤지고 있다고 합니다."

"호오! 꽤 적극적이군. 그렇다는 말은 힘의 우위가 확실하다던가, 귀족회의 측을 제압할 수 있는 일종의 비밀무기를 얻었다고 보는 편이 옳겠군."

"저도 그렇게 생각하고 있습니다."

"흐음……."

제닌은 턱을 만지작거리며 생각에 잠겼다. 생각의 방향은 어떻게 해야 이 상황을 자신에게 이득인 쪽으로 돌릴까에 대한 것이었다.

"베스란. 이쪽에 넘어와 있는 놈들은 어떻지?"

"아직 특별한 움직임은 없습니다. 다만, 왕국 쪽 소식이 전해지면 철수할 것으로 보입니다."

당연한 일이었다.

실상 크라인 왕국 내부에 남아 있는 귀족회의 측 병력은 얼마 되지 않았다. 제국군에게서 되찾은 땅을 그 사람에게 주기로 한 국왕의 공언 탓에 귀족들이 앞다투어 병력을 증파했기 때문이다.

즉, 귀족회의 측의 주력 병력은 대부분 이곳에 넘어온 상태라는 의미였다.

"우리가 할 수 있는 선택은 두 가지겠군. 이쪽의 병력을 밀어내거나, 붙잡아두거나. 베스란. 어떤 게 더 좋을까?"

어느 쪽의 편을 들 것인가를 묻는 말이었다.

이쪽의 병력을 밀어내면, 귀족회의 측의 전력이 강해지고, 붙잡아 두면 국왕 측이 유리해진다.

"제 판단으로는 밀어내는 게 좋다고 봅니다."

"호오!"

제닌은 의외라는 표정을 담아 베스란을 바라보았다. 원

래 국왕의 사람이었던 그가 국왕에게 불리한 쪽으로 판단을 내렸기 때문이다.

"베스란, 사람이 너무 냉정한 것 아니야? 아무리 그래도 한때 충성을 바친 사람인데."

"저는 오로지 주군의 사람일 따름입니다."

깊숙이 고개를 숙이는 베스란의 모습에 제닌은 왠지 모를 뿌듯함을 느꼈다.

"하지만 나는 붙잡아 두는 게 좋다고 보는데."

"예. 그럼 그렇게 하겠습니다."

"뭐야? 이젠 왜 그러냐고 묻지도 않아?"

"주군의 판단은 항상 옳으셨기 때문입니다."

"거 참……."

설득할 필요가 없어 좋기는 한데, 너무 순순히 수긍해 버리니 이 또한 왠지 재미가 없었다. 궁금해하는 상대의 궁금증을 풀어주며 감탄하는 모습을 지켜보는 것도 쏠쏠한 재미가 있었기 때문이다.

"국왕은 거래가 통하는 상대야. 반면, 욕심이 목구멍까지 찬 귀족회의 쪽은 신용이 없지. 도와줄 때는 헤헤거리며 고마워하다가도 위기가 끝나면 아마 입을 싹 씻을 거야."

"그 말씀은……."

"거래해야지. 알다시피 우린 없는 게 너무 많잖아?"

씩 웃는 제닌의 모습에 베스란도 미소를 베어 물었다.

"전령을 준비시키겠습니다."

"아니, 그럴 필요 없어."

문밖에서 급히 다가오는 발소리가 들려왔다.

"벌써 왔거든."

Ⅳ

"흐음……."

제닌은 한 손으로 턱을 만지작거렸다. 다른 손에는 두루마리 서신이 들려 있었다. 국왕의 밀서였다.

내용은 제닌의 예상대로 국경을 넘어간 귀족회의 측의 발을 붙잡아 달라는 요구였다. 하지만 요구에 따른 대가는 특별히 제시하지 않았다.

'공식적으로 인정한다는 의미로군.'

제닌은 '국경' 이라는 단어에 자체에 주목했다. 국경은 서로 다른 나라의 경계를 뜻하는 단어. 즉, 이곳이 크라인 왕국과 다른 나라라는 것을 공식적으로 인정한다는 뜻이다.

'대가치고는 조금 약하지만…….'

제닌은 허리를 숙이고 있는 사신의 긴장된 얼굴을 바라보며 씩 웃었다.

‘그거야 키우면 되는 법이지.’

제닌은 얼굴에 서린 웃음기를 지우며 입을 열었다.

“국왕께 받아들이겠다고 전하도록.”

“정말이시옵니까? 감사하옵나이다!”

사신은 희색이 만연한 얼굴로 되물었다.

타국의 귀족으로서 극존칭을 사용하는 것은 이미 제닌을 일국의 국왕으로 대우하는 행동이었다.

“단, 맹방의 어려움을 그냥 지나칠 수는 없는 법. 우리 쪽에서 무기와 장비를 지원하겠다는 말도 전하도록.”

“무기와… 장비 말씀이시옵니까? 혹시…….”

말끝을 흐리며 되묻는 사신의 물음에 제닌은 미소 띤 얼굴로 대답했다.

“사신이 생각하는 그것이 맞다. 현재 근위기사들이 착용한 장비와 같은 것으로 지원할 것이다.”

“감사! 또 감사 하옵나이다! 저희 국왕 폐하께서도 크게 기뻐하실 것이옵니다.”

사신의 얼굴에 활짝 웃음꽃이 피었다.

“헌데……. 따로 전하실 말씀은 없으신지요?”

사신은 조심스럽게 물었다. 모든 거래에는 대가가 따르는 법을 알기에 하는 질문이었다.

“분란의 씨앗을 굳이 품고 있을 필요가 있겠느냐고 전해 드리게.”

"그렇게만 전해드리면 되옵니까?"

사신은 고개를 갸웃하며 되물었다. 본디 대가라 하면 정확히 특정해서 말해야 하는 법이건만, 제닌의 말은 너무 모호했다.

"그러면 되네."

제닌이 고개를 끄덕이자 사신은 다시 감사의 인사와 함께 몇 번이고 깊숙이 고개를 숙였다.

사신이 돌아갈 준비는 순식간에 이루어졌다.

라테스 안에 남는 수레와 짐마차를 준비하고, 제닌이 그곳에 물건을 채워 넣으면 끝이었기 때문이다.

무기와 장비로 가득 찬 수십 대의 마차를 보며 사신은 눈이 휘둥그레졌다. 그리고 제닌을 향해 몇 번이고 감사인사를 올렸다.

제닌이 따로 붙여준 병력의 철저한 호위 속에 사신과 마차가 라테스 성을 떠났다.

"국왕은 몰라도, 항상 옆에 붙어 있는 노신은 알아들을 거야."

제닌은 멀어져가는 행렬을 바라보며 중얼거렸다.

분란의 씨앗은 귀족회의 측에 속한 영지의 주민을 뜻했다. 즉, 제닌이 무기와 장비의 대가로 제시한 것은 내전에서 승리한 후 그들을 넘겨달라는 의미였다.

거부?

그럴 리도 없었고, 만약 그렇다면 이쪽에 넘어와 있는 병력을 밀어 내버리면 그만이다.

'흐흐흐. 그럼 이제 병력을 좀 먹어 볼까?'

제닌은 음흉한 미소를 띠며 지도창을 열었다. 군데군데 뭉쳐 있는 붉은 점을 바라보는 그의 시선은 먹잇감을 노리는 맹수의 그것과 같았다.

제닌은 자금만 충분하면 모든 것을 만들어낼 수 있었다. 그리고 지금과 같이 자금이 넘쳐나는 상황에서 그에게 필요한 것은 오로지 하나뿐이었다.

사람.

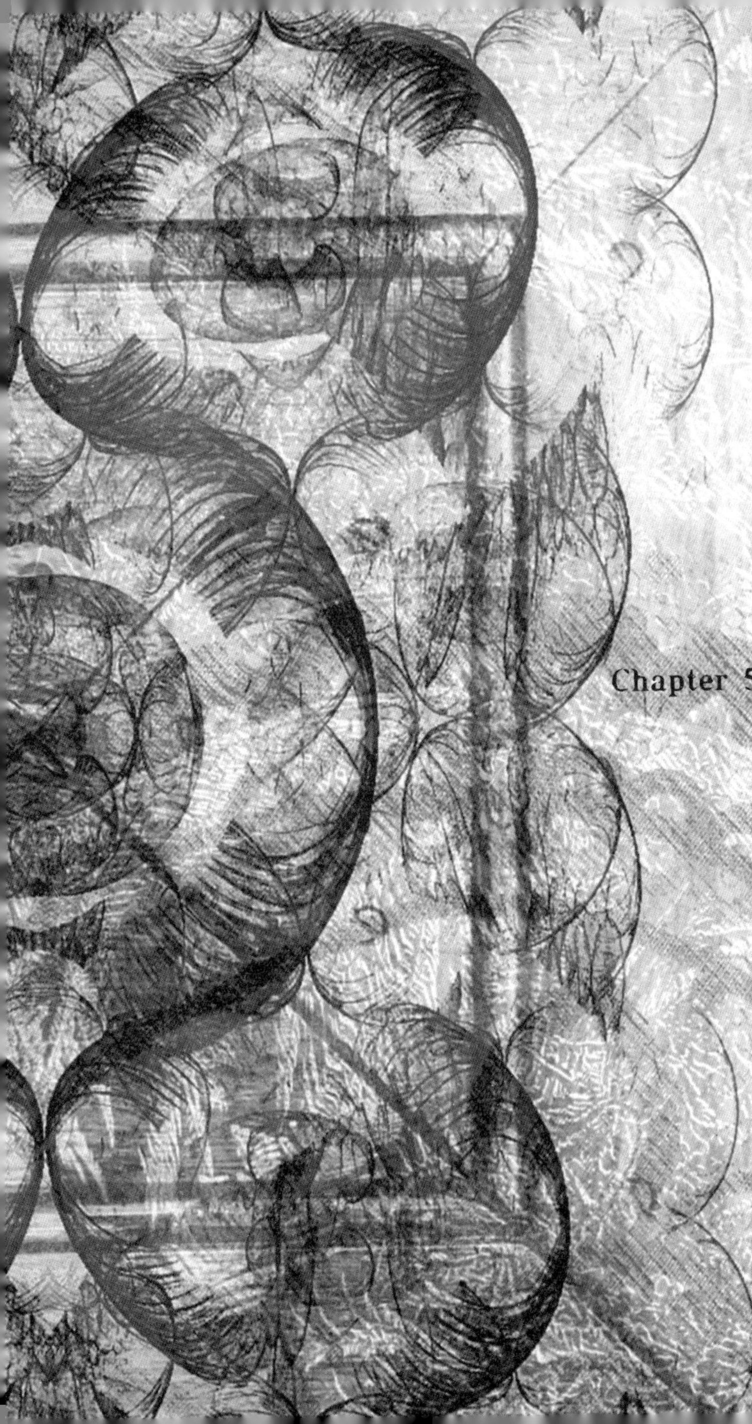

Chapter 58.

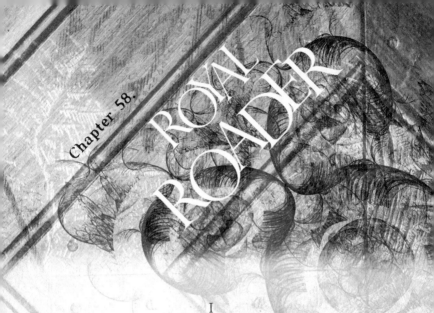

Chapter 58.

ROYAL ROADER

I

"영주님, 이게 무엇입니까?"

그라함 자작은 영문을 모르겠다는 얼굴로 물었다.

"보면서도 몰라? 무기랑 갑옷이잖아."

"아니, 이걸 왜 보여주시는지 영주님의 뜻을 알 수 없어서……."

"그러게, 내가 왜 보여줬을까?"

장난기 어린 물음에 그라함 자작은 살짝 미간을 찌푸렸다.

"가서 한 번 보라고 해."

"어딜……."

되물으려던 그라함 자작은 입을 다물었다. 여기서 자신이 갈 곳이라면 한 곳밖에 없었기 때문이다.

입을 다문 그라함 자작은 제닌이 보여준 장비를 살펴보기 시작했다.

'이런 장비라니!'

그라함 자작의 얼굴에 놀라움이 떠올랐다.

척 보기에도 솜씨 좋은 장인이 심혈을 기울여 만든 것으로 보였다. 하지만 살펴볼수록 그 이상의 값어치가 있다는 사실을 깨달을 수 있었다.

'이건 최소한 수천 골드짜리야.'

그라함 자작 역시도 소드 하이어에 오른 실력이고, 온종일 장비를 착용한 상태로 이십 년 가까이 살아왔다. 좋은 장비를 알아볼 능력이 충분하다는 뜻이었다.

'그런데 가서 보여주라는 이야기는……. 설마?'

그라함 자작은 왠지 모르게 가슴이 두근거렸다. 아무 이유 없이 살펴보라고 하지는 않았을 터였다.

"역시, 눈치가 빠르다니까."

제닌의 목소리에 그라함 자작의 가슴은 더욱 세차게 뛰었다. 자신의 짐작이 옳다는 이야기였다.

비록 이제는 제닌의 휘하에 들어왔지만, 이는 내기에 져 어쩔 수 없이 이루어진 일이었다.

아직 감정의 정리도 제대로 이루어져 있지 않은 상황이었으니, 옛 부하들을 생각하는 마음이 크게 남아 있었다.

사실 말이 부하였지, 여태껏 결혼도 못한 채 전쟁터에서만 구르던 그라함 자작에게 휘하의 병사들은 거의 자식 같은 이들이었다.

그런 이들을 좋은 장비로 무장시킬 수 있다는 사실에 그라함 자작의 얼굴에는 희색이 감돌고 있었다. 하지만 그러던 어느 순간 그라함 자작의 얼굴이 급격히 굳어졌다.

'아차!'

현재 자신은 제닌의 사람이었다. 그런 제닌의 눈앞에서 적이었던 세력이 강해지는 것을 좋아하다니. 이건 아무리 봐도 자신의 잘못이었다.

그라함 자작은 황급히 표정을 추스르려 했으나, 이미 제닌은 의미심장한 미소를 지은 채 그를 바라보고 있었다.

"죄송합니다."

그라함 자작은 황급히 사죄했다. 혹시라도 자신 때문에 옛 부하들에 대한 혜택이 취소되는 것을 막고 싶었다.

'쯧! 그게 더 잘못이라는 걸 모르나?'

제닌은 혀를 차면서도 피식 웃었다.

'평소에는 영민하던 사람도 옛정에 관련되면 머리가 잘 돌아가지 않는군.'

그라함 자작의 행동은 제닌 자신의 모습을 되돌아보는 계기가 되었다.

'비슷한 상황이라면 나도 저랬을까?'

고개를 내저은 제닌이 말을 이었다.

"가서 한 번 시험해 보고, 원하는 사람 있으면 바꿔준다고 해."

"정말이십니까?"

그라함 자작은 기쁜 기색을 감추지 못한 채, 되물었다. 이런 장비가 천 세트. 아니, 백 세트만 되어도 라테스 주둔군의 전투력은 한층 강력해질 터였다.

"그럼, 내가 헛소리나 하는 사람으로 보이나?"

"그런데 몇 세트나……."

다시금 조심스럽게 이어진 그라함 자작의 물음에 제닌은 흔쾌히 대답했다.

"원하는 사람 전부!"

"가능하시겠습니까?"

"왜? 못할 것 같아서 그래? 뭐, 그럼 만 세트나 천 세트로 줄여주지."

"아, 아닙니다. 죄송합니다. 제가 말이 헛나왔습니다. 지금 당장 가서 물어보겠습니다!"

그라함 자작은 번개같이 장비를 챙겨 들고 날 듯이 뛰어나갔다. 기회는 올 때 잡아야 한다.

'쯧쯧! 무르군. 물러! 그러다 나중에 적으로 만나면 어떡하려고 저러지?'

제닌은 혀를 찼다. 허둥지둥 밖으로 나가는 그라함 자작의 뒷모습이 마뜩잖았던 탓이다.

물론 지금의 라테스 주둔군과 제닌이 나중에 적으로 만날 가능성은 희박했다.

얻은 힘을 회수한다는 제닌의 말 때문에라도 저들은 웬만해서는 제닌을 적대할 수 없었다. 충성심이 골수까지 찬 기사라면 모를까, 일반 병사들은 절대로 얻은 힘을 잃으려 하지 않을 것이다.

'게다가 대가도 물어보지 않고 말이야. 일을 두 번 하게 생겼잖아?'

괜한 심술에 변덕이나 부려볼까 생각하던 제닌은 이내 고개를 가로저었다.

'어차피 당장 찍어 누르는 건 반발만 살 확률이 높아. 그것보다는…….'

조금 여유를 가지고 회유하는 편이 나을 듯싶었다.

'천천히……. 가랑비가 옷을 적시듯이…….'

헐레벌떡 달려간 그라함 자작은 얼마 지나지 않아 제국군 진영에 도착할 수 있었다.

"사령관님!"

반갑게 맞이하는 부하들이었지만, 그라함 자작은 대뜸 소리쳤다.

"수석! 검 가져와 보게! 검!"

"예? 각하, 갑자기 검은 왜?"

어리둥절한 수석부관의 되물음에 그라함 자작은 그에게 다가가더니 다짜고짜 허리춤의 검을 뽑아들었다.

"들고 있어보게. 어서!"

"아, 예."

재촉하는 그라함 자작의 말에 수석부관은 얼떨떨한 표정으로 검을 들었고, 그라함 자작은 제닌에게 받은 검을 꺼내 휘둘렀다.

스걱.

깔끔한 소리와 함께 무언가를 베었다는 느낌이 손아귀에 전해졌다.

"엇?"

놀란 토끼 눈으로 바라보는 수석부관의 모습. 그리고 한 발 늦게 매끄러운 절단면을 타고 흘러내리는 칼날.

"역시!"

그라함 자작은 뛸 듯이 기뻤다.

"거기! 차석! 검으로 이걸 한 번 내리쳐 보게."

"예! 각하!"

조금 정신이 돌아왔는지, 차석부관은 시키는 대로 검을 뽑아 그라함 자작 앞에 있는 갑옷을 내리쳤다.

쨍!

부러져 나가는 칼날이 볼 옆을 스치고 지나갔으나, 그라함 자작은 그것을 느낄 겨를이 없었다.

"수석부관. 총 몇 명이지?"

"예? 몇 명이라니요?"

"병사들까지 모두 포함해 총 52118명입니다."

아직도 어리둥절한 수석부관 대신 차석부관이 대답했다.

"차석! 자네가 말을 알아들은 것 같으니, 설명해 주게. 나는 바빠서 이만."

그라함 자작은 다시 몸을 돌리더니 쏜살같이 성으로 향했다. 남겨진 이들은 멍한 얼굴로 그라함 자작의 뒤로 이어진 흙먼지를 바라볼 따름이었다.

뭔가 엄청나게 부산스러운 일이 일어났던 것 같기는 한데, 왜 그랬는지 영문을 알 수 없었다.

"이게 대체 무슨……."

"차석, 자네는 좀 짐히는 게 있나? 있으면 말 좀 해보게. 답답해 죽을 지경이니."

"커흠! 정녕 사령관 각하의 뜻을 알아들을 사람이 저밖에 없는 겁니까? 이거야 원……."

짐짓 거드름을 피우며 앞으로 나선 차석부관. 그는 조용히 좌중을 둘러보며 웃음 짓더니 설명을 시작했다.

"그러니까 한 마디로 경고라고 봅니다."

"경고?"

되묻는 말에 차석부관은 말없이 그라함 자작이 남기고 간 검과 갑옷을 가리켰다.

"제 생각에 저것은 라테스에서 개발한 신무기입니다. 우리의 무장 따위는 단숨에 갈라 버리는 신무기. 그러니 저희가 힘을 얻었다고 감히 덤벼들 생각을 말라는 뜻이겠죠."

차석부관의 추측은 다른 부관들이 보기에도 상당히 일리가 있었다.

그러나 얼마 뒤, 수백 대의 수레를 이끌고 나타난 그라함 자작은 차석부관의 추측을 깔아뭉개 버렸다.

"뭐? 경고라며?"

자신을 향해 쏟아지는 싸늘한 시선에 차석부관은 수그린 고개를 들지 못했다.

그라함 자작은 제국군 병사들이 착용하고 있던 장비와 가져온 장비를 맞교환했다.

제국군은 뛸 듯이 기뻐했다.

지금까지 사용하던 장비와는 비교조차 되지 않는 월등한 성능의 장비를 얻었기 때문이다. 게다가 이미 훈련소를 통해 얻은 힘도 있었으니, 어떠한 적과 싸우더라도 물리칠 자신감이 자라났다.

저마다 검을 휘둘러 보고, 갑옷을 더듬어 보며 웃음 짓던 병사들에게 그라함 자작이 말했다.

"너희가 한 가지 해줘야 할 일이 있다."

'역시, 이런 장비를 그냥 줄 리가 없지.'

살짝 일그러진 부관들의 표정에 그라함 자작은 은은한 미소 띤 얼굴로 말을 이었다.

"어려운 일이었다면, 내가 그자의 제안을 받아들였을 것 같은가?"

나직한 목소리로 이어진 이야기는 한참이나 이어졌다.

제닌이 대가로 제시한 것은 그리 어려운 일이 아니었다.

먼저 각지에 있는 제국군 진영에 제닌의 제안을 전달하는 것이었다.

제국으로의 복귀와 원하는 자에 한한 장비 교환. 그리고 그들이 얻은 것과 같은 힘의 부여까지.

"대체 그렇게 해서 그자가 얻는 것은 무엇입니까? 아무리 봐도 그자가 준 것에 비해 얻은 것이 너무 적지 않습니까?"

수석부관의 물음에 그라함 자작은 선뜻 대답할 수 없었다.

자작 역시 아무리 생각해 봐도 이득 없이 퍼주는 것에 지나지 않았기 때문이다.

'그자가 그럴 일은 결코 없겠지만.'

분명 뭔가 숨은 꿍꿍이가 있을 것 같기는 하나, 그것이 무엇인지는 도무지 알 수 없었다.

마지막으로 제닌이 원한 것은 부대를 만 단위로 나눠 한 달간 지정한 다섯 곳에서 한 달간 머무르며 그 주변을 시찰하는 일이었다.

'이건 꼭, 무언가가 지나가지 못하도록 틀어막는 것 같은데……. 그자가 왜 이걸 원하는지를 모르겠단 말이지.'

그라함 자작이 마지막 조건을 받아들인 것은 어차피 전투가 벌어질 일이 거의 없었기 때문이다.

가뜩이나 병사들이 움직이기 어려운 겨울이었고, 곳곳에 발생한 강력한 몬스터 때문에 거의 모든 병력은 요새에 틀어박혀 숨죽이고 있었다.

게다가 제닌은 병사들이 머물 곳에 요새를 지어주기로 했다. 다른 사람이 한 말 같았으면, 한 달 안에 요새를 짓는 것조차 불가능했겠지만, 그라함 자작은 이미 제닌이 가진 신비한 힘을 확인한 뒤였다.

대도시에 해당하는 라테스를 단 며칠 만에 뜯어고치는 능력이라면, 만 명 정도가 거주할 요새 정도는 하루면 뚝딱 하고 만들어낼 수 있을 터였다.

최대한 전투는 피하라고 했기에 여차하면 요새 안으로 숨으면 된다. 즉, 제국군이 위험해질 일이 없다는 의미였다.

'너무 깊이 생각할 필요는 없어. 내가 이들에게 해줄 수 있는 일은 최소한의 피해로 제국으로 돌아가게 해주는 것뿐이니까.'

그라함 자작은 더 깊이 생각하는 것을 자제했다.

어차피 해봤자 답이 안 나올 문제에 굳이 심력을 소모할 필요가 없었다.

Ⅱ

라테스 주둔군이 제닌이 지정한 곳으로 흩어진 후, 제닌은 순찰조를 편성했다. 이들의 임무는 라테스 주변을 감싼 오각형 요새 사이를 돌며 오가는 이들을 차단하는 역할이었다.

'문제는 이게 과연 겨울에도 되냐는 점인데…….'

제닌은 눈앞에서 반짝이는 그림을 바라보며 눈을 빛냈다. 밀밭의 모습이 그려진 그림이었다.

[손상된 경작지를 정비하겠습니까?]

제닌이 수긍하자 라테스에서 일단의 무리가 빠져나와 밭을 갈기 시작했다. 그들의 손에 쥔 농기구는 얼어붙은 땅을 푹푹 파며 순식간에 정비를 끝냈다.

'농사에 특기가 있는 자들인가? 하긴, 이미 훈련소를 마친 사람들이니까.'

훈련소를 마쳐 5레벨이 된 이들의 힘은 이미 보통의 인간이라고 보기 어려웠다. 굳이 농사 특기가 없어도 이 정도는 할 수 있다는 의미였다.

정비가 끝나자 밭 위에 [파종]이라는 메뉴가 활성화됐다.

제닌이 버튼을 누르자 다시금 메시지가 떠올랐다.

[기온이 너무 낮습니다. 특수한 씨앗이 필요합니다. 구매하시겠습니까?]

'얼만데?'

[단위면적(100m*100m)당 100골드가 소모됩니다.]

고작 씨앗 값으로는 너무 비쌌으나, 제닌은 구매를 선택했다. 그럴 필요가 있었기 때문이다.

'프라덴 요새는 몰라도, 여긴 사람이 너무 많아.'

근 삼십 만에 달하는 사람들을 마냥 놀릴 수는 없었다.

하는 일 없이 빈둥거리기만 한다면 사람은 한없이 나태해지기 마련이었다. 이것은 사람들의 의욕을 떨어뜨리고, 라테스의 전체적인 분위기를 침체시킬 우려가 있었다.

게다가 제닌이 보유한 식량은 무한하지 않았다. 지금 당장이야 어떻게든 버틴다 해도 언젠가는 한계가 올 터였다.

생산할 수 없다면 어딘가에서 사와야 할 터인데, 만약 그럴 수 없다면 제닌은 심각한 식량난에 처할 수 있었다.

제닌은 씨앗을 구매하고 파종했다.

'이제 기다리면 되겠지.'

제닌은 마지막으로 라테스 성 주변을 둘러본 후, 거점 시야를 종료하려 했다. 그런데 그때, 이상한 것이 그의 시야에 잡혔다. 다름 아닌 색깔이었다.

연녹색으로 물든 땅은 다름 아닌, 조금 전 씨앗을 파종한 밭이었다. 채 몇 분이 지나지 않아 연녹색 새싹이 땅을 비집고 모습을 드러낸 것이다.

'설마!'

제닌은 휘둥그레진 눈으로 밭을 자세히 살펴보았다.

[23:57:25]

'하루면 된다고?'

제닌은 이제 웬만한 것에는 놀라지 않는다고 생각했다. 그러나 이번만큼은 저도 모르는 사이 헛바람을 들이킬 정도로 사안이 컸다.

'식량의 무한 생산!'

결코, 꿈이 아니었다.

Ⅲ

'빌어먹을 돼지 새끼들!'

호화로운 막사 앞을 지키던 병사는 이를 갈았다. 남은 오들오들 떨면서 보초를 서는데, 안에 있는 놈들은 아주 신이 난 모양이었다.

꼬르르륵.

막사 안쪽에서 뿜어지는 음식 냄새에 뱃속이 요동쳤다.

벌써 며칠 째던가.

얼마 전 지키던 이들이 빤히 지켜보는 가운데 보급창고가 털린 이후, 식량 배급은 삼 분의 일로 줄어버렸다. 게다가 사흘 전부터는 그마저도 끊어졌다.

어디론가 보급을 요청하러 갈 수도 없었다. 얼마 전 내린 눈 때문에 이동이 어려웠고 밖에는 강력한 몬스터가 먹잇감을 찾아 돌아다니고 있었다.

그렇게 요새가 고립된 가운데 아사자가 속출하고 있었다.

몇몇은 몬스터한테 잡아먹힐 것을 각오하고 먹을 것을 찾아 밖으로 나돌기도 했다.

한 번 나간 이들은 다시 돌아오지 못했다.

– 주인님. 앗!

– 아앙! 하악! 흐윽!

쩝쩝거리는 소리가 잦아든 호화로운 막사에서 묘한 소리가 들려 오기 시작했다. 거하게 처먹었으니, 시중들던 노예들에게 힘을 쓰는 모양이다.

병사들은 며칠째 굶주렸지만, 저들은 끼니마다 거하게 차려 먹었다. 그들이 소비하는 식량은 희멀건 수프라도 끓여 나눠 먹는다면 요새에 있는 전 병력의 뱃속을 든든하게 할 정도의 양이었다.

'돼지만도 못한 새끼들!'

창을 쥔 병사의 손이 부르르 떨렸다.

"이보게 마일스, 많이 춥지? 그래도 조금만 참으라고. 곧 교대할 놈들이 올 테니까."

문득 들려온 목소리에 마일스는 손에 힘을 풀며 옆을 바라보았다. 늙수그레한 병사가 안쓰러운 눈으로 자신을 바라보고 있었다. 분노에 떠는 모습을 추워서 그러는 걸로 착각한 모양이었다.

"그라만 아저씨."

늙수그레한 병사는 얼마 전 요새 안으로 도망쳐 들어온 자였다. 먹을 것을 찾아 나섰다가 몬스터를 만나 쫓기다 간신히 따돌렸다고 했다.

그에게서 추위와 굶주림이라는 동질감을 느낀 병사들은 몰래 그를 받아 주었다. 어차피 먹을 것을 찾으러 밖에 나갔다가 돌아오지 못한 이들은 넘쳐났다.

하나쯤 끼워 넣는 것은 일도 아니라는 의미였다.

그라만은 특유의 푸근한 인상과 동네 아저씨 같은 입담. 그리고 궂은일에 앞장서는 행동으로 병사들의 호감을 샀다.

또한, 어디서 구했는지, 풀뿌리 같은 것을 구해 나눠 주기도 했는데, 신기하게도 어느 정도 허기를 가시게 하는 효과가 있었다.

달각. 달그락.

가까워지는 발소리가 들려왔다. 걷는다기보다는 발을 끈다는 느낌이 드는 힘없는 발소리였다.

"왔군. 얼른 교대하고 들어가서 몸 좀 녹이자고."

그라만의 말에 마일스의 얼굴도 평상시대로 돌아왔다.

안에 있는 놈들에 대한 분노는 여전했지만, 그렇다고 그가 딱히 어떻게 할 방법이 있는 것은 아니었다.

막사 안의 놈들은 지휘관이었고, 기사였다. 게다가 굶주림으로 비쩍 마른 자신과는 달리 잘 먹기까지 했다.

괜히 홧김에 덤벼봤자 개죽음이라는 의미였다.

"마일스, 그라만 영감, 교대요."

한 병사는 입을 열기조차 힘겹다는 듯 말하며 창대에 기댄 채 아슬아슬하게 섰고, 다른 병사는 막사 쪽을 바라보며 고개를 내저었다.

"후우……. 저것들은 정말 힘이 남아도나……."

"냄새를 맡으니, 배가 더 고프네. 어디 떨어진 빵 부스러기라도 없나?"

교대로 온 병사들의 넋두리를 들으며 마일스와 그라만은 그곳을 벗어났다.

툭툭.

문득 옆구리를 치는 느낌에 마일스가 그곳을 바라보았다.

비쩍 마른 손에 뭔가가 들려 있었다.

'고기?'

마일스는 저도 모르게 침을 꿀꺽 삼켰다.

"흐흐흐. 아까 음식 들어갈 때, 몇 개 슬쩍 했지."

"아니, 그러다 걸리면 어쩌려고요. 아저씨, 죽으려고 작정했어요?"

토끼 눈이 되어서도 목소리를 낮춘 마일스의 말에 그라만은 누런 이를 드러내며 웃었다.

"얼른 삼키고 추워도 밖을 좀 돌아다니다 들어가라고. 냄새 풍기면 애들 눈 뒤집힐라."

그라만은 마일스의 손에 주먹만 한 고깃덩이를 쥐여준 후, 총총히 몸을 돌려 걸어갔다.

손바닥을 펴 고깃덩이를 바라보던 마일스는 누가 볼 새라 얼른 입에 집어넣고 씹어 삼켰다. 고깃덩이는 얼마 씹지 않아 녹듯이 사라졌고, 향긋한 육즙과 양념이 어우러진 채 식도를 넘어갔다.

꿀꺽.

"아아……."

마일스의 얼굴은 저도 모르는 사이 행복한 미소를 짓고 있었다. 오랜 굶주림은 무언가를 먹었다는 사실만으로도 마일스에게 극도의 행복감을 선사했다.

'그라만 아저씨. 고맙습니다.'

마일스는 주변 흙을 집어 손을 비벼댔다. 손에 묻은 냄새를 지우기 위함이었다. 그러고 나서도 한참 동안 요새 안을 배회하다가 소속된 막사로 들어갔다.

쿵쿵!

"야, 마일스. 혼자 뭐 먹었냐? 어? 이건 고기 냄샌데?"

냄새를 기가 막히게 잘 맡아 이름보다는 개코라는 별명으로 불리는 병사가 물어왔다. 코를 벌름거리며 물어오는 말에 마일스는 뜨끔하면서도 대수롭지 않게 대꾸했다.

"거하게 처먹는 돼지 놈들 옆에 있었으니, 냄새가 밴 거겠지."

"아……. 쓰불! 냄새라도 맡았으면 좋겠다."

"냄새만 맡는 거, 그거 고문이다. 배가 고프다 못해 아플 지경이니까."

마일스는 고개를 휘휘 내젓고는 자신의 침상에 누웠다.

꼬르륵.

뭔가를 먹었더니, 더 달라고 배가 요란을 떨었다. 그 덕분인지 마일스가 침상에 누운 다음에도 의심스러운 눈초리로 바라보던 개코의 시선을 잠재울 수 있었다.

"으음……. 그런데 왜 이렇게 눕자마자 졸리지?"

마일스는 급격히 무거워지는 눈꺼풀을 느끼며 잠들었다. 막사 안에는 보일 듯 말 듯한 연기가 피어오르고 있었다.

꿈을 꾸었다.

얼굴을 알 수 없는 어떤 인물이 둘둘 말린 종이를 찢자 순식간에 기사의 그것처럼 완전히 무장되었다. 그 인물은 그 모습을 몇 번이나 보여주었다.

– 어쩔 수 없이 강력한 적과 맞서 싸워야 할 때가 온다면, 이걸 사용하는 게 좋을 거야.

인물은 마일스의 품 안에 그가 사용하던 것과 같은 두루마리를 넣어준 후 홀연히 사라졌다.

"헉!"

다음 날 아침, 잠에서 깬 마일스는 화들짝 놀랐다. 단순한 꿈이라고 보기에는 너무도 생생했기 때문이다.

게다가 품을 더듬어 보자 불룩한 이물감이 느껴졌다. 꺼내 확인해 보니, 꿈에서 본 인물이 사용하던 두루마리였다.

'이건 대체……. 뭐지?'

놀람은 얼마 지나지 않아 사라졌다. 밖에서 들려온 요란스러운 소리 때문이었다.

퍽! 퍼억! 퍽!

"저러다 죽겠네. 죽겠어."

"그라만 영감, 그래도 좋은 사람이었는데……."

"왜 하필 돼지 놈들 것에 손을 대서 말이야."

목소리에 섞인 그라만이라는 이름은 마일스를 밖으로 뛰쳐나가게 했다.

"저건!"

마일스의 눈동자는 한껏 커져 있었고, 움켜쥔 주먹은 바르르 떨렸다. 어찌나 얻어맞았는지, 그라만은 어젯밤 그가 전해준 고깃덩이의 모습을 연상시킬 정도였다.

"벌레만도 못한 자식! 죽어라! 죽어!"

"감히 귀족의 물건에 그 더러운 손을 데? 아주 사지를 잘라주마!"

기사의 철 장화에 밟히느라 그라만은 이미 기식이 엄엄한 상태였으나, 기사는 기어코 검을 뽑아들었다. 자신이 한 말대로 사지를 잘라낼 모양이었다.

두근.

그 광경을 바라본 순간, 마일스는 가슴 깊은 곳에서 무언가가 끓어오름을 느꼈다. 그것은 단지 끓어 오름에서 그치지 않고 머리끝까지 솟구쳐 올라 폭발했다.

손이 절로 품을 더듬어 어젯밤의 두루마리를 꺼냈다. 그리고 힘껏 찢었다.

번쩍!

하얀 빛무리가 피어올랐고, 마일스가 있던 자리에는 검과 갑옷으로 완전무장한 기사가 서 있었다.

"엇! 뭐, 뭐야?"

"못 보던 기사님인데?"

마일스는 놀란 눈으로 바라보는 병사들의 시선을 외면한 채, 검을 뽑아든 기사를 향해 달려갔다. 어쩐지 모르겠지만, 달려갈수록 힘이 솟아나는 기분이 들었다.

"이! 빌어먹을 돼지 새끼야!"

"어? 저 목소리! 마일스 아니야?"

"그런데 마일스가 어디서 저런 갑옷을?"

마일스의 목소리에 몇몇 병사들이 반응을 보였고, 기사 역시 갑작스레 들려온 목소리를 듣고 달려오는 마일스 쪽으로 고개를 돌렸다.

"뭐냐? 지금 반란이라도 일으키겠다는 거냐?"

기사는 검을 들어 달려오는 마일스를 겨눴고, 마일스는 기사를 향해 멧돼지처럼 돌진했다.

검도 뽑아들지 않고 어깨를 세워 돌진하는 모양새는 장비에 비해 실력이 형편없는 자라는 것을 말해 주었다.

"뭐야? 그냥 버러지 중 하나인가? 어디서 훔친 장비인지는 모르겠지만. 이 몸이 잘 써주지."

기사는 비릿한 웃음을 머금은 채 비스듬한 각도에서 검을 찔렀다. 세워 들어오는 어깨를 피해 가슴 정중앙, 심장을 노린 일격이었다.

팅!

검이 튕겨 나갔다.

분명 정확히 흉갑 중앙을 찌른 것을 보았으나, 기사의 일격은 갑옷에 생채기조차 내지 못했다.

"이, 무슨!"

기사의 눈이 놀라움으로 물든 직후, 마일스의 어깨가 그의 가슴을 찍었다.

쿠당탕탕탕!

한참을 구른 기사가 어지러운 정신을 어쩌지 못하고 있을 때, 마일스가 그의 가슴에 올라탔다.

"이 빌어먹을 돼지 새끼! 죽어! 죽어! 죽어!"

제대로 된 전투 기술은 없었다. 그저 주먹으로 기사의 얼굴을 내리칠 따름이었다. 하지만 강철 건틀렛으로 휩싸인 그의 주먹은 이미 흉기나 다름없었다.

퍽! 퍼억! 퍽!

고기 다지는 소리와 함께 피와 살점이 튀었다. 마일스의 갑옷을 타고 붉은 핏물이 흘러내렸다.

"크아아악!"

기사의 비명에 호화로운 막사 밖으로 다른 기사 몇 명이 튀어나왔다.

"뭐야? 이런, 반역자 새끼가!"

그들은 검을 뽑아 이성을 놓은 채 기사의 얼굴을 짓이기고 있는 마일스를 향해 휘둘렀다.

챙강!

공격한 건 기사였건만, 부러진 것 역시 기사의 검이었다.

"무, 무슨!"

기사의 얼굴이 놀라움으로 물들었을 때, 곳곳에서 목소리가 터져 나왔다.

"에이! 씨발! 나도 더는 못 참겠다!"

"씨벌 돼지 새끼들! 오늘 완전히 때려잡아 버리자고!"

번쩍! 버번쩍!

곳곳에서 하얀 빛무리가 피어올랐다. 마일스와 마찬가지로 기묘한 꿈을 꾼 이들이 두루마리를 찢은 효과였다.

완전무장한 이들이 기사들을 향해 달려들기 시작했다.

딱히 기술이 있는 것도 아니었고, 체력이나 덩치가 좋은 것도 아니었다.

그러나 달려드는 병사들이 가진 단 하나의 무기가 있었다.

독기.

기사들의 검이 침범하지 못하는 갑옷과 기사의 갑옷을 통째로 잘라내는 검은 그저 그들의 독기를 표현하기 위한 수단일 뿐이었다.

서걱! 스겅! 푸욱!

"으아아악!"

"크아아악!"

처절한 단말마를 끝으로 기사들은 무너졌다.

남은 병사들은 살기등등한 얼굴로 호화로운 막사를 바라보았다. 그리고 누가 먼저랄 것도 없이 막사 안으로 뛰어들어갔다.

"뭐, 뭐냐! 너희가 이러고도 무사할 줄……. 끄아아악!"

가장 육중했던 돼지의 멱따는 소리를 끝으로, 요새 안의 소란은 잦아 들었다.

멀찌감치 떨어진 곳에서 모든 것을 지켜보는 인물이 있었다. 그는 병 속에 든 붉은 액체를 마시며 인상을 찡그렸다.

"끄응. 더럽게 아프군. 여러 번 할 짓은 못되겠어."

그라만이었다.

그는 고개를 몇 번 내젓더니 품에서 스크롤을 하나 꺼내 찢었다.

우웅! 우우우웅!

보통 사람은 듣기 어려운 미세한 진동음이 주위로 퍼져나갔다.

얼마 지나지 않아 일단의 병력이 요새의 문을 두드렸다. 커다란 수레를 몇 대나 끌고 온 이들이었다.

"라테스에서 나왔소. 보급이오."

정문에서 시작된 환호성이 요새 안을 들썩이게 했다.

조금 전 반란에 가까운 일이 일어났으나, 그들은 라테스에서 온 병력을 안으로 받아들였다. 그들의 복장이 마일스를 비롯해서 귀족과 기사들에게 덤벼든 이들의 것과 같았기 때문이다.

어찌 된 영문인지는 모르겠지만, 추위와 굶주림에 고통받던 이들에게 식량과 따뜻한 의복은 모든 의문을 무시할 수 있는 이유가 되었다.

"고생 많으셨소. 우리 영주님께서는 그대들과 같이 부

조리에 맞서 싸울 이들을 원하신다오."

비슷한 일은 곳곳에서 벌어졌다. 물론 하나같이 귀족회의 측 진영에서 벌어진 일이었다.

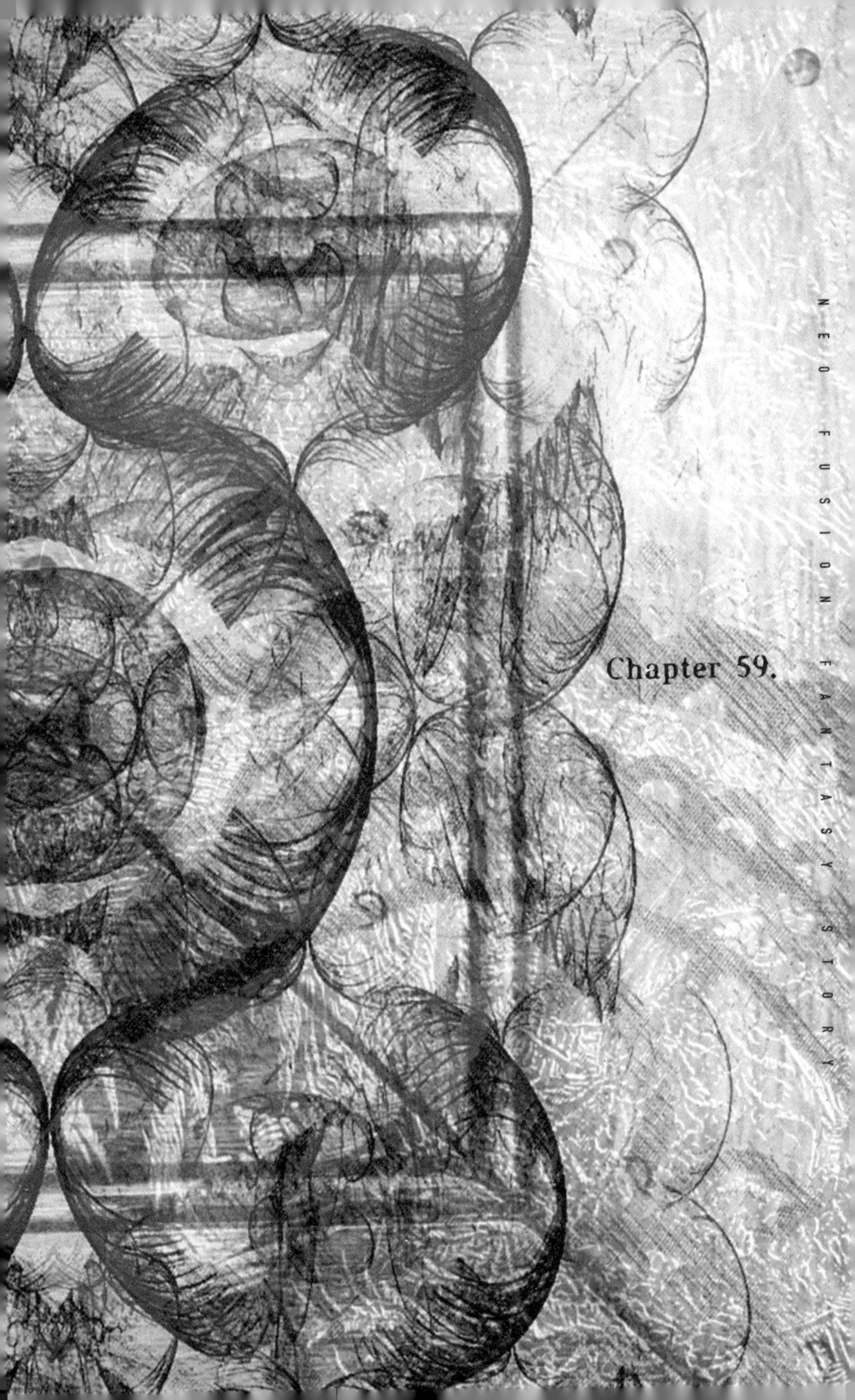

Chapter 59.

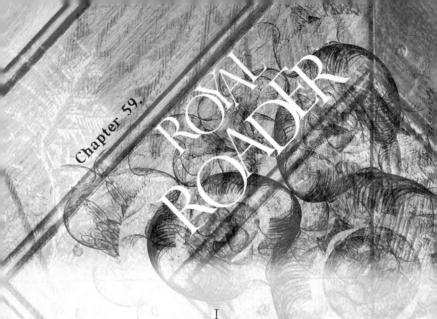

ROYAL ROADER

Chapter 59.

I

“이것은 무엇이오?”

크고 걸걸한 목소리가 들려왔다. 검은 로브를 뒤집어쓴 땅딸막한 인물의 목소리였다.

어두컴컴한 밀실에는 하나같이 검은 로브를 뒤집어쓴 삼 인이 테이블을 사이에 두고 둘러앉아 있었다.

중앙에 앉은 인물은 왜소했고, 그 좌측에 앉은 인물은 키가 크고 호리호리한 체구였다. 그리고 우측에 앉은 인물이 처음 입을 연 땅딸막한 인물이었다.

사이에 놓인 테이블 위에는 반짝이는 광채를 발하는 작은 보석이 몇 개 놓여 있었다.

“뭔가 힘이 느껴지기는 하는데 이상한데? 마나인 것 같기도 하고, 아닌 것 같기도 하고……."

좌측 로브가 말했다. 검은 로브와 어울리지 않는 맑고 투명한 목소리였다. 이에 중앙의 로브가 대답했다.

"마석이라고 이름 붙였소. 아이들을 통해 연구해보니 꽤 재미있는 결과가 나오더구려."

"재미있는 결과? 그게 무엇이오?"

우측의 땅딸보가 호기심을 담은 눈빛으로 중앙의 로브를 바라보았다.

"적당히 정제해서 먹여 보니, 평범한 인간이 몬스터와 같은 힘을 발휘하더구려."

"호오! 그게 정말이라면."

우측이 감탄사를 터뜨렸지만, 중앙의 목소리가 그의 말을 잘랐다.

"단, 시간이 지나면 괴물로 변하기는 하지만 말이오."

말을 마친 중앙의 로브가 음침한 웃음을 흘렸다.

"오호! 그런 일이! 이건 그야말로 완벽한 전사를 생산할 수 있다는 말 아닌가!"

우측 로브는 크게 감탄했고, 여기에 좌측 로브 역시 맑은 목소리로 맞장구쳤다.

"그거 대단한 발견인데요? 충분히 확보만 할 수 있다면, 나라 하나쯤은 순식간에 쑥대밭으로 만들 수 있겠어요."

세 로브 모두, 사람이 괴물로 변한다는 문제는 전혀 신경 쓰지 않는 눈치였다.

“그렇지 않아도 아이들에게 힘을 더 증폭시키는 법을 연구하라고 지시해 두었소. 결과가 좋으면 강력한 무기를 쥐게 되는 셈이지.”

“제대로만 된다면 숙원을 이룰 시간이 앞당겨지겠군요. 부디 연구에 성공하시길 빌겠어요.”

“그나저나 이건 어디서 발견되었나? 광물이라면 여태 못 본 것이 없다 자부하는 본인이지만 이것은 맹세코 처음 보는 물질인데.”

가운데 로브의 말에 좌측은 성공을 빌었고, 우측은 다시금 궁금증을 드러냈다.

“아아! 광물은 아니오. 대륙 서쪽 끄트머리에 있는 작은 반도에서 가져온 물건이니까.”

“그곳은… 에이서스인가 하는 이름이었던가?”

우측의 물음에 중앙은 고개를 가로저었다.

“아니, 그 바로 아래 크라인 왕국이라는 곳이오. 그곳에서 갑자기 발생한 몬스터가 죽으면서 남긴 물건이지.”

“갑자기 발생한 몬스터라고요?”

이번에는 좌측이 물었다. 호기심이 담긴 말투였다.

“이전에는 없던 종류의 몬스터가 나타났소. 아마 이 마석 만큼이나 흥미로운 일로 생각하오.”

로브에 가려진 중앙 로브의 눈이 빛을 발했다.

"원인은? 원인이 무엇인지 아나?"

우측의 물음에 중앙은 다시 고개를 저었다.

"지금부터 차근차근 알아볼 생각이오. 물건의 확보와 실험도 진행하면서 천천히."

"그럴 방법이 있다는 뜻으로 들리는군요."

"마침 딱 좋은 놈들이 있었소. 막다른 구석에 몰린 쥐새끼 같은 놈들이 말이오."

중앙과 좌측의 대화를 듣던 우측 로브가 뭔가가 생각난 듯, 손뼉을 치며 합세했다.

"참! 그쪽에 선조가 지은 고대 유적이 하나 있는 걸로 아는데. 그 산맥 이름이 기간테스였던가 할 텐데."

"기간테스? 인간들은 몬스터 산맥이라고 부르기는 하지만, 그쪽에 인간의 손길을 거부하는 커다란 산맥이 하나 있는 것은 분명하오."

중앙의 대답에 좌측에서 쏘는 듯한 목소리가 들려왔다.

"흥! 몬스터는 무슨! 몬스터보다 더 야만스러운 종족 주제에!"

"아무튼, 놈들이 접근할 수 없다니 더 좋군. 그럴 거면 아예 그쪽에 교두보를 만드는 게 좋지 않겠나?"

우측 땅딸보의 말에 중앙의 로브가 고개를 끄덕였다.

"나도 동감이오. 어쨌든 대강 방향은 잡혔으니, 이제 세부적인 것들을 논의해 보는 게 좋을 것 같소."

Ⅱ

휘이이잉.

싸늘한 칼바람이 녹색으로 물든 밀밭을 휩쓸고 지나갔다. 바로 옆 둔덕에는 하얀 눈이 쌓여 있건만, 밀은 한겨울 추위에도 아랑곳하지 않고 잘도 자라났다.

"하아……."

제닌은 영주성의 가장 높은 첨탑의 꼭대기에 앉아 아래를 내려다보는 중이었다.

"대체 왜 자꾸 이런 느낌이 드는 거지?"

한숨을 내쉰 원인은 그의 직감 때문이다.

"이 정도면 충분하잖아? 그런데 왜 계속 불안한 마음이 드는 거냐고?"

계속해서 발전해가고 있음에도, 그의 직감은 불현듯 불안감을 전해주었다.

개인적으로는 인텐시브 아우라를 발현하는 소드 룰러였다. 게다가 고급 검술도 익혔고, 아우라 컨트롤 역시 허공에 아우라의 검을 만들어내는 경지에 이르렀다.

일대일로는 설사 프라덴 후작과 다시 맞붙는다고 해도

지지 않을 자신이 있었다.

세력 역시 마찬가지였다.

개개인의 실력이 기사에 필적하는 병사가 오천이었다. 물론 어디까지나 순수한 병사의 숫자였고, 유사시에는 라테스의 주민 삼십만 명을 동원할 수도 있었다.

병사의 숫자가 적은 것이 흠이었으나, 이를 만회하기 위한 작전을 진행하고 있었고 벌써 어느 정도 성과도 있었다. 제국 점령지 내부에 남아 있던 귀족회의의 병력 중 삼분의 일 이상을 포섭하는 데 성공했던 것이다.

계획대로만 된다면 기사급 이상의 실력을 갖춘 순수한 병사로만 십만 이상을 양성할 수 있었다. 부족했던 숫자마저 넉넉하게 채울 수 있다는 의미였다.

그러면 제닌은 크라인 왕국은 물론이거니와 에이서스 제국에서도 쉽사리 넘볼 수 없는 힘을 가지게 된다.

'그런데 도대체 뭐가 부족하다고 그러는데?'

제닌은 이만하면 충분하다고 생각했다. 적어도 그가 꿈꿔왔던 이상을 이미 이뤄낸 것이다.

가족들은 안전했고, 풍족하고 여유로운 생활을 영위할 수 있었다. 인연이 닿았던 이들 역시 모두가 얼굴에 웃음꽃이 피어 있었다.

그럼에도 그의 직감은 계속해서 불안감을 표시했다. 문제는 그의 직감이 여태껏 한 번도 틀린 적이 없다는 것에 있었다. 이 말은 그가 느끼는 불안감이 언젠가 현실로 나타날 수 있다는 의미였다.

"하아……."

제닌은 한숨을 폭 내쉬며 [보이지 않는 손]을 사용했다.

몸이 둥실 떠올랐다.

'좀 날아 볼까?'

답답한 가슴을 달래는 데에는 비행이 최고였다. 그렇게 생각한 제닌이 막 날아가려 할 때였다.

"제닌. 거기에 있니?"

첨탑 꼭대기 층에서 온화한 목소리가 들려왔다.

"어머니?"

몸을 움직여 아래로 내려가자 아리안과 페트로의 모습이 보였다.

"이 녀석이, 애비는 보이지도 않는 게냐?"

"아! 아버지, 죄송해요. 그런데 무슨 일로 두 분이?"

"얼어 죽겠다. 감기 걸려 골골대기 싫으면 냉큼 안으로 들어와라."

툴툴거리는 페트로의 말투이기는 해도, 안에는 아들을 향한 걱정이 담겨 있었다. 제닌은 은은한 미소를 머금은 채 첨탑 안으로 들어섰다.

"다름이 아니라, 이제는 네게 말해줘야 할 것 같아서."

아리안이 차분한 목소리로 말을 꺼냈다.

"우리 라플라스 가문의 시조님에 관한 이야기란다."

"어? 우리 가문도 있었어요? 게다가 시조님?"

제닌은 눈을 둥그렇게 뜨며 되물었다. 여태껏 그는 자신의 가문이 있다는 말을 들은 적이 없었고, 생각도 하지 못했다. '성' 이 없었기 때문이다.

'적어도 가문이라 하면 최소한 성을 물려받아 써야 하는 것 아닌가?'

제닌이 이런 의문을 떠올릴 때 페트로가 말했다.

"사정이 있었다. 하지만 이제는 말해야 한다고 네 엄마가 계속 보채서. 커흠!"

"이이는……."

팔짱을 끼며 새치름하게 바라보는 아리안의 눈빛에 페트로는 헛기침을 터뜨리며 고개를 내저었다.

"아무튼, 우리 라플라스 가문의 시조님은 네가 어릴 적에 찾은 펜던트의 원래 주인이셨다."

"펜던트!"

제닌은 화들짝 놀라며 페트로를 바라보았다.

없었던 관심이 무럭무럭 자라나기 시작했다.

"아들, 혹시 펜던트가 건네는 말을 들은 거니?"

이어지는 아리안의 물음에 제닌은 더는 놀랄 게 없는 상황까지 치달았다.

"대, 대체… 무슨……."

Ⅲ

왕관을 쓴 인물은 눈매를 가늘게 좁힌 채 눈앞의 접시를 바라보았다.

“이게 그것인가?”

접시 위에는 김을 모락모락 피워내는 고깃덩이가 소스를 묻힌 채 놓여 있었다.

“아니, 대체 어쩌자고 몬스터 고기를 먹으려고 생각했단 말인가!”

노기가 느껴지는 국왕의 목소리에 맞은편에 앉아 있던 기사의 고개가 푹 수그러들었다.

“송구하옵니다. 폐하. 하오나, 그 당시에는 너무 배가 고파 눈에 보이는 게 없었사옵니다.”

“아니, 식량의 보급이 없었단 말이오? 라테스 남작에게 얻은 식량은 이미 충분히 얻었다고 생각했건만…….”

“폐하. 그전의 일이옵니다.”

“아! 그렇구려. 그때는… 어려운 시기였겠구려.”

노신의 대답에 그제야 국왕은 의문이 풀린 얼굴이었다.

“헌데, 이번에 나타난 몬스터는 죽으면 사라진다고 하지 않았소? 어떻게 고기를 먹을 수 있었소?”

기사는 잠시 국왕의 눈치를 보다가, 국왕의 옆에 시립해 있던 노신이 고개를 끄덕이자 입을 열었다.

"당시 요새에 머물던 신들도 많이 고민했습니다. 그런 끝에 몬스터가 죽으면 사라진다는 점에 주목했습니다. 죽으면 사라진다는 말은 곧, 죽지 않으면 사라지지 않는다는 말과 같지 않사옵니까?"

"설마!"

국왕이 눈을 치뜨며 기사를 바라보았다. 어느 정도 눈치챈 모습이었다.

"몬스터가 살아 있는 채로 사지를 잘라냈습니다. 그리고 곧바로 구워 먹었습니다."

"그런 잔혹한 짓을. 가축도 고기를 먹기 위해서는 숨을 끊어 주는 게 자비이건만……."

혀를 차는 국왕에게 노신이 조용히 말했다.

"폐하. 사흘 굶은 귀족은 도둑질도 마다치 않는다 했습니다. 저들이 오죽했으면 몬스터 고기에 손을 댈 생각을 했겠습니까?"

"허어……. 모든 게 짐의 탓이구려. 내가 부족한 탓에 내 병사들이 굶주렸던 게야."

국왕의 한탄에 맞은편의 기사는 얼굴이 파랗게 굳어진 채 바닥에 엎드렸다.

"폐하! 절대로 폐하의 탓이 아니 옵니다! 모든 것은 사악한 귀족회의에서 농간을 부린 탓이옵니다!"

"그들 또한, 내 신하인 것을……. 그들의 마음을 헤아리지 못하고 관리를 소홀히 한 내 잘못이지……."

"크흠. 폐하, 그것보다 시식해 보시는 게 어떻사옵니까? 이 자리는 놀라운 사실을 발견해낸 신하를 치하하는 자리이옵니다."

계속되는 국왕의 한탄에 노신이 적당히 분위기를 수습했다. 그러자 국왕도 한탄하던 표정을 풀고 눈앞의 고깃덩이에 주목했다.

포크와 나이프를 들고 고기를 적당한 크기로 자른 다음, 포크로 찍었다. 그것을 들고 바라보던 국왕은 나직이 한숨을 내쉬었다.

"후우……."

겉보기는 동물의 고기와 다를 바 없었으나, 이미 몬스터의 고기임을 알기에 망설이는 것이다.

국왕은 눈을 질끈 감고 고기를 입에 넣었다.

맛은 생각보다 좋았다. 쫄깃한 육질과 씹을수록 배어 나오는 고소한 육즙은 웬만한 동물의 고기 이상의 맛이었다.

"호오……."

묘한 소리를 낸 국왕이 다시 한 조각을 잘라 먹었다. 그의 손동작이 점차 빨라지기 시작했다.

그러던 어느 순간, 국왕이 눈을 부릅뜨며 벌떡 일어섰다.

"이, 이것은! 이, 이런 힘이!"

국왕은 놀란 얼굴로 자신의 양손을 내려다보았다.

어디선가 정체를 알 수 없는 힘이 솟아났다. 그것은 국왕의 온몸을 휘돌며 활력을 깨우고, 힘을 더해 주었다.

기분 대로라면 젊었을 적 이상의 힘을 낼 수도 있을 것만 같았다.

국왕은 한 손으로 식탁 모서리를 쥐었다. 그리고 천천히 힘을 가했다.

드드득. 콰지직!

손에 쥔 모양으로 찌그러지던 모서리가 국왕의 손길에 완전히 뜯어져 나왔다.

"허어! 이런 일이 있나! 이건 정말!"

몬스터 고기는 맛도 좋았지만, 효과는 더더욱 좋았다.

놀라움에 말조차 제대로 잇지 못하는 국왕의 모습에 맞은편 기사의 얼굴도 환해졌다.

"그런데 지속시간은 얼마나 되던가?"

노신이 물음이었다. 국왕은 여전히 넘쳐나는 힘을 주체하지 못해 나이프를 구부리다 못해 동그랗게 말거나, 은접시를 접는 등의 행동으로 식기를 망가뜨리고 있었다.

안절부절못하는 얼굴로 옆에서 지켜보는 시녀들의 모습이 안타까울 정도였다.

"몬스터는 재생력이 뛰어나 대여섯 시간 정도면 잘려나간 사지를 회복합니다. 사지가 완전히 회복되었을 때, 저희 몸에 들어왔던 힘도 빠져나갑니다. 그와 더불어 이후로 한두 시간 정도는 무력감에 휩싸여 제대로 된 힘을 발휘하기 어렵습니다. 이것은……."

"과도하게 힘을 사용한 탓인지. 그나저나 힘을 유지할 시간이 조금 더 길었으면 좋으련만……."

노신은 기사의 말을 자르며 고민하는 표정을 지었다.

몬스터 고기에 놀라운 효과가 있다는 것은 증명되었지만, 안타깝게도 지속시간이 너무 짧았다.

"전투 직전에 먹고 나가면 시간은 문제없습니다. 다섯 시간 안에 끝내면 되는 일 아니겠습니까?"

자신감 넘치는 기사의 대답에 노신도 고개를 끄덕였다.

"하긴, 초반에 강력한 힘으로 적의 기선을 제압하면 되겠군. 어차피 전투는 기세의 싸움이니."

"정확하십니다."

"힘의 증폭이 정확히 얼마만큼 이루어지는지 확인해 보았나?"

옆에서 국왕이 힘자랑에 한창이었으나, 중요한 것은 전투에 얼마만큼의 효용이 있느냐 하는 점이었다.

"아쉽게도 경지의 상승까지는 불가능했습니다. 다만, 이제 막 고위기사에 오른 이들이 고기를 섭취하면 하이어 직전에 놓인 고위기사와 대등하게 맞붙을 수 있었습니다."

"대단하군!"

노신은 고개를 끄덕였다. 단순히 고기를 섭취하는 것만으로도 그 정도의 효능을 보이는 것은 그의 말대로 정말 대단한 일이었다.

"정말 대단한 발견이네. 이것을 발견한 자네에게는 폐하께서 차후에 크게 치하하실 것이네. 최소한 남작 위 이상은 받을 수 있도록 내 폐하께 건의 드리겠네."

"늘 왕국을 생각하시며 폐하께 충정을 다하시는 빌런 공께 감사드립니다."

"고마워할 일이 뭐 있겠나. 당연한 것을. 자네는 정말 왕국에 커다란 일을 해낸 게야."

기사는 노신을 향해 깊숙이 고개를 숙인 후, 물러났다.

"허어! 이게… 갑자기 왜……."

식탁 위의 식기들을 거의 고철 수준으로 만들던 국왕이 당황한 소리를 냈다.

몸에서 갑자기 힘이 빠져나간 탓이었다. 그래서인지 국왕의 안색은 약간 피곤한 듯 보였다.

"폐하, 아무래도 시간이 다 된 듯싶습니다."

"아까 기사의 보고로는 대여섯 시간 정도는 충분하다고 들은 것 같은데. 내가 잘못 들은 겐가?"

"제대로 들으신 것이 맞습니다. 다만, 폐하께서 드시기 좋도록 요리를 하는 데 들어간 시간이……."

기사들이야 대충 구워 먹어도 되지만, 일국의 국왕에게

올릴 음식을 그렇게 만들 수야 없었다.

몬스터 고기라는 생소한 재료를 가지고 왕실 요리장이 얼마나 고심했을지 노신은 굳이 보지 않아도 알 수 있었다.

"허허! 레오딘 그 사람도 고민깨나 했겠군. 갑자기 몬스터 고기를 들고 와 요리를 하라 했으니. 그래도 역시 레오딘이야. 정말 기가 막히게 맛있었거든."

껄껄 웃는 국왕의 모습에 노신 역시 빙그레 웃음을 지었다. 레오딘은 왕실 요리장의 이름이었고, 노신과 마찬가지로 국왕과 어렸을 적부터 친분을 다져온 인물이었다.

자리가 자리인 만큼 아무에게나 국왕의 입에 들어갈 음식을 만들게 할 수는 없는 노릇이었다. 가장 빈번하게 일어나고 손쉬운 암살 방법이 바로 독살이었기 때문이다.

이 때문에 크라인 왕국 왕실에서는 왕세자 시절부터 근위 기사단장을 역임할 기사와 수족의 역할을 할 조신이 될 인재, 그리고 요리장을 맡을 인재를 뽑아 함께 생활하며 친분을 다지게 하는 것이 관례였다.

"그나저나 크라티아 내부는 이제 거의 정리가 끝난 건가?"

국왕이 물음에 노신은 고개를 숙이며 대답했다.

"그렇사옵니다. 절반가량은 탈출했으나 나머지 절반가

량은 붙잡아 지하 감옥에 가둬뒀습니다. 지금쯤 정보 수집을 게을리 한 것을 땅을 치며 후회하고 있을 것입니다. 또한, 귀족회의 측의 저택과 가산을 몰수해 왕실 자금이 다섯 배 이상 불어났습니다."

"다섯 배나? 허어!"

그들이 수단 방법을 가리지 않고 재물을 끌어모으는 것은 국왕도 아는 사실이었다. 그런데 그 양이 왕실 자금의 다섯 배나 될 줄은 꿈에도 생각지 못했다. 게다가 더욱 놀라운 점은 얼마 전 제닌에게서 장비를 사들이느라 상당한 자금을 소모하고 난 이후에도 그 정도가 남았다는 사실이었다.

"그들에게 대비할 시간을 주지 않고 기습적으로 일을 벌인 것이 주효했습니다. 물론 새로 발견해 낸 몬스터 고기의 효과도 톡톡히 봤지요. 그 방법이 없었더라면 훨씬 많은 희생을 치르고도 지금의 절반의 성과도 얻지 못했을 것입니다. 더불어 앞으로 흘려야 할 피의 양도 훨씬 늘어났겠지요."

노신의 말에 국왕도 고개를 끄덕이며 수긍했다.

"대단하군. 조금 전의 기사에게 상을 내려야겠는데, 뭐가 좋겠는가?"

"일단 왕국에서 귀족회의 세력을 일소한 뒤, 자작 위를 수여하는 게 어떨까 생각하옵니다."

"자네가 알아서 해 주게. 그때가 되면 주인 없는 영지가 남아돌 테니, 적당한 영지도 골라 주고."

"폐하의 뜻대로 하겠나이다."

국왕은 깊숙이 절하는 노신을 바라보다가 문득 생각난 표정을 하며 물었다.

"라테스 쪽은 어떻게 되었나?"

"아! 조금 전 전령이 도착했는데, 흔쾌히 수락했다고 합니다. 폐하."

"잘 되었군. 그자가 조금 직설적이기는 해도 빈말할 사람은 아니니, 뒤통수 걱정은 덜었군그래."

웃음 띤 얼굴로 고개를 끄덕이는 국왕의 모습에 노신이 한 마디 덧붙였다.

"또한, 라테스로 보냈던 사신이 수십 대의 수레와 함께 돌아오고 있다고 합니다."

"수레? 설마……."

노신이 빙그레 웃으며 고개를 끄덕였다.

"장비라고 합니다. 일전에 근위기사에게 수여한 것과 성능이 같은 장비가 천 세트 이상이라고 합니다."

"허어! 그런 장비가 아직도 천 세트씩이나 남아 있단 말인가! 장비가 무슨 빵도 아니고, 대체 그런 성능의 장비를 어떻게 빵 찍어내듯 만들어 낼 수 있을까!"

국왕은 감탄한 표정을 지었으나, 노신의 표정은 살짝 어두워 보였다.

"어쩌면 왕국 내부보다 더 큰 문제가 될 수도 있습니다."

"하긴, 그자의 수완이 보통이 아니니……. 이래서 공주가 없는 게 한이란 말이지. 모름지기 가장 믿음직스러운 동맹은 혈연동맹 아니겠나?"

"지당하신 말씀이옵니다. 그래서 말씀이온데……."

낮게 목소리를 깐 노신의 목소리에 국왕은 호기심 어린 얼굴로 귀를 기울였다.

"그게… 그곳…의 힘도 되찾아 준다고 합니다."

"정말인가?"

국왕은 눈을 동그랗게 뜨며 되물었다.

"없으시다고 한탄하시기보다는, 늦었지만 지금이라도 만들어 보시는 게 어떨……."

노신은 채 말을 끝맺지 못했다. 말을 들어줄 국왕의 모습이 이미 바람처럼 사라졌기 때문이다.

휑하니 빈자리를 바라보는 노신의 얼굴에는 희미한 미소가 피어올랐다.

Ⅳ

"그러니까 우리 가문의 시조는 대단한 사람이었고, 큰 위기에 빠진 넥스트라 제국을 구해내 공작까지 된 사람이었다는 말씀이시죠?"

제닌의 물음에 페트로가 고개를 끄덕였다.

"그런데 시조님이 돌아가시고 세월이 흐르자 방계들이 갑작스럽게 반기를 들어 어쩔 수 없이 피신해 왔다는 말씀이신 거고요?"

이번에는 아리안을 향해 묻자 그녀도 고개를 끄덕였다.

페트로와 아리안 두 사람이 번갈아가며 설명한 내용은 상당히 길었다. 근 한 시간가량에 걸친 이야기였지만, 간단히 요약하면 그렇게 정리할 수 있었다.

"다급히 도망치는 와중에도 가보를 지켜낸 것이 천운이었지. 눈에 불을 켜고 가보를 찾는 방계들의 시선을 피하느라 이렇게 대륙 반대편까지 오기는 했지만……."

아리안이 말하는 가보는 당연히 펜던트였다. 지닌 자에게 온갖 불행을 가져다주는 저주받은 펜던트.

가뜩이나 본가에서 쫓겨나듯 도망친 것도 억울한데, 가보랍시고 가져온 저주받은 펜던트는 대를 이어 전해지면서 수많은 사람을 불행으로 몰고 갔을 것이다.

물론 그런 것들이 쌓이고 쌓였기에 자신의 대에서 능력을 발현한 것이었지만, 그동안 선조들이 대를 이어받았을 고통을 생각하니 제닌은 기분이 별로 좋지 않았다.

'차라리 그걸 그냥 놓고 와 버렸으면…….'

비록 지금의 힘은 얻지 못하겠지만, 그와 가족이 받았던 불행은 겪지 않아도 됐을 것이다.

물론 지금도 나쁘지 않았다. 힘을 얻은 덕분에 가족을 보다 안전하게 지켜낼 수 있었기 때문이다. 그러나 애초에 펜던트가 없었다면 불행 자체를 피해 갈 수 있지 않았을까?

생각을 더해 갈수록 제닌의 얼굴은 서서히 굳어졌다. 그것을 바라보던 아리안이 생긋 웃으며 말했다.

"그래도 덕분에 네가 이렇게 큰 사람이 되었잖니? 그러니 그분들도 지금쯤 천국에서 기뻐하고 계시지 않을까?"

마치 마음을 다 알고 있다는 말투에 제닌은 괜스레 코끝이 찡해졌다.

"어머니……."

사실 아무것도 아닌 말이었다. 하지만 말이라는 것은 그것을 언제, 그리고 누가 하느냐에 따라 듣는 사람의 마음을 움직이는 법이었다.

"엄마라고 부르랬지?"

아리안은 짐짓 뾰족한 목소리로 말하며 다가와 제닌을 품에 안았다. 폭 안기기에는 이미 너무 커버린 제닌이었으나, 전해주는 느낌만큼은 어릴 때와 전혀 다르지 않았다.

따스하고 안락했다.

몸만 컸다고 어른이 되는 것은 아니다. 그리고 설령 어른이 되었다 해도 늘 넉넉하고 위안을 제공해 주는 것이 바로 부모님의 품이었다.

"크흠!"

헛기침 소리와 함께 모자 사이에 시커먼 팔이 하나 끼어들어 두 사람을 떼어 놓았다. 페트로였다.

"내 여자다만?"

"제 엄마거든요?"

두 남자 사이에 찌릿한 눈빛이 피어났다. 남편과 아들의 유치한 신경전에 아리안은 유쾌한 웃음을 피워 올렸다.

'다들 애라니까.'

"그런데 그들은 어떻게 산답니까?"

제닌은 문득 생각난 듯 물었다.

"아주 잘살고 있다고 한다. 공작 위도 확고하게 유지하고 있고, 황녀와의 결혼만 성사된다면 대공에 추대될 수도 있다고 했다. 십 년도 더 된 일이니, 지금쯤이면 이미 대공이 되었을지도 모르겠군."

페트로의 말투에서는 불편한 심기가 그대로 묻어났다. 직계를 몰아낸 방계가 승승장구하고 있다는 사실이 마음에 들 리가 없었다.

'가만둘 수는 없지.'

제닌 역시 마찬가지였다.

아예 몰랐다면 모를까, 알게 됐으면서도 가만히 있는 것은 자신이 호구임을 증명하는 짓이었다.

'베스란이 바빠지겠군.'

일단 베스란에게 정보 수집을 시킬 생각이었다. 거리가 멀어 시간이 좀 걸리겠지만, 넓고 깊을수록 좋은 게 정보력이었다.

'이거, 벌써 기대되는 데?'

제닌이 마음먹은 이상 보복은 이미 기정사실이었다. 다만, 수집되는 정보에 따라 보복의 방법이 결정될 뿐이었다.

설사 상대가 대공이 아닌, 황제라 해도 제닌은 그럴 능력이 충분했다.

'승패는 단순히 병력의 우열만으로 가려지는 게 아니니까.'

이번 전쟁을 통해 제닌이 얻은 것 중에는 여러 가지 깨달음도 있었다.

전쟁에서 병력의 규모는 물론 중요했다. 그러나 자신보다 강력한 병력을 상대하는 방법은 많았다.

싸움을 회피하며 소규모로 치고 빠지는 작전을 펼쳐도 좋고, 보급을 끊어 고사시키는 것도 좋았다. 이때 병력의 규모는 그 자신에게 독으로 돌아오게 된다.

또한, 거짓 정보로 상대방을 교란시켜도 되고, 몰래 잠입해 들어가 수뇌부만 처리해도 된다.

쉬운 방법을 여럿 두고, 굳이 어려운 싸움을 할 필요가 없다는 의미였다.

잠시 생각하던 제닌이 빙그레 웃었다. 그리고 페트로를 향해 넌지시 물었다.

"아버지. 왕 하실래요?"

"가, 갑자기 그게 무슨 소리냐?"

말까지 더듬는 것을 보니 적잖이 당황한 듯싶었다.

그런 페트로의 모습에 제닌은 입가에 서린 미소를 한층 짙게 드리우며 말을 이었다.

"라플라스 왕국. 재미있지 않겠습니까?"

"설마 그들에게 선전포고하는 거니?"

아리안이 걱정스러운 눈빛으로 되물었다.

"조금은 천천히, 충분히 알아본 다음에 일을 벌이는 것이 낫지 않겠느냐?"

페트로도 한 마디 덧붙였다.

그는 상인이었을 때부터 공격적인 상술보다는 꾸준한 수익을 낼 수 있는 안정적인 상술을 펼쳐 왔었다. 그랬기에 페트로는 제닌의 갑작스러운 결정이 성급해 보였다.

"어차피 점령지의 안정을 도모하고 민심을 끌어모으기 위해서라도 건국은 필요합니다. 그런데 국명도 없이 건국할 수는 없잖아요?"

"그렇기는 하다만……."

우려를 나타내는 페트로에게 제닌이 곧바로 덧붙였다.

"게다가 넥스트라 제국은 대륙 반대편에 있습니다. 설

사 그자들이 그곳의 황제가 됐다 해도, 이곳에 병력을 보내려면 최소한 몇 년은 걸린다는 말이죠. 그런데 그 시간이면 왕국 전역을 완전한 철옹성으로 구축할 수도 있거든요? 저는 오히려 그자들이 이쪽으로 와줬으면 좋겠습니다. 굳이 귀찮게 찾아가지 않아도 좋으니까."

자신감 넘치는 제닌의 말에 페트로는 대꾸하지 못했다.

강한 자신감은 만용일 수도 있겠지만, 페트로는 제닌이 어렸을 적부터 생각이 많은 아이였음을 알고 있었다.

또한, 제닌은 아무것도 없는 상황에서 무려 일국을 세울 수 있을 정도의 세력을 일궈냈다. 신중한 판단과 기발한 생각이 뒷받침되지 않았다면 결코 불가능한 일이었다.

'정말 그렇게 자신이 있는 게냐?'

페트로는 잠시 제닌의 얼굴을 바라보다가 고개를 끄덕였다. 총기가 담긴 눈동자는 분명 그 뒤의 일까지 생각하고 있는 것으로 보였다.

만약 페트로가 제닌이 이뤄놓은 것들을 직접 보고 경험해보지 않았다면 그런 판단을 내릴 수 없었을 것이다.

그가 보기에 이곳 라테스는 낙원이었다.

단지 제닌이 아들이라 감싸는 게 아니라, 이곳에 사는 다른 사람들이 입을 모아 하는 말이 낙원이었다. 오랜 전쟁에 시달려 피폐해진 사람들의 몸과 마음을 치유해 주는 이상향.

이곳에는 수탈이 없었고, 도둑이 없었다. 또한, 이곳에는 굶주림이 없었으며 병자 또한 없었다.

물자는 마르지 않는 샘처럼 써도 써도 계속 솟아났다.

한겨울에 농사를 짓는 말도 안 되는 일이 벌어졌고 또, 그것을 단 하루 만에 수확하는 더 말도 안 되는 일이 벌어졌다. 앞으로 최소한 식량이 부족할 일은 없다는 의미였다.

무엇보다 이곳에는 가난한 자들의 희망이 있었다.

아이들을 가르치는 학교가 바로 그것이었다.

비록 자신들은 별다른 목적 없이 아등바등 살지만, 그런 삶을 자식에게까지 물려주고 싶은 부모는 없었다.

학교는 아이들보다는 그들의 부모에게 더욱 커다란 꿈과 희망이 되었다.

손재주가 좋으면 대우가 좋은 장인이 될 수도 있고, 계산에 능하면 상인이 될 수도 있었다.

검술에 재능을 보인다면 기사가 될 수도 있었을 뿐만 아니라, 자질만 허락된다면 생각만으로도 경외감이 느껴지는 마법사가 될 수도 있었다.

물론 뒤로 갈수록 더 좋겠지만, 앞의 두 가지 가능성만으로도 충분했다. 지금껏 하층민으로 살던 이들로서는 꿈도 꾸지 못할 일이었기 때문이다.

집? 완벽하다는 말이 부족할 정도였다.

제닌이 사람들에게 제공한 공동주택은 비록 귀족의 저택만큼 넓지는 않았으나, 귀족들도 탐낼 정도로 훌륭한 편의시설을 갖추고 있었다.

성벽은 또 어떠한가?

높이도 높았을뿐더러, 튼튼했다. 게다가 성벽 밖으로 돌출한 방어탑은 침공하는 적에게 무려 마법을 날릴 수 있었다. 처음 머물었던 요새에서 페트로는 몬스터를 향해 불덩이를 날려대는 방어탑의 위력을 목격한 바 있었다.

마지막으로 병사들의 수준.

페트로는 굳이 병사들까지 논하지 않아도 충분하다고 생각했다. 솔직히 길거리를 뛰어다니는 아이들과 빵을 굽는 아낙마저 다른 곳의 병사들보다 훨씬 강력한 전투력을 가지고 있었기 때문이다.

'어?'

여기까지 생각한 페트로의 눈빛에 의문이 떠올랐다.

'이 정도면, 오히려 자신감이 없는 편이 더 이상한 지경 아닌가?'

처음에는 그저 막연한 불안감 때문에 반대했지만, 하나하나 따지고 보니 반대의 이유가 없을 정도였다.

'만약 앞으로 세울 왕국의 전 지역을 이곳 라테스처럼 만든다면?'

설사 어떤 적이 몰려와도 충분히 막아낼 수 있다는 생각이 들었다.

'이 녀석이 이렇게 컸었나?'

페트로는 새삼스러운 얼굴로 제닌을 바라보았다.

어쩐지 미덥지 못했던 아들의 모습이 이제는 우뚝 선 거인의 그것처럼 보였다.

"어? 아버지. 왜 그러세요?"

페트로의 시선에 의문을 느낀 제닌이 물어왔다.

"믿으마."

페트로는 제닌의 어깨를 두드리며 말했다.

"예?"

페트로의 뜬금없는 소리에 제닌은 눈을 둥그렇게 떴다. 그런 제닌에게 페트로가 한 마디 덧붙였다.

"무겁게 움직이거라. 네 어깨엔 앞으로 네가 다스릴 수백 만의 생명이 달려 있음이니."

"이이는. 조심하라는 말을 뭐 그리 돌려 말하세요?"

아리안이 특유의 온화한 미소와 함께 제닌을 품에 안았다.

"아들. 항상 조심하렴. 엄마는 네가 짊어질 수백 만의 사람보다 우리 아들이 몇 배는 더 소중하니까."

"아…… 예……."

제닌은 어쩐지 얼굴이 화끈거려 제대로 대답할 수 없었다.

"크흠!"

헛기침 소리와 함께 다시금 시커먼 팔이 두 사람 사이에 끼어들었다.

"아들아, 다시 말하지만 내 여자다만?"

"저도 다시 말씀드리지만, 제 엄마거든요?"

Chapter 60.

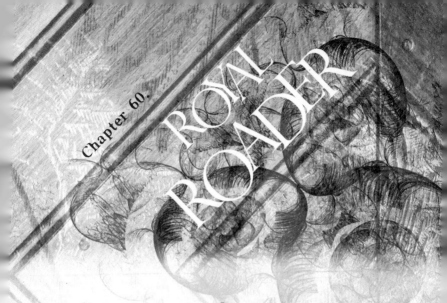

Chapter 60.

ROYAL ROADER

I

“이보게 부관. 저거 보이나?”

화려한 갑옷을 차려입은 인물이 한 곳을 가리켰다. 눈에 띄게 동요하는 표정에 옆에서 말을 몰던 인물도 고개를 돌려 그가 가리킨 곳을 바라보았다.

멀리 연녹색으로 물든 지역이 보였다.

“서, 설마! 저건!”

부관의 입에서 놀란 음성이 터져 나왔다.

한겨울에 쑥쑥 자랄 풀도 없겠지만, 부관은 저것이 단순한 풀이 아니라는 생각이 들었다. 연녹색으로 물든 지역은 네모 반듯한 사각형을 형성하고 있었다. 자연적으로 생긴 풀밭이라기보다는 무언가 인위적인 손길로 만들어진 것이라고 보는 편이 타당했다.

그런 생각은 부관에게 또 다른 의미를 전해 주었다.

'저건 밭이야. 곡식이 자라는 밭!'

부관은 그렇게 확신했다.

'그런데 설마, 내가 계절을 착각한 건가?'

한편으로는 이런 의문도 들었다. 지금이 봄이 아닌가 하는 의문이었다.

하지만 그런 생각에 뒤를 돌아본 부관은 병사들이 지나온 길 양옆으로 펼쳐진 하얀 벌판의 모습을 확인했다.

휘이이잉.

때마침 불어온 바람이 전해준 한기가 지금이 한겨울이라는 것에 한 표를 더해 주었다.

"아니, 대체 어떻게 한겨울에 곡식이 자란단 말입니까?"

"나도 그게 의문일세. 하지만 그 의문보다 더 중요한 게 있다네. 그렇지 않은가?"

화려한 갑옷의 물음에 순간 부관의 머리를 스친 생각이 있었다.

"사령관 각하! 저것을 우리가 차지하면, 앞으로 한동안 식량 걱정은 할 필요가 없을 겁니다!"

"바로 그 말일세."

사령관이 빙긋 웃으며 고개를 끄덕일 때였다.

두두둑. 두두두둑.

멀리서 들려온 소리와 함께 그들을 향해 다가오는 한 무리의 인마가 보이기 시작했다.

"라테스 주둔군인가? 그라함 자작이 무슨 마법을 부린 건지는 모르겠지만, 아무튼 잘 됐군. 잘 됐어."

사령관의 입가에 의미를 알 수 없는 미소가 스쳐 갔다.

"각하, 저들을 어떻게 할까요?"

"일단 우릴 어떻게 본국으로 데려갈 것인지, 들어는 봐야 하지 않겠나?"

"예. 그럼, 그렇게 준비하겠습니다."

Ⅱ

"흐음. 방향이 이쪽이면 파이렌 방면군일 텐데……."

턱을 쓰다듬는 그라함 자작의 미간이 살짝 일그러져 있었다.

조금 전 대몬스터용으로 지은 요새에서 전령이 당도했다. 북쪽과 북서 방향에 자리 잡은 요새 사이로 대규모 병력이 나타났다는 소식이었다.

라테스를 감싸며 오각형으로 지어진 요새는 각각 북, 북서, 남서, 남동, 동북 방위를 차지하고 있었다. 그리고 각 요새에는 다가오는 적을 발견하기 위해 높다랗게 솟은 망루가 있었다. 그 덕분에 적이 요새를 발견하기도 전에 먼저 적을 발견하고 전령을 보낼 수 있었다.

"베르헨 백작. 그자는 영 껄끄러운데 말이야."

베르헨 백작은 파이렌 방면군을 이끄는 사령관이었다. 그리고 그라함 자작이 미간을 찌푸린 이유는 베르헨 백작이 겨로 만만치 않은 인물이라는 점에 있었다.

게다가 가장 큰 이유는, 그라함 자작과 그가 예전부터 알력이 있었던 사이라는 점이었다.

'어쨌든, 일단은 보고부터.'

예전 같았으면 모든 판단을 사령관인 자신이 해야 했으나, 지금은 달랐다. 그를 대신해서 판단해 줄 사람이 있었다.

그라함 자작은 머리를 휘휘 내저으며 제닌이 머무는 집무실로 향했다.

"그러니까 속을 알 수 없는 자라고?"

"어쩌면 이곳을 침공하려 들 수도 있습니다."

"정말?"

재미있겠다는 표정이 제닌의 얼굴에 떠올라 있었다. 굳이 말하지 않아도 그라함 자작은 제닌의 표정 안에 한 판 붙어 보고 싶다는 의미가 담겨 있음을 느낄 수 있었다.

그라함 자작은 작게 한숨을 쉬며 말을 더했다.

"하지만 영주님. 베르헨 백작은 엑셀시어에 오른 실력

자이고, 휘하에 하이어 급 기사들을 다수 이끌고 있습니다. 게다가 그 근방의 병력을 모두 이끌고 왔다면 최소한 칠, 팔만 정도는 될 것입니다."

"근데 뭐?"

제닌의 태연한 대꾸에 그라함 자작은 아차 싶은 생각이 들었다.

'영주님은 소드 룰러셨지. 게다가 이곳의 병력은 숫자 따위는 가뿐히 짓밟아 버릴 수준이고.'

이곳에는 단 오천으로 오만에 달하는 라테스 주둔군을 상대했던 병력이 있었다. 그것은 이미 싸움이 아니었다. 일곱 번을 싸워 피해 없이 일곱 번을 이겨 버렸으니, 이는 전투가 아닌 거의 농락에 가까운 수준이었다.

게다가 실력자들은 소드 룰러인 제닌이 직접 처리하면 그걸로 상황은 끝이었다.

이대로면 웬만하면 전투를 피하라는 설득이 오히려 부추기는 결과를 낳을 수도 있었다.

'아니지. 아니야. 그건 그저 의미 없는 희생일 뿐이야.'

그라함 자작은 대화의 방향을 돌릴 필요성을 느꼈다.

"영주님. 이곳의 제국군을 굳이 휘하로 받아들이지 않는 이유가 제국의 혼란에 있는 것 아니었습니까?"

"호오! 벌써 거기까지 눈치챘어? 역시 생각을 좀 할 줄 안다니까! 내가 역시 사람 보는 눈은 좀 있다니깐!"

"생각만 조금 할 수 있다면, 추론은 어려운 일이 아닙니다."

겸양하는 그라함 자작의 말에 제닌은 고개를 가로저었다.

"문제는 그 생각을 조금 할 줄 아는 사람이 내 주변에는 얼마 없다는 거야. 아무튼, 그래서 이왕이면 더 많은 숫자를 제국에 밀어 넣는 편이 좋다는 말을 하고 싶은 건가?"

핵심을 꿰뚫는 제닌의 말에 그라함 자작은 굳은 얼굴로 고개를 끄덕였다.

"그런데 그러려면 문제가 있는데?"

"예? 무슨 문제 말씀이십니까?"

"방금 자기 입으로 말해 놓고도 모르는 건가?"

"제 입으로 말하다니……. 아!"

그라함 자작은 탄성을 내질렀다.

생각을 조금 할 줄 아는 사람이라면 제닌의 의도를 추론할 수 있다는 말과 조금 전 베르헨 백작에 대한 설명.

이 두 가지를 조합하자, 자연스럽게 베르헨 백작 역시 제닌의 의도를 파악할 수 있다는 결론이 나왔다.

"후우……."

긴 한숨을 내쉬는 그라함 자작의 모습에 제닌은 빙긋 웃으며 말했다.

"직접 가 봐. 가서 좋은 말로 잘 설득해 봐."

"하지만 그는……."

만약 베르헨 백작이 이곳을 침공을 생각을 먹었다면, 그라함 자작은 공격 받거나 그곳에 억류될 가능성이 높았다.

"그래서 가보라는 거야."

웃음 띤 제닌의 말에 그라함 자작은 순간 등줄기가 싸늘하게 식는 느낌을 받았다.

'빌미! 수뇌부를 제거할 빌미를 마련하기 위해!'

제닌의 말은 이를 위해 자신을 일종의 미끼로 사용하겠다는 말이었다.

"죄 없는 병사들 수천을 죽이는 것보다는, 죄 많은 수뇌부 몇 명만 깔끔하게 없애는 게 좋잖아? 안 그래?"

"그, 그렇지요……."

그라함 자작은 떨떠름한 얼굴로 답했다.

"참고로 말하자면, 나는 다른 놈들처럼 부하를 소모품으로 생각하는 게 아니야. 즉, 당신이 그곳에 가도 절대적으로 안전하다는 말이지."

제닌을 말과 함께 두루마리 종이를 내밀었다.

"이것은 무엇인지……."

"가지고 있다가, 낌새가 이상하면 바로 찢어. 그러면……."

"그러면 어떻게 된다는 말입니까?"

슬쩍 말꼬리를 흐리는 제닌의 태도에 그라함 자작이 되물었다. 그러나 제닌은 빙글빙글 웃을 따름이었다.

"그건 나중의 즐거움으로 남겨 두지."

제닌의 말에 그라함 자작은 궁금증이 한층 커졌지만, 상관이 거절한 것을 계속 캐물을 수도 없는 노릇이었다.

그렇게 궁금증을 품은 채로 그라함 자작은 몇 기의 인마를 이끌고 파이렌 방면군이 다가오는 곳으로 향했다.

그리고 근처에 다다르자 뒤따르던 인마들을 대기시킨 후, 홀로 앞으로 나섰다.

"호오! 이게 누구 신가? 그라함 자작 아닌가?"

베르헨 백작은 웃음 띤 얼굴로 그를 맞이했다.

"오랜만에 뵙습니다. 베르헨 백작님."

"그런데 일군의 사령관씩이나 되는 사람이, 이렇게 혼자 다녀도 되는 건가?"

이어지는 베르헨 백작의 말에 그라함 자작은 몸을 움찔거렸다. 혼자 다녀도 되냐는 물음에서 왠지 모를 위협을 느꼈기 때문이다.

"하하하! 뭘 그리 겁먹고 그러나? 내가 설마 아군을 어떻게 할 거라는 생각이라도 한 건가?"

'하고도 남지.'

솔직한 심정은 이랬으나, 그라함 자작은 그것을 겉으로 표현할 정도로 미숙한 인물이 아니었다.

"설마 그럴 리가요. 이렇게 보는 눈이 많은 곳에서 그런 악수를 두실 분은 아니지요."

그라함 자작의 뼈가 있는 말에도 베르헨 백작은 빙긋 웃으며 어깨를 으쓱해 보였다.

"그렇지. 멍청이도 그런 짓은 안 할 거야. 그러니 이제 안심하고 말을 해보는 게 어떤가? 우리를 어떻게 본국으로 데려갈 것인지."

다짜고짜 본론을 꺼내는 베르헨 백작. 그의 말 속에는 그라함 자작이 겁을 먹어서 이야기가 지체되었다는 의미가 담겨 있었다.

'역시 껄끄러운 상대야.'

그라함 자작은 살짝 찌푸렸던 미간을 풀며 대답했다.

"몬스터 산맥을 관통하는 고대의 통로가 있습니다."

"고대의 통로?"

베르헨 백작은 얼굴을 찌푸리며 되물었다. 그의 얼굴에는 믿기지 않는다는 티가 팍팍 묻어났다.

"설마, 그 말을 믿으라는 소리인가? 그런 게 있었으면 지금껏 발견되지 않았을 리가 없다는 것쯤은 자네가 더 잘 알 텐데?"

지극히 당연한 소리였다.

에이서스 제국과 크라인 왕국은 대대로 사이가 좋지 않았다. 그래서 이 두 나라를 연결하는 협곡은 열려 있을 때보다 막혀 있을 때가 더 많았을뿐더러, 협곡을 통과하기 위해서는 양국 모두에 비싼 통행료를 지불해야 했다.

두 나라를 오가는 상인의 입장에서는 다른 길을 찾아보지 않을 이유가 없었다. 그러나 수많은 시도는 사상자만 남긴 채 모두 실패로 돌아갔다.

만약 그런 통로가 실제로 있었다면, 벌써 예전에 누군가가 발견했을 터였다.

"그럴듯한 이유를 대려면, 차라리 협곡을 막은 몬스터가 사라져 버렸다고 말하게."

멀쩡하게 잘 있던 몬스터가 갑자기 사라지는 것만큼 믿기 어렵다는 의미였다.

'그러고 보니, 그런 방법도 있었군!'

제닌은 모종의 방법으로 통로를 만들고 있다고 말했지만, 그라함 자작은 제대로 검증되지 않은 통로보다는 차라리 협곡의 몬스터를 제거하는 편이 훨씬 나을 것 같다고 생각했다.

'영주님이라면 가능하지 않을까?'

협곡의 몬스터는 강했다. 숫자 역시 많았다. 수백에 달하는 희생 끝에 그라함 자작이 얻어낸 정보였다.

하지만 제닌 역시 힘의 정점이라는 소드 룰러였다. 몬스터가 아무리 강력하다고 한들 충분히 상대할 수 있을 것으로 생각했다.

'아! 그러고 보니 일부러 토벌하지 않는 것일지도 모르겠군. 이곳을 정리하고 안정화할 시간을 벌기 위해서는 제국과의 길을 막는 편이 나을 테니까.'

"이보게, 무슨 생각을 그렇게 하는 건가?"

베르헨 백작의 목소리가 그라함 자작의 상념을 걷어냈다.

"아! 죄송합니다. 잠시 그때 일을 생각하느라. 저 역시 직접 보기 전까지는 믿지 못했다는 말씀을 드리려 했습니다."

"정말 그런 통로가 있다는 건가? 그렇다면 누군가가 그것을 발견하고 자네에게 알려줬다는 말인데. 그것은 대체 누구란 말인가?"

'여기서부터가 중요하겠지.'

그라함 자작은 마음을 다잡으며 마른 입술을 침으로 적셨다. 그리고 천천히 입을 열었다.

"이곳 라테스의 영주가 된 자입니다."

"영주가 된 자?"

베르헨 백작의 눈매가 가늘게 좁혀졌다. 그곳으로부터 뿜어진 날카로운 빛이 그라함 자작에게 쏘아졌다.

"그 말인즉슨."

그라함 자작은 침중한 얼굴로 고개를 끄덕였다.

"그자에게 패했습니다. 제가 지휘하던 라테스 주둔군 5만 명이."

"파핫! 푸하하하하!"

베르헨 백작이 느닷없이 폭소를 터뜨렸다.

"자네도 참 재미있는 농담을 하는군. 패배한 지휘관이 어찌 살아 있을 수 있단 말인가?"

비록 얼굴은 웃고 있었지만, 베르헨 백작의 눈빛은 비수처럼 날카로웠다.

"제가 어떻게 손을 쓸 새도 없이 저를 제압해 버릴 정도의 강자였습니다."

"푸헛! 그자가 무슨 소드 룰러라도 된다는 말처럼 들리는군."

그라함 자작은 대답하지 않았다.

이어지는 침묵은 한참을 웃어 젖히던 베르헨 백작의 웃음을 어느 순간 뚝 멎게 했다.

"진실로 소드 룰러였는가?"

"보석을 만들더군요."

그라함 자작의 차분한 대답에 베르헨 백작의 얼굴은 딱딱하게 굳어졌다.

보석, 또는 검의 보석.

아지랑이처럼 피어오르던 오러가 정제되고 압축되면 영롱한 빛을 띤 결정과 같은 모습을 띠게 된다.

바로 인텐시브 오러, 소드 룰러의 상징이었다.

그런데 검을 수련하는 이들은 인텐시브 오러라는 말보

다는 보석이란 말을 더 좋아했다. 여기에는 소드 룰러의 존재 가치가 보석보다 귀하다는 의미와 자신 역시 그것을 이루고 싶다는 바람이 담겨 있었다.

"자네가 착각한 것은 아니고?"

"예전, 폐하의 탄신 파티에서 뮤테르 공작님의 인텐시브 오러를 본 적이 있습니다. 제 목을 겨눴던 것은 분명 그와 같은 인텐시브 오러였습니다. 그자는 새벽을 틈타 소수의 별동대를 이끌고 라테스로 들어와 순식간에 성을 장악해 버렸습니다. 제가 미처 손 쓸 틈도 없었지요."

"이미 성을 점령했음에도 그자가 자네를 살려준 이유는 무언가?"

되묻는 베르헨 백작의 물음에 그라함 자작은 자조 섞인 웃음을 지으며 대답했다.

"대화가 통하는 상대를 원한다더군요. 물론, 저는 당연히 거절했습니다. 이미 폐하를 모시는 제가 어떻게 다른 주군을 모실 수 있겠습니까?"

"그래서?"

"그러자 그자가 내기를 제안하더군요."

"내기?"

베르헨 백작은 그라함 자작의 얼굴을 바라보았다. 그 내기의 대상이 그라함 자작임을 묻는 행동이었다.

"맞습니다."

그라함 자작은 씁쓸한 미소로 대답했다.

"자네는 자네 몸을 걸었다 치고, 상대는 무엇을 걸던가?"

"그자는 라테스 성을 되돌려주는 것과 더불어 산더미 같은 식량을 제시했습니다. 라테스 주둔군 5만 명이 최소한 몇 달은 버틸 수 있을만한 양이었습니다."

"호오!"

베르헨 백작은 호기심 어린 표정을 지었다.

지금 같이 보급이 끊긴 상황에서 무엇보다 절실한 것이 바로 식량이었기 때문이다.

식량에 생각이 미치다 보니 베르헨 자작은 잠시 잊고 있던 것을 떠올렸다.

"그런데 저기 있는 것은 어떻게 한 건가? 그자의 능력인가? 아니면 한겨울에도 싹을 틔울 수 있는 특수한 씨앗이 있는 건가?"

베르헨 자작은 멀리 보이는 밭을 가리키며 물었다. 그곳을 바라보는 그의 눈빛에는 감출 수 없는 탐욕이 묻어났다.

한겨울에도 곡식을 기를 방법만 알아낸다면 굳이 돌아갈 필요 없이 이곳에 계속 머무르며 점령지를 지키면 된다는 생각이었다.

"아! 그자가 말하기를 이름 모를 던전에서 괴짜 마법사가 발견한 마법의 씨앗을 얻었다고 합니다. 더욱 놀라운 것은 그 씨앗이 단 하루 만에 추수할 수 있을 정도로 성장이 빠르다는 점입니다."

"에끼! 이 사람아! 무슨 말도 안 되는 소리를! 그런 씨앗이 있다면 이 세상에 굶어 죽을 사람이 어디 있겠나!"

베르헨 백작은 버럭 화를 낼 때, 옆에 있던 부관이 조용히 말했다.

"각하. 그러고 보니 조금 이상한 것 같습니다. 저 밭의 색깔. 처음 봤을 때는 연한 녹색을 띠었는데, 지금은 완전한 녹색입니다."

"에이, 자네까지 왜 이러는가? 설마하니 그런 일이……."

믿기지 않는 얼굴로 밭쪽을 한 번 더 살펴보던 베르헨 백작의 눈이 어느 순간 급격히 커졌다. 의식하지 않아서 그렇지, 색깔의 변화를 생각하며 살펴보자 처음 봤을 때와는 확연히 달라진 점이 느껴졌기 때문이다.

'저곳을! 저곳만 손에 넣는다면! 그리고 그자가 가진 마법의 씨앗을 빼앗는다면!'

무한한 식량 생산이 가능하게 된다.

베르헨 자작은 가슴 속에 치밀어 오른 탐욕을 애써 누르며 화제를 돌렸다.

"그래서, 그 내기의 방법은 무엇이었는가?"

'후우! 결국에는 싸울 수밖에 없게 된 건가? 어떻게든 막아볼 생각이었지만, 쉽지 않군.'

베르헨 자작의 분위기가 변한 것을 느끼며 그라함 자작은 속으로 한숨을 내쉬었다.

"전투였습니다. 제가 지휘하는 라테스 주둔군 5만과 그자가 내보낸 병력 5천의 전투."

"그게 말이 되나? 아니, 그보다. 그럼에도 자네가 졌다는 말인가?"

베르헨 백작은 도무지 믿을 수 없다는 얼굴이었다.

대규모 전투의 승패는 대부분 병력의 규모로 결정지어졌다. 아무리 기발한 전략을 세워도 규모의 차이가 어느 정도 이상 벌어지면 승패를 뒤집기 어렵다는 말이었다.

그런데 무려 열 배의 병력 차이였다.

미치지 않고서야 상대가 그런 말도 안 되는 내기를 제안했을 리 없을뿐더러, 지휘관이 병사들에게 자살 명령을 내리지 않는 이상에야 패할 수 없는 전투였다.

"그야말로 완벽한 패배였습니다."

"완벽한 패해? 아니, 졌으면 진 것이지 완벽한 패배는 또 무언가?"

"그자의 병사들이 제 병사들을 모두 때려눕히고 포션으로 치료해 주더군요. 부상자는 많았지만, 사망자는 거의 발생하지 않았습니다. 그자는 그런 전투를 일곱 번이나 반복했고, 저는 모두 패배했습니다."

베르헨 백작은 어처구니가 없다는 얼굴로 그라함 자작을 바라보았다. 그의 표정은 이미 싸늘하게 굳어 있었다.

처음부터 끝까지 말이 되는 것이 하나도 없었다.

5천이 5만을 상대로 승리하는 것만 해도 말이 안 되건만, 죽이는 것도 아닌 제압을 했다고 한다. 그런 전투를 일곱 번이나 반복하다니.

게다가 포션은 또 무엇인가?

신전에 거액을 기부해야 간신히 한 병 얻을까 말까 하는 귀한 물건이 아니던가!

그런 물건을 고작 병사들에게 사용했다는 말인가? 거기에 무려 5만의 병력을 모두 회복시킬 정도로? 일곱 번이나?

"자네, 지금껏 소설을 썼군."

어쩌면 지금껏 밭이라고 생각했던 것도 곡물의 싹이 아닌, 침엽수의 잎을 따다가 촘촘하게 뿌려둔 것일 수도 있었다.

"그래? 이 몸을 농락하는 것이 그렇게 재미있던가?"

한기가 서려 있는 물음에 그라함 자작은 씁쓸한 웃음을 베어 물었다.

'역시, 영주님의 예상 대로구나. 하긴, 직접 겪어본 나도 말을 하면서 믿기지 않을 정도이니, 직접 보지도 못한 사람이 어떻게 믿을까!'

제닌은 굳이 말을 꾸며내라고 하지 않았다. 그저 그가 겪은 일을 사실대로 전해주라고 했을 뿐이었다.

직접 겪은 사실임에도 소설로 꾸며낸 이야기보다 더 소설 같았다. 말하고 있는 그라함 자작이 그런 생각이 들었으니, 듣는 베르헨 백작은 오죽하겠는가! 당장 검을 뽑아 휘두르지 않은 게 다행인 상황이었다.

'아마 영주님이 나를 직접 보낸 이유가 이런 반응을 이끌어 내기 위함이었다면.'

제닌의 의도는 완벽히 성공했다고 볼 수 있었다.

스릉.

서늘한 소리가 들려왔다. 베르헨 백작이 검을 뽑아든 채 그라함 자작을 죽일 듯 노려보고 있었다.

그 모습에 그라함 자작은 한숨을 폭 내쉬며 말했다.

"후……. 저도 직접 말씀드리다 보니, 도저히 믿을 수 없는 일이라는 것을 느꼈습니다."

"그런 말을 왜 했는가?"

"제가 직접 겪은 일이기 때문입니다."

"아직도 그런 말도 안 되는 이야기를 지껄이는 건가?"

검을 쥔 베르헨 백작의 손이 점차 위로 올라갔다.

"그런데 혹시 이런 생각은 안 해보셨습니까? 이왕 지어낼 거면 이런 어린아이도 속지 않을 허무맹랑한 이야기보다는 조금 더 그럴듯하게 꾸미겠다는 생각을 말입니다."

그라함 자작은 말을 하며 슬며시 품 안에 손을 집어넣었다. 그리고 이곳에 오기 전 제닌이 건넸던 두루마리의 끝자락을 잡았다.

"정말 진심으로 말씀드립니다. 이 모든 것은 제가 직접 겪은 사실입니다."

"유언으로 알지."

말과 함께 베르헨 백작은 검을 휘둘렀다.

쉬이익!

공기를 가르는 매서운 소리가 들려온 것은 그라함 자작이 이미 두루마리를 찢은 뒤였다.

파아아앗!

눈부신 빛무리가 그라함 자작의 몸을 휘감았다. 그 직후, 베르헨 백작의 칼날이 그곳을 훑고 지나갔다.

'뭐지? 갑자기 웬 빛이?'

단순한 빛뿐만이 아니었다. 무언가를 베었으면 응당 느껴져야 할 느낌이 손아귀에서 느껴지지 않았다.

"사라져?"

잠시 후 드러난 광경에 베르헨 백작은 휘둥그레 뜬 눈으로 사방을 둘러보았다. 하지만 어디에서도 그라함 자작의 모습을 찾아볼 수 없었다.

"부관, 자네도 보았는가?"

"보, 보았습니다."

부관은 얼빠진 얼굴로 고개를 끄덕였다.

"허어……. 사람이 갑자기 사라지다니……. 대체 어디까지 믿어야 한단 말인가?"

베르헨 백작은 허탈한 웃음을 흘리며 검을 쥔 손을 늘어뜨렸다. 하지만 얼마 지나지 않아 표정을 되찾았다.

'그러고 보니 그라함 자작의 말이 중요한 게 아니었군. 그것이 사실이든 거짓이든 변하지 않는 사실이 있으니까.'

베르헨 백작은 힘주어 검을 다잡으며 외쳤다.

"부관! 전투 준비! 라테스로 진격한다."

Ⅲ

"뭐해?"

제닌은 히죽 웃으며 두 눈을 질끈 감은 채 나타난 그라함 자작의 어깨를 손가락으로 두드렸다.

그라함 자작은 화들짝 놀라 손가락이 건드린 쪽을 바라보다가 제닌과 눈이 마주쳤다.

"헛! 영주님? 영주님이 왜 이곳에?"

"이곳이 어딘데?"

제닌의 말에 그라함 자작은 사방을 둘러보았다.

"엇! 이곳은!"

워낙 경황이 없던 터라 이곳이 정확히 어디인지는 알 수 없었다. 다만 사방을 둘러싼 벽과 천장으로 이곳이 실내임을 짐작할 따름이었다.

조금 전까지 그는 실외에 있었다. 그것도 베르헨 백작이 휘두른 검에 몸이 두 동강 나기 직전의 상황이었다.

아무래도 자신은 이야기 속에나 등장하던 공간 이동 마법을 경험한 듯싶었다.

믿기지 않았으나, 직접 경험한 일이다. 게다가 제닌을 만난 후 지금까지 그가 믿기지 않는 일을 겪은 것이 어디 한두 번이던가?

"대체 정체가 뭡니까? 정말 전설에나 나오는 드래곤이나 마왕 같은 존재이십니까?"

전설 속 드래곤은 인간 세상에 온갖 패악을 저지르다 결국 용사에게 토벌되는 존재였고, 마왕은 말할 것도 없는 인세의 재앙이다.

공통점은 물론 둘 다 악에 해당한다는 것.

"비유를 해도 꼭 그딴 것들로 해야겠어? 이왕이면 천사나 신의 사자 같은 것도 있잖아?"

"아무리 봐도 그건 좀……."

아무리 좋게 보려 해도 제닌은 결코 '선' 쪽에 놓일 사람이 아니었다. 만난 지 며칠 되지는 않았지만, 그 정도의 판단을 하기에는 충분한 시간이었다.

"뭐, 헛소리는 그쯤하고. 그쪽 반응은?"

"당연히 믿을 리가 없지요. 원래부터 그것을 원하시던 것 아니었습니까? 덕분에 칼 맞을뻔했습니다."

"이왕이면 상처 하나쯤 얻어 가지고 오는 게 더 좋았을 것을. 사람이 그렇게 겁이 많아서야 원."

그라함 자작은 혀를 차는 제닌의 모습에 역시 천사보다는 악마 쪽이 더 어울리는 사람이라고 생각했다.

"눈빛이 왜 그래? 어차피 물약 한 병이면 깨끗하게 나을 것, 이왕이면 확실한 빌미를 잡아 오는 게 낫겠다는 말이었는데."

"영주님에 대한 존경을 담은 눈빛이었습니다."

"이제 좀 살만한가 봐? 헛소리를 다 하고 말이야."

"이제 저도 적응해야 하지 않겠습니까? 어쩔 수 없이 앞으로 계속 영주님 옆에 있어야 하는 운명인데 적응하지 않으면 힘들어지겠지요."

'적응이라고 보기에는 좀 갑작스러운 면이 있지만.'

아무래도 조금 전 죽을 뻔한 상황이 그라함 자작의 태도에 변화를 일으킨 듯싶었지만, 어쨌든 소심하고 수동적인 태도보다는 훨씬 나았다.

"아무튼, 이제 한 판 붙으면 된다는 말이지?"

'으으……. 갑자기 왜 이리 춥지?'

그라함 자작은 왠지 모를 한기에 팔을 쓸어내렸다.

히죽 웃는 제닌의 얼굴을 바라본 직후였다.

Ⅳ

쿵. 쿵. 쿵. 쿵.

수만 명이 일제히 내딛는 걸음이 땅 울림을 일으켰다.

자로 잰 듯한 대오와 절제된 동작, 그리고 일사불란한 움직임은 그들이 훈련된 정예병이라는 사실을 주장했다.

"엇? 이건 설마……."

선두에 선 수뇌부가 녹색으로 물든 땅에 들어섰을 때였다.

눈을 둥그렇게 뜬 부관이 땅을 바라보며 놀란 음성을 토했다.

"가, 각하! 밀입니다! 이건 밀이 분명합니다!"

귀족 중에는 밀이 어떻게 생겼는지 모르는 이들이 허다했다. 볼 기회가 흔치 않았기 때문이다.

그나마 접해본 것도 이미 추수가 끝난 뒤의 밀알로나 접했을 뿐, 이삭이 패기 전의 밀을 알아볼 이는 흔치 않았다.

베르헨 백작의 부관은 그 흔치 않은 이들 중 하나였다.

군부에 지원하기 전, 소작농과 농노를 관리하며 농장에서 일했던 경험이 있었기 때문이다.

"이것이 정녕 밀이라면, 그라함 자작의 말은 대체 어디까지가 사실이란 말인가?"

베르헨 백작은 진군 속도를 잠시 늦추며 생각에 잠겼다.

가장 마음에 걸리는 것은 역시 소드 룰러라는 단어였다.

'이곳의 영주라는 자가 정말 소드 룰러라면?'

어마어마한 피해를 감수해야 함은 물론, 그 자신의 목숨까지 걸어야 할 수도 있었다. 그러나 베르헨 백작에게는 그런 피해를 감수하고서라도 반드시 얻어야 하는 것이 있었다.

그의 시선이 푸르게 자라난 밀밭으로 향했다.

'이곳만 손에 넣는다면 식량을 얻을 수 있다. 그것도 무한한 생산이 가능한 식량을!'

나아감과 물러남 사이에서 잠시 머뭇거렸던 저울추가 한쪽으로 기울기 시작했다.

'게다가 놈의 실력이 정말 소드 룰러가 맞는지도 아직 확신할 수 없어.'

저울추의 기울기가 조금 더 커졌다.

'놈에게 쓸만한 인재가 없다는 점을 이용해야 한다.'

이것은 조금 전 그라함 자작과 나눴던 대화에서 유추해낸 점이었다.

인재 하나를 얻기 위해 그런 말도 안 되는 내기를 제안했다는 것은, 이곳에 쓸만한 인재가 없음을 뜻했다.

'놈이 아무리 소드 룰러라 해도 혼자서 날뛰는 것에는 한계가 있다. 놈도 인간인 이상 언젠가는 지치기 마련일터. 압도적으로 숫자로 밀어붙인다면 놈을 쓰러뜨리지 못

할 것도 없다!'

인간은 대개 자신이 믿고 싶은 것을 믿는 법이다.

사실 베르헨 백작이 밀밭에 대한 욕심을 품은 이상, 그의 생각은 그것을 취하는 쪽으로 흘러갈 수밖에 없었다.

그럼에도 굳이 이런저런 이유를 가져다 붙이는 것은, 이를 위해 흘려야 할 피를 정당화할 명분을 찾기 위함이었다.

달그락.

저울추가 완전히 넘어가는 소리가 들려왔다. 물론 오로지 베르헨 백작에게만 들리는 소리였다.

더는 망설일 필요가 없었다.

베르헨 백작은 어금니를 한번 꽉 깨문 뒤 소리쳤다.

"전군, 속보로! 라테스까지 단숨에 진격한다!"

병사들의 걸음이 다시 빨라지며 밀밭으로 진입하기 직전이었다.

"니들, 거기 밟으면 죽는다."

갑자기 울려 퍼진 목소리에 병사들의 걸음이 움찔했다.

"이것들이 어디서 남이 힘들게 지어 놓은 농사를 망치려 들어?"

말투는 한없이 가벼웠다.

그런데 목소리만큼은 전혀 그렇지 않았다. 근 십만에 가까운 병력 모두에게 전해지는 깊은 울림이 담긴 목소리였다.

마치 지극히 높고 고귀한 존재가 하위의 존재를 타이르는 듯한 목소리라고 해야 할까?

그 안에 담긴 묘한 힘은 전투를 앞둔 고양감으로 끓어오르던 병사들의 사기를 서서히 가라앉혔다.

물론 값싼 말투만 아니었다면 효과는 더욱 컸을 터였다.

"어디서 이런……."

베르헨 백작은 오돌토돌 소름이 돋아난 팔을 쓸어내리며 중얼거렸다. 엑셀시어 경지에 다다른 실력자답게 그는 어디선가 들려온 목소리에 담긴 힘을 느끼며 몸을 떨 정도였다.

'단순한 목소리만으로 이런 전율을 불러일으키다니. 터무니 없는 일이…….'

"각하. 하늘입니다. 저쪽 하늘!"

고개를 휘휘 저으며 주변을 살피던 부관이 하늘을 가리키며 소리쳤다.

'후우…….'

베르헨 백작은 가벼운 한숨으로 몸에서 느껴지는 전율을 털어내며 부관이 가리킨 곳을 바라보았다.

허공에 떠있는 작은 점이 눈에 들어왔다. 눈매를 가늘게 좁히며 자세히 들여다보자 그 점이 사람의 모습을 하고 있다는 것을 알아챌 수 있었다.

베르헨 백작의 눈가에 문득 놀람이 스쳐 갔다.

'설마, 혼자 나타났단 말인가?'

허공의 점은 달랑 하나였다.

베르헨 백작에게는 상대가 공중에 둥실 떠 있다는 점보다, 오직 하나라는 점이 수백 배 더 중요했다.

"당장 안 나가면, 별로 재미없을 건데?"

여전히 가볍기 짝이 없는 말투. 아무리 좋게 생각해봐도 수만 명의 적군을 앞둔 사람의 말투로 보이지는 않았다.

'정신이 조금 이상한 건가? 아니면 혼자서 우리를 막아낼 수 있다고 생각하는 건가?'

둘 중 뭐가 되었든 베르헨 백작에게는 최고의 기회임이 분명했다.

'만용을 부린 대가는 지옥에서 받도록.'

베르헨 백작이 옆의 부관에게 눈짓을 보냈다. 고개를 끄덕인 부관이 다시 옆의 지휘관에게 눈짓을 보냈고, 차례로 몇 명의 사람이 눈짓을 교환했다.

"무슨 눈짓들을 그렇게 뜨겁게 보내고 그래? 니들 남자끼리 연애라도 하냐?"

제닌은 개구쟁이 같은 표정을 지으며 병력 쪽으로 다가섰다. 고도는 자연스럽게 낮아졌다.

점으로 보이던 그의 모습이 육안으로 얼굴을 구분할 수 있을 정도로 가까워졌을 때였다.

펄럭!

붉은 바탕에 삼각형이 그려진 깃발이 솟아올랐다. 그와 동시에 시위를 튕기는 소리가 무수히 들려왔다.

퉁. 투투퉁. 투퉁!

시위를 벗어난 화살 수천 개가 일제히 날아오르는 모습은 장관이었다.

목표는 단 하나, 허공에 둥둥 떠 있는 제닌뿐.

하늘을 까맣게 뒤덮으며 날아드는 화살의 모습에도 제닌의 얼굴은 너무나 태연했다.

'저자는 대체 뭘 믿고 저렇게 가만히 있는 건가?'

팅! 티티팅!

날아들던 화살이 제닌의 몸 주변에서 튕겨 나가기 시작했다. 시력을 돋워 살펴본 베르헨 백작은 상대의 주변을 투명한 막이 감싸고 있음을 확인할 수 있었다.

'오러를 몸 밖으로 둘러 보호막을 만든 건가?'

과연 믿는 구석이 있기는 했다.

궁수들의 화살 공격은 전혀 피해를 주지 못했지만, 베르헨 백작의 표정은 여전히 빛나고 있었다.

"부관. 궁수들에게 순서를 정해 차례대로 공격할 것을 지시하도록. 가장 중요한 것은 절대로 공격이 끊어지면 안 된다는 점이다."

"예! 각하!"

부관은 다시 아랫사람에게 지시를 내렸고, 명령 계통을 거쳐 궁수들의 공격에 시차가 생겨나기 시작했다.

'놈! 혼자 나타나는 만용을 부린 것이 네 실수다.'

베르헨 백작은 주먹을 불끈 움켜쥐었다. 그의 입가에 피어오른 미소에는 승리에 대한 확신이 묻어 있었다.

'인간인 이상 저자도 언젠가는 지칠 터. 회피할 시간을 주지만 않으면 언젠가는 보호막이 사라질 것이다.'

티티팅! 티팅! 티티틱!

화살이 튕겨 나가는 소리가 어느 순간 둔탁하게 변했다.

제닌을 둘러싼 보호막에 미세한 균열이 자라나고 있었다.

'하긴, 하찮은 물방울로도 바위가 뚫리는 법인데, 화살은 오죽할까!'

화살 각기의 공격력은 보호막에 흠집도 내지 못할 정도로 작았으나, 그런 화살의 숫자가 수만을 헤아릴 정도라면 이야기는 달라졌다. 처마 밑에 놓인 넓적한 돌이 세월이 흘러감에 따라 움푹 패는 현상과 비슷했다.

티티틱! 티티티틱!

잠시 생각하는 도중에도 화살 공격은 계속 이어졌고, 점차 커지던 균열은 마침내 보호막 전체를 뒤덮었다.

쨍그랑!

유리가 깨어지는 소리와 함께 산산이 부서지는 보호막. 그리 크지 않은 소리였으나, 제닌을 유심히 살펴보던 베르헨 백작은 확실히 들을 수 있었다.

"지금이다! 부관, 총공격을 지시하라!"

승리의 열기가 물씬 묻어나는 베르헨 백작의 음성에 따라, 궁수들이 일제히 화살을 발사했다. 하늘을 까맣게 뒤덮은 화살의 모습을 바라보며 베르헨 백작은 고슴도치가 되어 떨어지는 상대의 모습을 상상했다.

그러나 이는 그저 상상에 불과할 따름이었다.

티티티팅!

보호막의 안쪽에 다시금 한 겹의 보호막이 자라나 있었다.

"이익! 계속 공격하라! 저것만 깨지면!"

이를 악물며 소리친 베르헨 백작의 목소리에 궁수들은 총력을 다해 화살을 날려 댔다.

파삭!

한 겹이 다시 깨어졌다.

"이제는 드디어!"

베르헨 백작은 잠시 기쁨에 찬 표정을 지었으나, 그의 표정은 금세 다시 굳어졌다.

티티티팅!

안쪽에 자리 잡은 또 하나의 보호막이 화살을 튕겨냈기

때문이다.

퍼석! 쨍그랑! 파삭!

깨어지고, 또 깨어져도 보호막은 계속해서 나타났다.

"대체 보호막이 몇 겹이나 있단 말인가!"

그래도 한 가지 희망이 있다면, 깨질수록 범위가 줄어든 탓에 보호막이 제닌의 몸에 바짝 붙은 상태까지 좁혀졌다는 점이었다.

"계속 공격하라! 저것만 부수면!"

계속 독려하는 베르헨 백작에게 부관이 다가왔다.

"무슨 일인가?"

"각하, 화살이… 얼마 남지 않았습니다."

"상관없다! 저것만 부수면 놈도 더는 보호막을 만들 수 없을 거야!"

끝없이 이어질 것 같던 화살 세례는 부관의 보고를 기점으로 점차 줄어들기 시작했다.

그리고 결국 멎었다.

"빌어먹을! 끝이! 끝이 보였건만!"

원통해하는 베르헨 백작을 향해 제닌은 빙긋 웃으며 물었다.

"정말 그렇게 아쉬워?"

"그거야 당연한 일……. 헛!"

파파파팟!

순간 제닌의 몸 주변으로 겹겹이 생성되는 보호막의 모습에 베르헨 백작은 입을 떡 벌린 채로 굳어졌다.

"받은 게 있으니, 물론 나도 돌려줘야겠지?"

제닌은 친절하게 말하며 검지 하나를 들어 올렸다.

그러자 그의 머리 위로 별처럼 반짝이는 푸른 빛 하나가 떠올랐다. 실제로는 검의 형상을 띠었으나, 방향이 올려다보는 시선과 일치했기에 아래에서는 그저 빛처럼 보일 따름이었다.

다만 베르헨 백작은 떨리는 손으로 방패를 다잡았다. 빛이 품고 있는 무시무시한 힘을 느낀 탓이었다.

"분열."

제닌은 나직이 중얼거렸다.

그의 머리 위에 떠오른 빛이 변화하기 시작했다.

하나가 둘로, 둘이 넷으로, 넷이 다시 여덟으로…….

분열의 횟수는 모두 열 번.

1024개, 오러로 이루어진 검들은 밤하늘의 별처럼 찬란하게 빛났다.

적의 입장에서는 그야말로 죽음의 별이었다.

"피, 피해야……."

베르헨 백작의 목소리에 격렬한 떨림이 묻어났다.

"미안한데, 이번에는 살려준다는 말은 못할 것 같아. 그러니."

제닌은 베르헨 백작을 내려다보며 입꼬리를 끌어 올렸다.

"조용히들 가라고."

번쩍!

섬광과 함께 1024개의 빛줄기가 아래로 내리꽂혔다.

〈6권에서 계속〉